KB059209

네코쿠로
illust. piyopoyo
Nekokuro

패배 히로인과 내가
사귄다고 주변 사람들이
착각하는 바람에
소꿉친구와
수라장이 되었다

vol. 1

"콜록콜록! 모, 목이……!"

소름 끼칠 정도로 차가운 목소리가
바로 뒤에서 들려오자,
요우는 깜짝 놀라 반사적으로
힘차게 면을 흡입하고 말았다.

하자쿠라 요우
You Hazakura

네모토 카스미
Kasumi Nemoto

"그 사람과는 얽히지 말라고
몇 번이나 충고했잖아?"

"그는 신뢰할 수 있는 사람이에요."

이 학교의 2대 미소녀라고 소문난
두 사람이 의미심장한 대화를
나누고 있으니, 주변 사람들이
주목하지 않을 리 없었다.

패배 히로인과 내가 사귄다고 사람들이 착각하는 바람에, 소꿉친구와 수라장이 되었다

1

네코쿠로 지음 / piyopoyo 일러스트 / 한수진 옮김

소미미디어

CONTENTS

illustration : piyopoyo

"있잖아, 얼마 전에 갔던 카페가 괜찮았는데——."

"야, 우리 오락실 가자."

"큰일 났다, 빨리 동아리 가야 해!"

방과 후가 되자마자 단번에 활기를 띠는 같은 반 학생들.

그런 그들을 바라보면서 교실의 구석 자리에 앉아 있는 하자쿠라 요우는 지루하다는 듯이 한숨을 쉬었다.

'바보 같아……'

요우(陽)에게는 이 학교생활이란 것보다 더 지루한 것은 없었다. 부모님이 억지로 보내지 않았다면 일찌감치 학교 따윈 그만뒀을 것이다.

그의 입장에서 학교에 다닌다는 것은, 시간을 빼앗긴다는 단점만 있을 뿐이지 장점이라곤 하나도 없는 행위였다.

시끄럽게 떠들어대는 같은 반 학생들과 이야기를 하는 것도 귀찮았고, 수업 시간에 배우는 내용도 요우에게는 다 필요 없는 것들뿐이었다.

그래서 날마다 어떻게 부모님을 설득하면 학교를 그만 둘 수 있을까? 하는 생각만 계속하고 있었다.

사교성도 없고, 또 다른 사람이 말을 걸어도 차가운 태도를 보여준다. 그러다 보니 이 반에서는 굳이 요우에게 접근하려고 하는 특이한 사람은 없었다.

시험 성적은 언제나 아슬아슬하게 낙제만 면하는 수준이고, 체육 시간에도 설렁설렁 움직인다. 그런 요우는 이 반 학생들한테 '아싸' 또는 '낙오자' 취급을 당하고 있었다.

　양쪽 모두 서로에게 다가가려고 하지 않았으므로, 필연적으로 요우는 이 반에서 고립되어 있었다.

　'——자, 이제 사람도 없어졌으니 슬슬 집에 갈까.'

　같은 반 학생들이 한 명도 남김없이 다 사라졌을 때 요우는 천천히 의자에서 일어났다.

　이제는 아무도 없는 조용한 교실.

　이 분위기는 뭔가 신비로움이 느껴졌다. 그래서 학교를 싫어하는 요우도 이 공간은 좋아했다.

　그러나 여기에 계속 머무르면, 문단속하러 온 선생님께 붙잡혀 이야기를 하게 될 것이다. 요우는 아쉽지만 이곳을 떠나기로 했다.

　'——어? 저 세 사람은……..'

　신발장 쪽으로 걸어가다가 그는 우연히 발견하고 말았다. 최근에 교내에서 유명한 3인조가 복도에서 대화에 열중하고 있는 모습을.

　한 사람은 아름다운 검은 머리카락을 길게 늘어뜨린 청순가련한 미소녀였다.

　모두가 동경하는 그 소녀는 왠지 기가 세 보이는 당당한 외모의 소유자였다.

또 한 사람은 풍성하고 아름다운 금빛 머리카락이 특징적인, 온화하게 생긴 귀여운 동안 미소녀였다.

몸집이 작은 이 소녀는 저절로 보호하고 싶어지는 작고 귀여운 동물 같은 존재였다.

그리고 마지막 한 사람. 그는 언뜻 보기에는 어디에나 있을 법한 평범한 남자였다.

외모도 별로 특징적이지 않고, 그렇다고 공부나 운동을 잘하는 것도 아닌 남자였다.

그런데 이 평범해 보이는 남자는 신기하게도 이 학교의 2대 미소녀라고 불리는 두 사람에게 사랑을 받고 있었다.

그 2대 미소녀가 누구인지는 설명할 필요도 없으리라. 바로 요우의 시선 끝에 있는 청순가련한 미소녀와, 귀여운 동안 미소녀였다.

사실 요우는 어째서 이 미소녀 두 사람이 저 남자를 좋아하는지 알 수가 없었다.

하지만 남에게 관심이 없는 요우에게는 그런 것은 아무래도 상관없는 문제였다.

그래서 그는 세 사람이 대화하는 장면을 아예 못 본 것으로 하고 그곳을 떠나려고 했다.

그러나——발길을 돌리려는 순간, 어떤 목소리가 들려와서 무심코 걸음을 멈추고 말았다.

"——제가 아니라…… 네모토와, 사귄다는 거예요……?"

귀에 들어온 것은 딱딱하게 굳은 귀여운 목소리였다.

세 사람의 목소리를 알고 있는 요우는 누가 그 목소리를 냈는지 눈치채버렸다.

'이거, 수라장인가……?'

무의식중에 그쪽을 돌아봤더니, 저 앞에서 울상이 된 금발 미소녀——아키미 마린을 향해 남자가 손을 내밀고 있었다.

그러나 그 소녀는 남자에게서 도망치듯이 뒤로 물러났다. 그리고 눈에는 눈물을 머금은 채 웃는 얼굴로 입을 열었다.

"그렇군요. 알았어요. 두 사람이 잘 사귀기를 바랄게요. 그럼 저는 이만——."

"앗, 마린!"

마린이 갑자기 뛰기 시작하자 그 남자가 이름을 불렀지만, 마린은 뒤를 돌아보지 않고 후다닥 요우가 있는 방향으로 뛰어왔다.

그것을 눈치챈 요우는 하필이면 실연 현장을 목격하는 바람에 난감해지고 말았다. 그는 황급히 벽에 붙어 몸을 숨겼다.

그러자 마린은 모퉁이를 돌아 이쪽으로 오더니, 요우의 존재를 눈치채지 못하고 그 눈앞을 빠르게 뛰어서 지나갔다.

그리고 곧장 계단으로 올라갔다.

스쳐 지나갈 때 마린의 옆얼굴을 본 요우는 뭐라 형용하기 어려운 기분을 느꼈다.

그 남자는 어쩌려는 걸까.

그게 궁금해진 요우는 벽에서 고개를 슬쩍 내밀고, 그 남자와 여자들이 있었던 곳을 살펴봤다.

그랬더니 도망친 마린을 놓쳐버린 남자──키노시타 하루키는 흑발 미소녀와 이야기만 하고 있었다. 마린을 쫓아갈 마음은 없는 것 같았다.

'하긴, 저 여자를 선택했다면, 여기서는 딴 여자를 쫓아가지 않겠지…….'

마린을 차버리고 흑발 미소녀──네모토 카스미와 사귀는 쪽을 선택했다면, 여기서 마린을 쫓아가는 것은 어리석은 짓일 것이다.

그랬다가는 방금 여자 친구가 된 카스미한테 불쾌감과 불안감을 주고, 또 마린한테는 미련을 남기게 될 테니까.

내가 여기 있어 봤자 소용없지. 그렇게 생각한 요우는 집에 돌아가려고 한 걸음 앞으로 내디뎠다.

그러나──좀 전에 봤던 마린의 옆얼굴이 머릿속에 선명히 남아 있었다. 이대로 돌아가면 오늘 하루 종일 쓸데없는 상념에만 잠겨 있을 것 같았다.

——게다가 그 외에도 어떤 생각이 떠올랐다.

"…………."

요우는 한 발 내디뎠지만 결국 앞으로 나아가기를 그만 뒀다. 그 자리에서 생각을 해봤다.

그리고 신발장이 아니라 계단을 향해 걸음을 뗐다.

"아마도 옥상이겠지……."

지금도 계단을 올라가는 발소리가 들리고 있었으므로, 요우는 마린이 어디로 가고 있는지 알았다.

그래서 허둥지둥 쫓아가지는 않았다. 상대를 따라잡은 다음에 어떻게 말을 걸까? 하는 쪽으로 생각의 방향을 바꿨다.

이윽고 녹슬어버린 문 앞에 도착했다.

녹슨 문을 천천히 열자, 끼이익 하고 귀에 거슬리는 소리가 났다.

"하, 하루……?"

그 소리를 들은 선객은 뭔가를 기대하는 듯한 촉촉한 눈동자로 요우를 돌아봤다.

그러나 자신을 쫓아온 사람이 다른 사람임을 깨닫자마자 그 표정은 어색하게 굳어졌다.

그리고 즉시 고개를 반대쪽으로 돌려버렸다.

"미안. 키노시타가 아니라서."

기대를 저버려서 미안하다고 요우는 순순히 사과했다.

"아뇨, 저야말로 미안해요. 1학년 때 이후로는 처음 이야기를 해보네요. 하자쿠라."

요우가 사과하자 마린은 여전히 반대쪽으로 고개를 돌린 채 애써 밝은 목소리로 말했다.

'변함없이 이 녀석은 엄청나게 멘탈이 강하구나⋯⋯.'

사실 요우는 단순히 소문만 들은 것이 아니라 개인적으로도 마린을 알고 있었다.

아니, 정확히 말하자면, 마린을 포함한 아까 그 3인조와는 면식이 있었다.

왜냐하면 1학년 때 요우는 그들과 같은 반이었기 때문이다.

"응, 그러게."

"오늘은 어쩐 일이에요? 당신이 이 시간까지 집에 돌아가지 않다니, 신기하네요. 게다가 이렇게 옥상까지 올라온 것도 신기하고요."

"뭐, 나도 가끔은 방과 후에 옥상에 오고 싶어질 때가 있거든."

"그런가요⋯⋯. 저, 하자쿠라, 미안한데요. 지금은 좀⋯⋯ 당신과 이야기를 할 만한 여유가, 없어요⋯⋯."

요우의 말을 듣고 눈치챈 것이리라. 그가 금방 이곳을 떠나진 않으리란 것을.

마린은 애써 괜찮은 척하는 것을 그만두고 솔직하게 자신의 현재 상태를 알렸다.

여기서 요우한테 딴 데로 가라고 말하지 않는 것은 마린이 착한 사람이기 때문이었다.

남에게 폐를 끼치고 싶지는 않다. 상처를 주고 싶지는 않다. 그렇게 생각하는 아이인 것이다.

그래서 마린은 요우와도 대등하게 대화를 해주는 유일한 사람이었다.

"신경 쓰지 마. 내가 먼저 말을 걸 생각은 없으니까."

"아, 네. 감사합니다……."

마린은 고마움을 표시하고 나서 옥상 한구석——펜스가 있는 곳까지 가버렸다.

설마 뛰어내리지는 않겠지? 하고 생각하면서도, 일단 요우는 마린의 행동을 주의 깊게 관찰했다.

그러나 마린은 펜스에 손만 댔을 뿐이지 그 위로 올라가려고 하지는 않았다.

그 대신 펜스 너머에 있는 운동장을 바라봤다.

방과 후 운동장에서는 다양한 운동부 학생들이 기운차게 활동을 하고 있었다.

마린이 좋아하는 사람은 운동부 소속이 아니니까 거기에는 없을 텐데. 어쩌면 단지 경치를 바라보고 싶었던 걸지도 모른다.

그러나 당연히 옥상에 온 진짜 목적은 그게 아니었다.

잠시 후, 마린은 펜스를 꽉 붙잡았다. 그 어깨가 조금씩 떨리기 시작했다.

"흑…… 흐윽……."

조그맣게 새어나온 목소리는 바람을 타고 날아오더니 무정하게도 마린의 현재 심정을 이야기해주면서 요우에게 까지 흘러왔다.

요우는 미리 말했듯이 마린에게 위로의 말을 건네지는 않았다. 그저 묵묵히 눈을 감았다.

그리고 시간이 지나가기만을 기다렸다.

이윽고――두 시간쯤 지났을 때, 드디어 그 소녀가 고개를 들었다.

그때는 태양이 지평선으로 슬슬 내려가고 있었다. 석양빛을 받은 옥상은 아름다운 오렌지색으로 뒤덮여 있었다.

그 풍경 속에서 소녀는 생긋 웃으며 요우를 쳐다봤다.

"미안해요. 이렇게 꼴사나운 모습을 보여서."

옥상 문이 열리는 소리가 나지 않았으므로, 마린은 요우가 이곳을 떠나지 않았다는 사실을 눈치챘던 것이리라.

그런데도 자신이 우는 모습을 지켜봤다고 비난하지 않고, 오히려 요우를 배려해줬다.

솔직히 말하자면 요우는 마린을 불편하게 여겼다.

1학년 때 아무한테도 관심받고 싶지 않았던 자신에게 마린은 말을 걸었을 뿐만 아니라, 여러모로 자신을 챙겨줬다.

더구나 무슨 일이 생기면 마린은 언제나 자기 자신을 탓할 뿐이지, 남을 탓하려고 하진 않았다.

그야말로 '착한 아이 대표' 같은 소녀. 요우는 이런 사람을 어떻게 대하면 좋을지 몰랐다.

마린이 너무나 착했기 때문에, 천하의 요우도 다른 사람들에게 그러듯이 차갑게 대할 수는 없었다.

"네가 나한테 사과하는 이유를 모르겠어. 꼴사나운 모습을 봤다고 생각하지도 않고."

"……저, 하나만 물어봐도 될까요?"

요우의 태도를 본 마린은 잠깐 생각을 해보더니 물어보고 싶은 것이 있다고 했다.

무엇을 물어보고 싶은지는 짐작이 갔지만, 요우는 그저 살짝 고개를 끄덕이면서 상대에게 대화의 주도권을 넘겨줬다.

그러자 마린은 어색하게 웃으며 입을 열었다.

"혹시…… 하루랑 이야기하는 장면을 봤나요……?"

요우가 일부러 자신을 찾아온 이유라면 그것밖에 짚이는 것이 없다.

그렇게 생각했기 때문에 질문을 한 것이리라.

하지만 요우는 고개를 위아래가 아니라 옆으로 흔들었다.

"글쎄, 무슨 말인지 모르겠는데. 난 그냥 이 아름다운 저녁노을을 감상하러 온 거야."

얼버무리는 솜씨가 참으로 어설펐지만, 어쨌든 요우는 보지 않았다고 주장하면서 저녁노을로 시선을 돌렸다.

그런 장면을 훔쳐봤다고 비난당할까 봐 얼버무린 것은 아니었다.

단지 자신이 차이는 장면을 누군가가 봤다고 하면 마린이 기뻐할 리는 없으니까, 그렇게 했을 뿐이다.

물론 마린이 속아 넘어가지 않으리란 것은 알고 있었다.

저녁노을을 감상하려는 것치고는 요우는 너무 일찍 옥상에 왔고, 또 평소에 울지 않는 마린이 우는 장면을 봤는데도 동요하기는커녕 의아해하는 기색조차 보이지 않았다.

고로 분명히 사정을 이해하고 있다. 마린으로서는 그것을 알 수밖에 없었다.

그러니까 요우는 마린이 속아 넘어가지 않아도 상관없다고 생각한 것이다.

여기서 중요한 것은 '봤다는 사실을 정확히 말로 표현하지 않는 것'이니까.

적어도 언급만 하지 않으면, 설령 알고 있어도 자신은 이번 일을 소문내고 다닐 마음이 없다는 것을 상대에게 알려줄 수 있다.

요우의 성격을 웬만큼 이해하고 있는 마린에게는 그 정도면 충분할 것이다. 요우는 그렇게 판단했다.

"저녁노을을 좋아하세요……?"

예상대로 마린은 더 이상 좀 전의 화제는 꺼내지 않았다.

그러기는커녕 기분 전환을 해보려고 요우의 말에 반응하면서 그쪽으로 대화를 진행하려는 것 같았다.

"응, 좋아해. 아키미는 이렇게 아름다운 광경을 봐도 아무 생각도 안 들어?"

요우는 마린의 질문에 대답하고 나서 이번에는 거꾸로 질문을 던졌다.

그리고 마린을 쳐다봤다. 마린은 마침 촉촉해진 눈동자로 저녁노을을 바라보고 있었다.

"네, 정말…… 아름답네요……."

아마 마린도 이 광경이 마음에 들었나 보다.

하지만——그 표정은 왠지 쓸쓸하고 슬퍼 보였다.

노을빛을 받은 마린의 옆얼굴을——실례지만, 요우는 아름답다고 생각했다.

그 후 몇 분 동안 마린은 저녁노을을 계속 바라보고 있었다.

그동안 요우는 무엇을 봤느냐 하면, 아름다운 저녁노을이 아니라 마린의 옆얼굴을 보고 있었다.

허무하게 사라져버릴 것 같은 연약한 그 표정은 신기하

리만치 강하게 요우의 마음을 사로잡았다.

틀림없이 노을빛을 받는 이 상황도 거기에 일조했을 것이다.

하지만 그 점을 제외하더라도 아름답다는 것은 변함없는 사실이었다.

'내가 생각해도 나는 참 성격이 삐뚤어진 놈이구나······.'

실연당해서 저런 표정을 짓고 있는 사람의 얼굴을 보고 아름답다고 생각해버린 요우는 속으로 몰래 자조적으로 웃었다.

요우는 아름다운 것이나 예쁜 것——그리고 환상적인 것을 무척 좋아했다.

그래서 휴일에는 예쁜 풍경이나 환상적인 공간을 찾아서 자주 멀리 나가고는 했다.

요우는 그토록 쉽게 아름다운 것에 매료되는 편인데도, 지금까지 사람한테는 그런 감정을 가져본 적이 없었다.

그런데 지금은 자신도 신기할 정도로 요우는 마린의 옆얼굴에 매료되고 말았다.

설령 그 표정이 누군가에게 고백했다가 차였기 때문에 생겨난 것이라 해도, 아름답기만 하면 요우에게는 문제 될 것이 없었다.

그와 동시에 요우는 질려버리기도 했다. 그런 식으로 생각하는 자기 자신한테.

'그 녀석에 대해서도 이런 식으로 생각해본 적은 없었는데…….'

저도 모르게 요우는 그런 생각까지 했다.

──이윽고 마린은 자기 옆얼굴을 바라보는 시선을 느꼈는지, 수줍게 웃으면서 요우의 얼굴을 쳐다봤다.

"제 얼굴에 뭐라도 묻었나요?"

어째서 요우가 자신을 쳐다보고 있었는가──그것은 눈치 빠른 마린이라면 이미 알고 있을 것이다.

마린은 겉으로는 순진하고 귀여운 동물처럼 보이지만, 실제 성격이나 사고방식은 순진함과는 거리가 멀었다.

이 소녀는 남을 배려할 줄 아는 성숙한 여성이었다. 매우 똑똑한 사람이었다.

고로 마린은 자신의 외모가 누구보다도 잘났다는 것을 알고 있었다.

그것을 알면서도 잘난 척하거나 우쭐거리지는 않는 참 멋진 성격의 소유자였다.

──하지만 그것이 언제나 꼭 좋은 방향으로 작용하지는 않는 것이 현실이었다.

"넌 강한 사람이구나."

"네……?"

예상외의 한마디에 마린의 동그란 눈이 딱 한순간 커졌다.

요우는 그런 마린의 눈에서 시선을 뗐다. 그리고 다시

한번 저녁노을을 바라봤다.

"불쾌한 일이 있어도 늘 웃는 얼굴을 유지하려고 하고, 괴로운 일이 있어도 금방 웃으려고 하잖아. 보통 사람이라면 누군가에게 툭 털어놓고 위로를 받고 싶어 할 만한 일이 생겨도, 너는 일부러 웃으려고 하지. 그렇게 마음이 강한 녀석은, 너 말고는 본 적이 없어."

요우는 마린을 불편하게 여겼지만, 그렇다고 싫어하는 것은 아니었다.

오히려 존경할 수 있는 사람이라고 생각했다.

그래서 솔직하게 마린을 칭찬한 것이다.

"놀랍네요…… 당신이 저를 그렇게 생각해주시다니……."

요우가 자기를 싫어하는 줄 알았던 마린은 그 말 그대로 깜짝 놀란 것처럼 요우의 얼굴을 쳐다봤다.

마치 믿을 수 없는 뭔가를 쳐다보는 듯한 표정이었다.

그런 마린의 표정을 본 요우는 무심코 쓴웃음을 지었다.

"나만 그런 게 아니라, 너를 아는 사람들 대부분이 그렇게 생각하고 있을걸?"

마린은 요우 앞에서만 이런 태도인 게 아니라 모든 이 앞에서 같은 태도를 보여줬다.

그러니까 필연적으로 다들 요우와 같은 느낌을 받았을 것이다.

──그러나 모든 사람이 같은 생각을 하는 것은 아니다.

아키미 마린이라는 사람은 외모와는 정반대로 강한 사람이다. 아마 그런 생각은 똑같을 것이다.

하지만 강하다고 해서 상처를 받지 않는 것은 아니다.

그 점을 착각하는 사람들이 많았다. 아마도 좀 전에 마린을 차버렸던 하루키도 마찬가지로 착각을 한 사람일 것이다.

그래서 마린을 쫓아가지 않았다.

아마도 상대가 다른 여자였다면, 하루키는 그 뒤를 쫓아갔을 것이다.

그는 그 정도로 착한 성격이었다.

결국 그가 마린을 쫓아가지 않은 건, '마린이라면 금방 기운을 차릴 것이다'라고 생각했기 때문이다.

하지만 요우는 그렇게 생각하지 않았다.

요우와 하루키의 인식의 차이——그것은 '강해 보이는 사람이라도 약한 부분이 있다'라는 사실을 아느냐 모르느냐의 차이였다.

요우는 알고 있었다.

평소에 강해 보이는 사람이 문득 약한 일면을 보여줄 때 얼마나 위태로운지.

언제나 웃는 얼굴을 유지하려고 하는 마린이, 차인 직후에는 도저히 참지 못하고 울다가 곧바로 도망쳐버렸다.

평소의 마린이었다면 무슨 일이 있어도 끝까지 웃으면

서 괜찮은 척했을 것이다.

마린은 요우 같은 남자에게도 계속 신경을 써줬을 정도로 어마어마하게 마음이 넓은 사람이니까.

그런 사람이 괜찮은 척하지 못했다. 그만큼 하루키를 좋아하는 감정이 강했던 것이리라.

요컨대 차였을 때 받은 타격이 너무 컸다.

실제로 제삼자인 요우 앞에서 마린은 참지 못하고 오랫동안 계속 울었다.

지금은 이렇게 웃는 얼굴로 이야기하고 있지만, 그것도 무리하고 있다는 것이 노골적으로 티가 났다.

그런 상태가 자연히 회복되도록 내버려 두는 것은 위험하다.

적어도 마린은 이 감정을 끊임없이 가슴속에 품은 채, 학교에서 하루키와 그의 여자 친구를 볼 때마다 상처를 받을 것이다.

그렇게 되면 끝장이다. 과연 어떤 길을 선택할지——가능성만 따져본다면, 최악의 경우도 충분히 예상할 수 있었다.

그래서 요우는 마린의 뒤를 쫓아온 것이다.

하자쿠라 요우는 결코 착한 사람은 아니었다.

알지도 못하는 누군가를 구해준다든가, 뭐 그런 선량한 사고방식도 가지고 있지 않은 남자였다.

하지만 적어도 자신에게 계속 신경을 써줬던 사람에 대해서는 의리를 지키고자 하는 사람이었다.

"그래도 괴로울 때는 속마음을 밖으로 토해내는 게 좋다고 생각해. 강한 사람이라도 우는소리를 하고 싶을 때는 있는 거니까."

그렇게 말하면서 요우는 다시 저녁노을에서 눈을 떼고 마린의 눈을 가만히 들여다봤다.

"……당신은, 저를 위로하러 와준 건가요……?"

요우의 말을 듣고 요우의 눈을 본 마린은 그렇게 쑥스러운 듯이 물어봤다.

그러나 요우는 천천히 고개를 옆으로 흔들었다.

"내가 그런 짓을 할 사람처럼 보여? 말했잖아. 그냥 저녁노을을 구경하러 왔다고."

요우는 끝까지 그런 태도를 고수했다.

딱히 100% 거짓말인 것도 아니었다.

마린에 대해 생각하는 바가 있어서 도와주려고 온 것은 확실했다.

하지만 요우는 마린을 위로할 마음은 없었다.

아니, 위로하려고 해봤자 위로가 될 리 없다는 사실을 알고 있었다.

그러니까 그는 마린을 위로하러 온 것은 아니었다.

"단지…… 울고 싶을 정도로 괴로운데도 억지로 웃으려고 하는 너를 보고, 그러면 안 된다고 생각했어. 물론 참는 것은 중요하지. 하지만 괴로움을 쭉 가슴속에 몰래 품고 사는 것은 상당히 힘든 일이잖아? 그러니까 밖으로 토해낼 수 있으면 토해내는 게 제일 좋다고 생각해."

부정적인 감정을 가슴속에 계속 담아두면 결국 인간은 망가진다.

또는 한계를 넘었을 때, 그동안 쌓일 대로 쌓인 부정적인 감정을 한꺼번에 폭발시키는 바람에 돌이킬 수 없는 사태가 벌어진다.

마린의 성격상 아마도 전자일 것이다.

마린은 주변 사람들을 상대로 불만을 터뜨리지 못할 정도로 다정한 성격이니까.

그리고 그런 성격 탓에 갈 곳을 잃어버린 부정적인 감정은 마린을 괴롭힐 것이다.

그래서 요우는 너무 늦어버리기 전에 그 감정을 밖으로 토해내게 하고 싶었다.

"여기에는 나밖에 없어. 그러니까 사양하지 말고 속마음을 토해내도 되지 않을까."

웃음기도 없이 무감정하게 그런 말을 하는 요우. 그 앞에서 마린은 물끄러미 그의 눈을 들여다봤다.

그렇게 서로 몇 초 동안 마주 보고 있었다. 그러다가 마린은 쓴웃음에 가까운 미소를 지으며 입을 열었다.

"저를 혼자 있게 해줄 마음은, 없나 보네요……. 보통 이런 경우에는 혼자서 감정을 토해내고 싶어지는 게 아닌가요……?"

"아, 하긴 그럴지도 몰라. 네가 그렇게 할 수 있다면 난 그래도 상관없어."

마린이 혼자서 감정을 토해낸다면, 아마도 자신이 참을 수 있는 데까지는 최대한 참고 나머지 부분만 토해낼 것이다.

하지만 그런 짓을 해봤자 금방 한계에 다다를 테고, 쌓일 대로 쌓여버린 부정적인 감정이 계속 마린을 괴롭힌다는 현실도 변하지 않을 것이다.

알고 지낸 기간은 짧아도 그동안 마린을 보아왔던 요우는 그것을 알 수 있었다.

"아니, 모든 것을 다 털어놓으라는 것은 아니야. 그저 아키미가 말하고 싶은 것만 말하면 돼. 나는 그것을 듣기만 할 테니까."

사람은 누군가에게 자기 이야기를 들려줌으로써 자신의 부정적 감정을 발산할 수 있다.

그리고 한번 이야기를 시작하면 더 이상 멈추지 못한다.

"…………"

요우의 말을 들은 마린은 입을 다물고 생각에 잠겼다.

이야기를 해도 되는 걸까? 하고 고민하는 것이리라.

요우는 마린을 방해하지 않았다. 펜스에 기대어 팔짱을 끼고 눈을 감았다.

"――저에게는, 첫사랑이었어요…….''

이윽고 사라질 것처럼 작은 목소리로 마린은 이야기를 시작했다.

요우는 눈을 뜨지 않고 상대가 계속 이야기하기를 기다렸다.

"정말로, 좋아했어요……. 하루와 저는, 소꿉친구였거든요…….''

하루키와 마린이 소꿉친구――그러고 보니 요우는 그런 소문을 들어본 적이 있었다.

당시에는 별로 신경 쓰지 않았지만, 요우는 새삼스레 그 정보를 듣고 하나의 가능성을 도출해냈다.

"그래, 일이 그렇게 된 거구나…….''

"네……?''

"아니, 별것 아니야. 아무튼 너희가 소꿉친구였다면, 꽤 오래전부터 좋아했던 거야?''

무의식중에 중얼거린 한마디에 상대가 반응하자, 요우는 고개를 좌우로 흔들더니 다시 화제의 궤도를 수정했다.

자신의 추측은 상대를 슬프게 만들 뿐만 아니라 억측에

불과했다. 그것을 군이 이야기할 필요는 없다. 요우는 그렇게 판단한 것이다.

"어린이집에 다닐 때부터…… 좋아했어요……."

"그건…… 응, 첫사랑이네……."

"네……. 어린 시절부터 늘 같이 있었고…… 주위에 있는 어른들한테도 남매 같다는…… 이야기를 자주 들었어요……."

그렇다고 하기에는 너무 안 닮은 남매인데——라는 재미없는 한마디는 꿀꺽 삼켜버렸다. 그보다도 '어린 시절부터 늘 같이 있었다'라는 말이 요우의 가슴을 아프게 했다.

"그래, 너희 둘은 1학년 때부터 사이가 좋았지."

처음에는 삼각관계 구도가 아니었다. 그냥 마린과 하루키가 커플이라는 인식이 있었다.

그러니까 어떤 사람은 오늘의 이 사건의 결말을 알게 되면 깜짝 놀랄 것이다.

"하자쿠라…… 저의 어떤 점이, 문제였던 걸까요……?"

마린은 자신이 선택받지 못한 이유를 요우에게 물어봤다.

요우가 눈을 뜨고 마린을 보자, 상대는 간절한 눈빛으로 요우를 쳐다보고 있었다.

마린은 거의 전교생이 동경하는 소녀였다.

솔직히 말해서 문제점이란 것이 있기나 해? 하고 요우로선 의아해할 정도였다.

그래도 굳이 마린의 문제점이란 것을 지적해본다면, 그것은 마린이 지나치게 착하다는 것이리라.

마린은 항상 라이벌인 카스미에게 적당히 양보를 해줬었다.

그것이 결정적인 이유가 되어버린 것이리라.

하지만 그것은 단순한 예상에 불과했고, 당연히 그 외에도 이유는 있었다.

"상대가 네모토라서 이렇게 된 걸까요……?"

상대가 너무 강했다. 그래, 그것도 맞는 말이다.

상대가 마린과 함께 2대 미소녀로 꼽히는 카스미가 아니었더라면, 마린이 패배하지는 않았을 것이다.

하지만 그것은 마린이 카스미보다 매력이 없다는 뜻은 아니었다.

카스미는 냉정하고 무심하며, 기모노가 잘 어울릴 것 같은 늘씬한 미소녀였다.

공부도 잘하고 운동도 잘해서 흠잡을 데가 없는 완벽한 인간이었다.

하지만 동시에 차갑고 무서운 면도 있는 사람이고, 여자의 매력을 잘 보여주는 가슴은 납작했다.

그 점을 중시하는 남자에게는 카스미의 매력이 크게 떨어져 보일 것이다.

반대로 마린은 키가 작고 동안이지만, 그 점이 남자의

마음을 자극해 보호 본능을 일으키는 소녀였다.

하여간 계통은 달라도 마린은 카스미에게 뒤지지 않는 미소녀라고 할 만했다.

그리고 성격은 착하고 남을 배려할 줄 알았다. 여자다운 신체의 일부분은 어쩌면 신체의 영양분이 거의 다 그쪽으로 가버린 게 아닐까? 싶을 정도로 컸다.

어른스러운 여성을 좋아하는 타입에게는 좀 인기가 없을지도 모르지만, 전체적으로 본다면 오히려 카스미보다 마린을 선택하는 사람이 더 많을 것이다.

그런데도 마린은 선택을 받지 못했다. 그것은 하루키의 취향 문제일 수밖에 없었다.

하지만 그런 말을 해봤자 마린에게 상처를 줄 뿐이다. 사태는 전혀 나아지지 않는다.

그래서 요우는 다른 말로 대답해주기로 했다.

"나는 키노시타가 아니야. 그러니까 그 질문에는 대답할 수 없어."

"네, 그렇죠……."

요우의 대답을 들은 마린은 서글프게 눈을 내리깔았다.

기대한 것과는 다른 대답이었을 것이다.

그런 마린을 힐끗 보더니 요우는 또다시 시선을 저녁노을로 돌렸다.

"이봐, 아키미."

"네······?"

"이유를 생각해봤자 결과는 달라지지 않아. 그러니까 우선은 불만과 괴로움을 토해낼 수 있는 만큼 토해내 봐. 그러면──그다음에는, 키노시타를 잊을 수 있게 해줄게."

요우는 마린의 얼굴은 보지 않고 노을을 바라보면서 그렇게 말했다.

마린이 자꾸만 이유를 생각하는 것은 어쩔 수 없는 일이었다.

하지만 그래봤자 아무것도 해결되지 않는다. 오히려 마린이 계속 상처만 받을 뿐이다.

그래서 요우는 다시 한번 부정적 감정을 토해내게끔 마린을 유도했다.

그런데──.

"하, 하자쿠라는 의외로 대담하네요······?"

마린은 요우가 상정하지 않았던 말로 대답했다.

요우는 대체 뭐가 대담하다는 건지 몰라서 의아하다는 듯이 고개를 갸웃거리며 마린을 돌아봤다.

그리고 마린의 얼굴이 새빨갛게 물들어 있는 것을 눈치챘다. 노을빛 때문이라고 하기에는 좀 심하게 붉었으므로, 그는 더더욱 의아해져서 마린을 뚫어지게 쳐다보았다.

◆

그 후 마린은 천천히 조금씩, 지금까지 있었던 일을 이야기하기 시작했다.

　이야기하고 싶은 것을 꾹 참으려고 해도 저절로 말이 튀어나오는 식으로 이야기를 했다. 그래서 진행 속도가 더뎠다.

　그러나 요우는 재촉하지 않고, 마린이 이야기를 중단하고 싶어지는 타이밍에 간단히 맞장구를 치거나 질문을 던지기만 했다.

　평소와는 전혀 다르게 사교적인 모습을 보여주는 요우. 이런 태도에 마린은 내심 놀라면서도 신기하게도 마음이 편해지는 것을 느꼈다.

　'정말, 신기한 사람이네요…….'

　저녁노을을 바라보는 요우의 얼굴을 슬쩍 훔쳐보듯이 곁눈질로 바라보았다.

　좀 전에 요우가 했던 말에는 깜짝 놀랐지만, 실제로는 요우는 전혀 자신에게 관심을 가진 것처럼 보이지 않았다.

　그런데도 왜 이렇게 열심히 나를 상대해주는 걸까. 마린은 그것을 알 수가 없었다.

　애초에 마린이 알고 있는 요우란 사람은, 이런 일을 해줄 것 같은 사람이 아니었다.

　그래서 더욱 신기했다.

　이야기를 하다 보니 마린은 어느새 속이 시원해졌다.

　그래서 마린은 요우의 얼굴을 쳐다보면서 귀엽게 웃었다.

　"이제 저는 괜찮아요."

　여기서 그만 끝내자. 그런 의도로 마린은 요우에게 말했다.

　그런데 요우는 그 말을 다른 뜻으로 해석했다.

　"그래? 그럼 약속은 지킬게. 집에 좀 늦게 들어가도 돼?"

　"네……?"

　요우의 질문에 마린은 당황하여 생각에 잠겼다.

　집에 늦게 들어간다──는 것은, 평범한 친구끼리의 외출은 아닐 것이다. 마린은 그렇게 해석했다.

　그래서 눈치 보듯이 요우의 눈을 들여다봤는데, 그는 가만히 마린의 눈을 똑같이 들여다볼 뿐이었다. 무슨 생각을 하는지 알 수 없었다.

　하지만 그 눈동자는 진지해서 나쁜 마음을 품고 있는 것처럼 보이진 않았다.

　마린은 잠깐 생각해본 다음에 천천히 입을 열었다.

　"네, 괜찮아요……. 실은 언제나 집에는 저 혼자밖에 없으니까……."

　마린이 요우를 좋아해서──그렇게 대답한 건 아니었다.

다만 요우를 믿어보고 싶었고, 또 이렇게 요우를 자기 일에 말려들게 해버린 죄책감도 있어서 그렇게 대답한 것이었다.

요우는 마린의 말을 듣고 한순간 눈썹을 꿈틀 움직였다. 그러나 굳이 캐묻지는 않았다.

그 대신 마린을 등지듯이 몸을 돌렸다.

"다른 곳으로 가고 싶은데. 따라와 줘. 차비는 내가 낼게."

"차비……?"

요우가 아무렇지도 않게 툭 던진 한마디에 마린은 고개를 갸우뚱했다.

대체 어디로 가려는 걸까——그렇게 의아해하고 있는데, 요우는 휴대폰으로 어딘가에 전화를 걸더니 놀랍게도 택시를 불렀다.

"아, 저기, 하자쿠라……? 설마 저를 이상한 데로 데려가려는 것은 아니죠……?"

아무리 그래도 택시를 타고 이동하다니. 이러면 목적지를 전혀 알 수가 없으므로 마린도 경계할 수밖에 없었다.

방금 요우를 믿어보기로 했는데도 지금은 약간 후회하고 있을 정도였다.

"걱정하지 마. 멋진 곳으로 데려다줄게."

그리고 마린의 질문에 요우가 무표정하게 그런 식으로 대꾸했기 때문에 마린은 점점 더 불안해졌다.

——단둘이 택시를 타고 한 시간 동안 이동. 그리고 또 거기서부터 10분쯤 걸어서 겨우 목적지에 도착했다.

　솔직히 말하자면 마린은 이 시점에서 이미 상당히 피곤해졌다. 게다가 인적도 없는 길을 걷게 되자 불안해져서 정신적인 피로도 쌓였다.

　그러나——.

　"와, 아름다워……."

　도착한 장소에서 한눈에 내려다보이는 광경을 본 순간, 마린이 좀 전까지 느꼈던 피로감과 불안감은 순식간에 사라져버렸다.

　요우와 마린 앞에 펼쳐져 있는 것은, 밀집한 건물들로 생성된 빛의 집합체였다.

　지금 있는 곳은 언덕이었다. 그것은 멀리 떨어진 높은 곳에서만 볼 수 있는 광경이었다.

　그 아름다움은 마치 일루미네이션(빛 축제) 같았다. 마린은 그렇게 생각했다.

　"마음에 들어?"

　"네……!"

　넋을 잃고 빛의 집합체를 바라보고 있는 마린에게 말을 걸자, 마린은 누구나 반해버릴 것 같은 미소를 지으면서 요우를 쳐다봤다.

　아름다운 풍경에 녹아든 멋진 미소. 그것을 본 요우는

자신의 가슴이 두근두근 뛰는 것을 느꼈다.

'역시 이 녀석은 그림같이 아름답구나…….'

요우는 아름다운 것을 그 무엇보다도 좋아했다.

그리고 지금까지는 경치가 제일 아름답다고 생각했는데, 거기에 다른 요소가 추가됨으로써 한층 더 아름다운 것을 볼 수 있다는 사실을 깨닫고 말았다.

이때 요우는 웬일로 그답지 않게 남에게 관심을 가진 것이었다.

"여기는 어디인가요……?"

마린은 요우가 그런 생각을 하는 줄은 꿈에도 모르고 황홀한 표정과 음성으로 질문을 던졌다.

그 질문에 요우는 자기 목을 오른손으로 누르면서 느리게 대답했다.

"아, 여기는…… 내가 사는 동네에 있는, 숨은 명당이야. 여기를 아는 사람은 나와 또 한 사람밖에 없는데——그 외에는 지금 막 알게 된 사람이 하나 있지. 아키미, 너."

"그렇군요. 그 정도면 정말로 숨은 명당이네요……. 그런데 여기는 학교에서 꽤 멀리 떨어진 곳 같은데요. 당신은 이렇게 먼 거리를 통학하고 있는 거군요?"

마린은 아름다운 광경에 시선을 빼앗긴 이 상황에서도 요우의 말이 마음에 걸렸는지, 무심코 그 점을 지적했다.

그러나 요우는 이 질문에 대답하지 않았다.

마린은 요우가 대답하지 않은 것에 대해서는 아무 말도 하지 않았다. 그저 묵묵히 이 아름다운 광경을 눈에 새기려고 했다.

마린은 눈치가 빨랐다.

요우에게 무슨 일이 있었다는 것은 1학년 때부터 알고 있었고, 아마도 그가 자기 동네에서 멀리 떨어진 고등학교에 다니는 것도 그 일과 관련이 있을 거라고 판단한 것이리라.

잠시 두 사람은 침묵했다. 그들 사이에는 정적의 시간이 흘렀다.

처음에는 그 말 없는 분위기에 요우는 약간 불편함을 느꼈지만, 이 아름다운 광경을 구경하다 보니 그것도 어느새 신경 쓰이지 않게 되었다.

아니, 오히려 가끔 마린의 옆얼굴도 같이 바라보면서 신기하게도 행복한 기분을 느꼈다.

그래서 요우는 마린이 만족할 때까지 이대로 있어도 되겠다고 생각했는데——이윽고 마린이 그런 시간에 마침표를 찍었다.

"——하자쿠라가 저에게 하루를 잊게 해주겠다고 한 건, 이 아름다운 광경을 보여주겠다는 뜻이었나요?"

그렇게 물어보는 마린의 표정은 어쩐지 진지해 보였다.

"그렇다……고 대답하면, 어쩔래?"

요우는 마치 시험하는 듯한 눈초리로 그런 마린을 쳐다보면서 긍정적으로 되물어봤다.

그러자 마린은 웃는 얼굴로 고개를 끄덕였다.

"그렇군요."

그 미소는 왠지 힘이 없어 보였다. 마린의 기대가 어긋났다는 것을 알 수 있었다.

실제로 마린은 이 광경을 봤을 때부터 지금까지는 하루키를 잊어버리고 있었다.

하지만 지금은 기억이 나버렸다.

옥상에서 요우의 말을 듣고 마린은 은근히 기대했었다. 어쩌면 이 사람이 더 이상 하루키를 떠올리지 않게 해줄지도 모른다고.

하지만 그것이 짧은 시간밖에 효과가 없는 방법을 의미하는 것이었음을 이제는 알게 되었다. 그래서 속으로 낙담한 것이다.

그런 마린에게 요우는 말없이 휴대폰 액정 화면을 보여줬다.

"앗…… 와, 예뻐요……."

마린은 요우가 보여준 영상을 보더니 또다시 넋을 잃은 표정을 지었다.

화면에 나타난 것은, 좀 쓸쓸한 BGM과 아름다운 목소리의 내레이션이 들어간 노을 진 바닷가의 영상이었다.

눈앞에 있는 자연 그대로의 아름다운 바닷가에는 빛이 닿지 않았고, 저 멀리 떨어진 곳에서는 슬슬 가라앉기 시작한 저녁 해에 의해 하늘과 구름 일부분만 오렌지색으로 물들어 있었다.

그리고 저녁 해 주변을 제외한 나머지는 전체적으로 어둡게 그늘이 졌는데, 오히려 그 상반된 광경에 의해 신비롭고 무상한 분위기가 연출되고 있었다.

마린은 그 무상한 광경을 보면서 왠지 쓸쓸함을 느꼈지만——그래도 계속 보고 싶다고 생각했다.

"예쁘지?"

"네……. 이걸 보고 있으니까 왠지 마음이 깨끗해지는 느낌이 들어요……."

마린은 요우의 질문에 대답하면서 그 동영상 채널의 이름을 찾으려고 했다. 나중에 다시 한번 보고 싶다고 생각했기 때문이다.

그런데 액정 전체에 동영상이 표시되어 있어서 채널 이름은 확인할 수 없었다.

"이 채널의 이름이 뭔지 가르쳐주시겠어요?"

그래서 마린은 요우에게 그렇게 물어봤다.

하지만 요우는 고개를 옆으로 흔들었다.

"이건 그냥 동영상이야. 가능한 한 괜찮아 보이게 하려고 노력했지만, 역시 실제로 보는 광경과는 비교도 안 돼."

마치 본인은 실제로 본 적이 있는 듯한 말투였다. 이에 무심코 반응할 뻔했지만, 요우의 이야기가 좀 더 이어질 것 같았으므로 마린은 하려던 말을 목구멍 속으로 꿀꺽 삼켰다.

　"그러니까 실제로 보러 가면 돼. 먼저 동영상부터 보면, 실물을 봤을 때의 감동이 약해지니까 관두는 게 좋을 거야."

　그 말을 들은 마린은 침착함을 잃고 이리저리 눈을 굴렸다.

　"저, 혹시 저한테 같이 가자고 말하는 건가요……?"

　"응, 그렇게 안 들렸어?"

　마린이 물어보는 것이 이상하다는 듯이 반문하는 요우. 그 모습을 본 마린은 놀라서 숨을 들이켰다.

　그와 동시에 판단했다. 요우는 너무나 자연스럽게 그런 제안을 했으므로 그에게 나쁜 속셈은 없을 거라고.

　"그러면 저는, 하루를 잊을 수 있을까요……?"

　"물론 금방 그렇게 되지는 않겠지. 하지만 네가 모르는 멋진 풍경을 나는 잔뜩 보여줄 수 있을 거야. 그러다 보면 어느새 너는 키노시타를 잊어버리게 되지 않을까?"

　요우는 철저히 의문형으로 되물어봤지만, 그 눈동자에서는 일종의 확신이 느껴졌다.

　실제로 마린은 잠시나마 빛으로 꾸며진 건물들에 시선을 빼앗긴 덕분에 하루키를 잊어버릴 수 있었다.

그래서 마린은 이 기묘한 제안을 받아들이기로 했다.

"좋아요……. 그럼, 당신과 함께 갈게요."

"의외로 결단이 빠르네?"

"고민해봤자 소용없기도 하고……. 제가 모르는 멋진 풍경이 과연 어떤 것인지 궁금하기도 하니까요……."

어른스럽게 행동하고 있지만 실은 마린도 어린 소녀였다.

좀 전에 빛의 집합체를 보면서 눈을 반짝반짝 빛냈던 것처럼, 아름다운 것에는 저절로 관심이 생기는 것이다.

"그럼 잘됐네. 기본적으로 그런 풍경을 보러 가는 것은 토요일과 일요일인데, 괜찮아?"

"토요일과 일요일……! 서, 설마, 1박 2일이에요……?!"

마린은 얼른 요우한테서 떨어지더니 자기 몸을 양팔로 감싸고 요우의 얼굴을 쳐다봤다.

그 표정을 보면 몹시 경계하고 있다는 것을 알 수 있었다. 그런데 요우는 어이없다는 듯이 한숨을 쉬었다.

"넌 의외로 바보구나?"

"네?!"

바보란 소리를 듣고 마린은 한층 더 어리둥절해진 것처럼 요우의 얼굴을 쳐다봤다.

노려보는 것은 아니지만, 아무리 봐도 뭔가 할 말이 있는 듯한 태도였다.

"사귀지도 않는 상대를 1박 2일 여행에 데리고 갈 정도로 나는 몰상식한 놈은 아니야.”

“그, 그렇죠? 어휴, 제가 괜히 설레발을 쳤네요…….”

그 말을 듣고 안심했다는 듯이 풍만한 가슴을 쓸어내리는 마린.

그러나──.

“가려면 보호자와 함께 가야지.”

“………….”

요우의 발언에 마린은 뭐라 형용할 수 없는 표정을 짓고 말았다.

‘그게 문제가 아니지 않아요……?’

마린은 그런 의문을 억지로 가슴속에 묻어뒀다.

조금씩 눈치채긴 했는데, 요우의 상식이란 것은 뭔가 뒤틀려 있었다.

이 사람을 따라가도 되는 걸까. 마린은 또다시 조금 불안해졌다.

“뭐, 실은 제가 돈도 별로 없거든요. 그래서 멀리 나갈 수 있는 범위와 횟수에도 한계가 있어요.”

마린의 집은 일반 가정에 비하면 상당히 유복한 편이지만, 매주 여행을 갈 정도로 넉넉하게 용돈을 받는 것은 아니었다.

같은 학생인 요우도 마찬가지일 것이다.

마린은 그렇게 생각했는데──.

"걱정하지 마. 교통비와 식비는 내가 부담할게."

요우가 믿을 수 없는 말을 했다. 마린은 눈을 동그랗게 떴다.

"…………."

요우에 대한 마린의 의혹은 한층 더 커져버렸다.

도대체 무슨 수로 그런 돈을 손에 넣는 걸까. 여비와 식비까지 부담하면서 자기를 데려가려고 하는 이유는 뭘까.

또 그렇게 해서 데려간 곳에서는 자신에게 무슨 짓을 하려는 걸까. 마린은 그런 의혹을 품었다.

"왜 그래?"

마린이 자기를 뚫어지게 쳐다보자, 요우는 약간 불쾌한 것처럼 마린의 얼굴을 응시했다.

그런 요우에게 마린은——.

"하자쿠라. 혹시, 로리콘이에요?"

——이것저것 물어보고 싶은 것들이 머릿속에서 마구 뒤엉키는 바람에, 무심코 그런 엉뚱한 질문을 던지고 말았다.

"…………뭐라고?"

마린의 예상치 못한 질문에 요우는 몇 초 동안이나 가만히 있다가 고개를 기울였다.

단순히 기막혀하는 정도가 아니라 마린을 노려보는 듯한 표정이었다.

"그, 그렇게 무서운 표정을, 지을 필요는 없잖아요……?"

적대적인 시선을 받아본 적이 거의 없는 마린은 겁먹은 것처럼 주춤주춤 몇 걸음 뒤로 물러났다.

——그렇다. 여기가 언덕이고, 아까 한 번 크게 물러섰기 때문에 처음 위치와는 다른 곳에 서 있다는 사실조차 깜빡 잊어버리고.

"야, 이 바보야——더 이상 뒤로 가지 마!"

"어——까악!"

요우가 제지하려고 했지만 이미 늦었다. 어둠 속에서 뒤쪽이 절벽이란 사실을 눈치채지 못했던 마린은 그대로 절벽 위에서 발을 헛디뎠다.

"쯧!"

요우는 혀를 차면서도 즉시 마린을 향해 손을 뻗었다.

그리고——떨어지기 직전에 마린의 손을 붙잡아 확 끌어올렸다.

"어휴…… 간 떨어질 뻔했네……."

만약에 0.X초만 늦었더라면 돌이킬 수 없는 사태가 벌어졌을 것이다. 요우는 마린을 끌어안은 채 안도의 한숨을 쉬었다.

"미, 미안해요……."

자신이 부주의해서 생긴 일이었다. 그래서 마린은 요우에게 순순히 사과했다.

그 후 '살았다' 하고 마린도 요우처럼 휴 하고 안도의 한숨을 쉬었는데──.

"──?!"

다시 냉정해져서 현재 상황을 파악한 순간, 자신이 요우에게 안겨 있다는 것을 깨닫고 온몸이 뻣뻣하게 굳어버렸다.

마린은 요우의 얼굴을 쳐다봤다. 그런데 요우는 마린을 끌어안은 것에 대해 아무런 생각도 없는 것 같았다.

그래서 마린은 스스로 그 품에서 빠져나오려고 했지만──아프진 않은데도 생각보다 더 강하게 꽉 안겨 있어서, 거기서 빠져나오지 못했다.

자신이 손을 대고 있는 요우의 가슴팍은 생각보다 더 단단했다. 외모나 분위기에 비해 의외라고 생각될 정도로 몸이 탄탄한 것 같았다.

이러면 힘이 약한 마린은 벗어날 수 없다. 어쩔 수 없이 부끄러움을 꾹 참고 요우에게 말을 걸었다.

"고, 고마워요, 하자쿠라……. 이제 괜찮으니까, 놔줄래요……?"

"아…… 미안."

요우는 짧게 말하더니 금방 마린을 풀어줬다.

그 태도를 보면 마린을 끌어안고 있다는 사실을 알고 있었던 걸까, 아니면 지적을 받고 비로소 깨달았지만 그다지 신경 쓸 일은 아니라고 판단한 걸까.

대체 어느 쪽인지는 몰라도, 문득 마린은 생각을 했다.

만약에 전자라면 또다시 그를 경계해야 할 테고, 후자라면 자신이 어린애 취급을 당한 것 같아서 왠지 분하구나…… 하고.

그래서 먼저 나서서 슬쩍 찔러봤다.

"하자쿠라는 여자애를 상대하는 데 익숙한가 봐요?"

마린의 그 말을 듣고 요우는 좀 어리둥절하다는 듯이 마린의 얼굴을 바라봤다.

그리고 뭔가를 눈치챘는지 납득한 것처럼 고개를 끄덕거렸다.

"감정이 얼굴에 잘 드러나지 않을 뿐이지, 실제로는 가슴이 두근두근했어."

"그, 그래요……?"

예상치 못한 돌직구가 날아오는 바람에 마린은 얼굴이 확 뜨거워졌다.

엄청나게 부끄러워서 어쩔 줄 모르다가 반사적으로 눈만 살짝 굴려 요우의 얼굴을 쳐다봤는데──.

"그나저나 오랜만에 와봤는데, 역시 여기는 참 좋구나."

요우는 이미 마린은 보고 있지도 않았다. 빛으로 꾸며진 건물들을 보고 있었다.

그로 인해 마린은 다시 한번 납득을 못 하겠다는 기분을 느꼈지만, 곰곰이 생각해보니 그런 감정을 품는 자신이 오히려 이상하지 않나? 하는 생각이 들었다.

요우와는 별로 친하지도 않으니까. 그가 자신에게 관심을 가지는 것이 이상한 것이다.

그래서 생각을 바꾸고 일단 머릿속으로 상황을 정리해봤다.

'교통비까지 부담하면서 저를 데려가려고 하니까, 당연히 저에게 관심이 있는 줄 알았는데. 그건 또 아닌가 보네요……. 하지만 그렇다면 하자쿠라의 목적은 도대체 무엇일까요……?'

마린은 요우의 목적이 신경 쓰여서 견딜 수 없었다. 하지만 그 답을 요우에게서 찾아낼 수는 없었다.

이야기를 해봐도 틀림없이 그 답을 알아내는 것은 불가능할 것이다.

그리 쉽게 누군가가 자신의 영역에 들어오게 놔두진 않는 남자이다. 그 점은 1학년 때 직접 체험해서 잘 알게 되었다.

그래서 마린은 더 이상 탐색하는 짓은 그만두기로 했다. 게다가 방금 도움까지 받았으니까.

다만, 그 대신──.

"그런데 하자쿠라. 아까 보여준 그 동영상이 올라와 있는 채널 이름은 꼭 알고 싶은데요. 가르쳐주세요."

그것은 도저히 포기할 수 없었다. 그래서 마린은 요우한테서 어떻게든 그 대답을 들으려고 했다.

"뭐야. 내 이야기 안 들었어?"

화내는 것이 아니라 단순히 궁금해하는 것처럼 요우는 마린에게 물어봤다.

마린에 대한 요우의 평가는 '겉모습과는 달리 똑똑하고 어른스럽지만, 또 솔직하고 착한 여자아이'였다.

그러니까 실물을 보는 게 더 낫다고 설명해주면 마린도 순순히 납득할 거라고 생각했다.

그런데도 채널 이름을 가르쳐 달라고 하다니. 요우는 조금 곤란해졌다.

"네, 이야기는 들었어요. 당신의 말이 무슨 뜻인지도 이해했고요. 하지만…… 다른 동영상도, 보고 싶어요……."

어지간히 그 동영상이 마음에 들었나 보다. 마린은 간절해 보이는 표정으로 요우의 얼굴을 쳐다봤다.

그 조르는 듯한 태도 앞에서 요우는 뭐라고 말하고 싶은 기분이 들었지만, 채널 이름을 가르쳐주고 싶지 않은 이유가 있었으므로 어떻게든 화제를 딴 데로 돌릴 수 없을까? 하고 머리를 굴렸다.

그러나──.

"오늘 밤에도, 아마 하루의 얼굴이 생각날 것 같아요……."

침묵에 이어 곧바로 그런 말을 들었으니, 결국 요우는 채널 이름을 가르쳐주지 않을 수 없었다.

"'순양(純陽) 채널'이야."

내키지 않는다는 듯이 요우가 가르쳐주자, 마린은 생긋 웃었다.

"순양——밝고 그늘이 없는 태양빛이란 뜻이군요. 그리고 순수한 양기(陽氣)라는 뜻도 있고요. 멋진 경치를 촬영하는 채널에 잘 어울리는 이름이네요."

'과연 그 녀석의 라이벌로서 2학년 전체 1, 2등을 다투는 우등생답구나. 그 의미를 알고 있을 뿐만 아니라, 그렇게 똑같은 사고방식까지 가지고 있다니.'

마린의 말을 들은 요우는 저절로 그런 생각을 했다.

순간적으로 어떤 사람의 천진난만한 웃는 얼굴이 뇌리에 스쳤다. 그러자 뭐라 표현할 수 없는 감정이 생겨나 쓴웃음을 짓고 말았다.

"와. 아까 봤던 그 영상은 그저께 등록됐는데도 벌써 조회 수가 100만이 넘었어요……!"

채널 이름을 알게 된 마린은 즉시 자기 휴대폰으로 검색해서 아까 그 동영상의 조회 수를 확인하더니 감탄한 소리를 냈다.

마린이 놀라는 것도 당연했다. 100만이 넘는 조회 수를 기록하는 것은 좀처럼 쉬운 일이 아니었으니까.

요우도 매번 '용케 이렇게 조회 수가 잘 나오는구나' 하고 생각할 정도였다.

"이렇게 아름다운 풍경을 보면서 힐링을 하고 싶어 하는 사람이 많은 거겠지. 특히 사회인은 바빠서, 뭔가 여유로운 공간을 동경하는 사람이 많은 것 같던데."

"그것만이 이유는 아니겠죠. 내레이션을 하시는 여자분의 목소리가 예쁘고, BGM도 잘 어울려서 그런 거라고 생각해요. 이 음악은 오리지널일까요?"

"오리지널이야. 내레이션을 하는 녀석이 작곡도 하고 있으니까."

"그런가요. 잘 알고 계시네요. 역시 팬이라서?"

"……뭐, 그렇지."

말실수했구나. 그런 생각을 하면서도 요우는 마린의 말에 적당히 맞장구를 쳤다.

"구독자 수도 250만 명이나 돼요. 상당히 인기 있는 채널인가 봐요. 저도 이 채널을 구독해야겠어요."

마린은 기분 좋게 휴대폰을 건드리더니 방금 선언한 대로 그 채널을 구독했다.

요우는 그 장면을 곁눈질로 보면서 과연 어느 쪽일까? 하고 관찰했다. 지금 마린의 이런 모습은 억지로 기운 난 척하는 것일까, 아니면 정말로 하루키를 잊고 있는 것일까.

——하지만 그것은 굳이 관찰할 필요도 없었다.

지금 마린의 상태는 평소에 비하면 좀 이상했다. 평소보다 훨씬 더 기운이 넘치는 것 같았다.

즉, 억지로 밝은 척하려고 애쓰는 것처럼 보였다.

'하긴, 그게 금방 해결될 리가 없지.'

실연의 상처가 그리 간단히 낫는다면 아무도 고생은 하지 않을 것이다.

이것만은 시간을 들여 해결하는 수밖에 없으리라.

"그래서, 결국 어떻게 할 거야?"

"네? 뭐를요?"

"휴일 말이야."

그 말을 듣고 마린은 아까 '요우는 로리콘이다'란 의혹이 떠올랐던 것을 기억해냈다.

"아, 저기요. 그 교통비나 식비에 관한 이야기 말인데요……. 하자쿠라가 저를 위해 그렇게까지 해주는 이유가 뭔가요……?"

마린은 좀 전에 이유를 물어보는 것을 그만뒀었다. 하지만 요우가 다시 그 이야기를 꺼냈으므로, 지금 이 상황에서는 물어봐도 될 것 같다는 생각이 들었다.

그러자 요우는 잠깐 생각해본 후에 천천히 입을 열었다.

"그렇게 하지 않으면…… 약속을 지킬 수 없으니까……?"

"왜 말끝이 의문형이에요……?"

요우가 고개를 갸웃거리며 되물어보자 마린은 한층 더 혼란스러워졌다.

마치 요우 본인도 잘 모르는 것 같은 태도였으므로, 마린으로선 그렇게 반응하는 것도 당연했다.

"솔직히 말하자면 나도 잘 모르겠어. 다만 그렇게 해야겠다고 생각했고, 별로 부담이 되지도 않으니까 괜찮겠다고 생각한 거야."

이때 요우는 진실과 거짓을 반쯤 섞어서 말했다.

마린의 교통비와 식비를 부담하는 것은 요우에게는 별로 힘든 일이 아니었다.

그것은 진실이었다.

하지만 그 돈을 부담하는 데에는 당연히 명확한 이유가 있었다.

요우는 마린과 이야기하다가 눈치채버린 것이다.

마린의 실연은——자기 탓일지도 모른다는 사실을.

그래서 요우는 마린의 실연의 상처를 치유할 수만 있다면 뭐든지 하기로 마음먹었다.

설령 그것이 자신의 지나친 추측일지라도, 이번 일에 어느 정도 관여한 것은 틀림없는 사실이었기 때문이다.

"——정말로 괜찮아요? 제가 당신에게 그 정도로 신세를 져도?"

요우의 제안에 대해 마린은 고심한 끝에 조심스럽게 최종 확인을 해봤다.

"응, 괜찮아. 나중에 비용을 청구하지도 않을 테니까 안심해."

"이상한 짓을, 하려는 것도 아니죠……?"

"이상한 짓이 뭔데?"

"그건——아뇨, 방금 그 말은 잊어주세요……."

설명을 하거나 말로 표현하는 것이 부끄러웠던 마린은 얼굴이 빨개진 채 고개를 옆으로 흔들었다.

아무튼 대충 넘어간 것 같았다.

"자, 그럼 약속은 정해진 거지?"

"……네."

요우가 확인차 물어보자, 약간 망설이면서도 마린은 고개를 위아래로 끄덕거렸다.

그 모습을 본 요우는 휴대폰을 내밀었다.

"어……?"

"연락처를 교환해야지, 안 그러면 불편하잖아. 만날 약속을 잡기도 힘들고. 다른 동네에서 헤어져서 미아가 되기라도 하면 곤란하니까."

"미아……? 아니, 저를 어린아이처럼 취급하지 마세요."

마린은 볼록하게 뺨을 살짝 부풀리더니, 손에 들고 있던 휴대폰을 건드리기 시작했다.

그렇게 뺨을 부풀리는 행위가 어린아이처럼 보인다는 것을 모르는 거야? 하고 요우는 지적해주고 싶었지만, 여기서 상대의 심기를 건드리는 것은 멍청한 짓이라고 판단하여 그 말을 꿀꺽 삼켰다.

요우가 본 마린이란 사람은 언제나 웃고 있는 인상밖에 없었는데, 이렇게 삐친 표정도 짓는다는 것을 지금 처음 알았다.

어쩌면 소꿉친구인 하루키에게는 이런 표정을 자주 보여줬을지도 모른다——그런 생각을 하면서 요우는 마린과 연락처를 교환했다.

그리고——.

"앗, 고양이……!"

마린은 환희하는 것처럼 탄성을 질렀다.

요우는 마린의 그 말을 듣고 자신이 실수했음을 깨달았다. 뺨이 꿈틀, 경련했다.

"고양이, 좋아해요……?!"

채팅 앱에 표시된 요우의 프로필 사진을 보더니, 마린은 확 밝아진 표정으로 요우의 얼굴을 쳐다봤다.

그런 마린에게서 어색하게 시선을 떼면서 요우는 입을 열었다.

"왜, 그럼 안 돼?"

고양이 사진을 쓰고 있다는 사실을 동급생에게 들키는 바람에 요우는 부끄러워졌다. 그래서 평소보다 더 퉁명스럽게 마린에게 대꾸했다.

그런데 마린은 신이 난 것처럼 고개를 좌우로 흔들었다.

"아뇨, 아녜요. 고양이는 정말 귀엽잖아요?!"

생글생글 기분 좋게 웃는 얼굴로 쳐다보는 마린.

마치 동료를 발견한 것 같은 그 눈동자가 가차 없이 요우의 심장을 찔렀다.

그런 요우의 심정을 아는지 모르는지, 마린은 참으로 멋진 미소를 지으면서 좀 더 깊이 파고들었다.

"이 고양이는 스코티시폴드죠?! 인터넷에서 주워온 사진이에요?!"

"우리 집 고양이야."

"──네?! 아니, 이렇게 귀가 접혀 있는 스코티시폴드는 분양가가 아주 비쌀 텐데요……! 아무튼 얼굴이 너무 귀엽게 생겼어요. 부러워요……!"

마린은 어지간히 고양이를 좋아하나 보다. 상당히 흥분한 것처럼 요우에게 얼굴을 바싹 들이댔다.

키가 비슷했으면 서로의 숨결이 부딪칠 정도로 얼굴을

가까이 들이댄 게 아닐까. 그런 생각이 들 만큼 엄청난 기세였다.

"고양이, 좋아해?"

"네……! 저희 부모님은 키우면 안 된다고 하셨거든요. 당신이 너무 부러워요……!"

마린은 요우의 질문에 대답했다. 그리고 물어보지 않은 것까지도 가르쳐줬다.

그 모습을 보니 얼마나 고양이를 좋아하는지 잘 알 수 있었다.

이 멋진 경치를 구경할 때보다도 고양이 이야기를 할 때 마린의 기분이 더 좋아진 것 같았다. 그래서 요우는 약간 쓴웃음을 지었다.

하지만 요우도 고양이는 정말 좋아하기 때문에 마린의 이야기에 어울려주기로 했다.

"나중에는 키울 거야?"

"네, 키울 수 있는 환경이라면, 키우고 싶어요……!"

키울 수 있는 환경이란 것은 아마도 건물이라든가 기타 등등의 문제일 것이다.

반려동물을 금지하는 공동주택에서는 당연히 기를 수 없을 테고, 또 반려동물이 살기 어려운 환경에서는 착한 마린이라면 굳이 키우려고 하진 않을 것이다.

'하기야 아키미는 애초부터 키울 수 있는 집을 선택할 것

같지만.'

현명한 마린이라면 이것저것 잘 고려해서 자신이 살 곳을 선택할 것이다. 그래서 요우는 나중에 고양이를 기르고 있는 마린의 모습을 쉽게 상상할 수 있었다.

"그런 날이 오면 좋겠네."

"네⋯⋯! 하자쿠라가 키우는 고양이도 다음에 한번 안아보고 싶어요⋯⋯!"

정말로 마린은 고양이를 좋아하는 듯했다. 기대하는 눈빛으로 요우를 쳐다보면서 부탁을 했다.

키 차이 때문에 굉장히 귀여운 어리광처럼 보였다. 그래서 요우는 저도 모르게 얼굴을 반대쪽으로 휙 돌렸다.

"앗, 대놓고 얼굴을 피하다니, 치사해요⋯⋯! 그렇게까지 싫어할 필요는 없잖아요⋯⋯!"

그리고 얼굴을 피한 요우의 태도를 엉뚱한 쪽으로 해석한 마린은 또다시 살짝 뺨을 부풀리면서 열심히 화를 냈다.

지금까지 받았던 인상과는 전혀 다른 모습이었다. 요우는 이것이 마린의 참모습이란 것을 알았다.

'이쪽이 훨씬 더 매력적⋯⋯이라고 생각하다니, 내가 이상한 건가?'

그런 의문을 느끼면서도 문득 이제는 시간이 많이 늦었다는 사실을 깨달았다.

"기회가 있으면 안아보게 해줄게. 그나저나 이제 슬슬

돌아가야 하는데…….”

“앗, 벌써 시간이 이렇게……? 아쉽지만 어쩔 수 없죠.”

그 아쉬움은 아마도 요우와의 대화가 아니라 이 풍경을 구경하는 것을 그만둬야 한다는 것에 대한 아쉬움일 것이다.

요우도 그걸로 만족했다. 상대가 자신에게 관심을 가져도 곤란하기에.

일단 휴일에 관해 최종 확인을 할까, 말까? 하고 요우는 고민했는데, 이미 정해진 일을 끈질기게 다시 물어보는 것도 그다지 보기 좋진 않으니 그만뒀다.

그 대신 마린의 발치로 시선을 던지면서 말을 걸었다.

“어두워서 발밑이 잘 안 보이니까 조심해. 올라올 때와는 달리, 돌아갈 때는 내리막길이니까 조심해야──.”

“꺅!”

요우가 충고하고 있는데, 마치 그 복선을 회수하는 것처럼 마린이 발을 헛디디고 말았다.

“어휴, 진짜…….”

쓴웃음을 지으면서 요우는 당장 넘어질 것 같은 마린의 몸을 팔로 받아 안아줬다.

그때 무척 부드러운 것이 물컹하게 형태를 바꾸면서 요우의 팔뚝에 닿았다. 그래서 그는 얼른 팔의 위치를 수정했다.

요우는 쿵쿵 시끄럽게 뛰는 심장 소리를 들키지 않으려고 일부러 포커페이스를 유지하면서 가만히 마린을 응시했다.

어쩌면 마린은 의외로 덤벙거리는 타입일지도 모른다.

그렇다면 앞으로 데리고 다니는 것이 좀 불안해지는데——하고 요우는 생각을 했다.

"아, 저기, 미안해요……. 그리고, 감사합니다……."

요우가 지켜보는 가운데 마린은 얼굴을 새빨갛게 붉히면서 고개를 푹 숙이고 요우에게 인사를 했다.

아마도 자기 가슴을 요우의 팔뚝에 딱 붙였던 것을 눈치챈 것이리라.

"아냐, 됐어. 익숙해지기 전까지는 어쩔 수 없지."

마린이 괜히 신경 쓰지 않도록 요우는 그렇게 말했다. 앞날에 관해 일말의 불안을 느낀 것은 마린에게는 비밀이었다.

◆

그 후 요우는 밤이 늦었다는 이유로 마린을 집 근처까지 데려다줬다.

직접 집 앞까지 바래다주면 마린이 싫어할 것 같았기에, 요우는 그 근처에서 대기하다가 마린이 집에 도착했다는 메시지를 받은 다음에 자기 집으로 돌아갔다.

집 근처에 도착해 택시에서 내렸다. 이미 밤이 늦은 시각이었다. 쥐 죽은 듯이 조용한 공간이 요우를 감쌌다.

그런 상황에서 정말로 집까지 거의 다 왔을 때 갑자기 낯익은 얼굴이 옆을 지나쳐 갔다.

"──저기."

요우가 현관문 손잡이를 잡았을 때, 방금 스쳐 지나간 여자가 그에게 말을 걸었다.

요우는 무시하려고 했다. 하지만 그 여자는 무시할 마음이 없는 것 같았다.

"왜?"

요우는 그 여자를 돌아보지는 않고 문손잡이를 붙잡은 채 대답했다.

"대체 무슨 속셈이야?"

"뭐가?"

"아, 그래. 시치미를 떼려고?"

요우의 대답을 들은 그 여자는 불쾌하다는 듯이 눈살을 찌푸렸다.

"시치미는 무슨. 도대체 네가 뭘 알고 싶어 하는 건지 모르겠는데?"

여자의 말에는 주어가 없었다.

대충 상대가 무엇을 알고 싶어 하는지는 예상됐지만, 확

정되지 않은 이상 요우는 함부로 입을 열지 않았다.

"다 알면서……. 정말 얄미운 남자라니까."

그 여자는 어처구니없다는 듯이 그렇게 말하더니 스스로 요우 곁으로 다가왔다.

발소리가 들려왔으므로 요우도 어쩔 수 없이 그쪽을 돌아봤다. 때마침 구름 속에서 보름달이 나왔다. 만월의 빛이 그 여자의 얼굴을 비췄다.

달빛을 받은 그 여자는 길고 아름다운 검은 머리카락을 오른손으로 가볍게 쓸어 올리면서 요우의 얼굴을 응시했다.

"그런 식으로 굴면 친구가 없어질 거야──가 아니라, 애초에 너는 친구가 없었나? 하자쿠라."

"이런 밤중에 밖에서 돌아다니다니, 넌 언제부터 그렇게 나쁜 애가 된 거야? 네모토."

요우에게 말을 건 여자──그것은 학교의 2대 미소녀 중 한 명인 네모토 카스미(佳純)였다.

요우와 카스미는 서로 인사라도 하듯이 비아냥거리는 말을 주고받았다.

이들을 아는 사람들에게 "같이 있게 하면 안 되는 두 사람은 누구인가?"라고 묻는다면, 그들은 틀림없이 이 두 사람의 이름을 댈 것이다.

섞이면 위험하므로 취급 주의──작년에 같은 반이었던 학생들은 모두 요우와 카스미의 관계를 그렇게 표현할 것

이다.

그만큼 두 사람은 견원지간이었다.

"밤중에 돌아다닌다는 지적을 너한테 받고 싶진 않은데."

"난 상관없어. 내 몸은 내가 지킬 수 있으니까. 문제는 너야. 이런 시각에 굳이 혼자 밖에서 돌아다니다니, 제발 나를 덮쳐주세요 하는 거나 마찬가지잖아?"

카스미는 마린과 함께 학교의 2대 미소녀라고 불릴 정도로 예쁘게 생겼다.

그런 미소녀가 밤늦은 시간대에 어두운 곳에 있는 것은 너무나 위험한 짓이었다.

요우는 그 점을 지적했는데, 카스미는 별로 신경 쓰지 않는 것 같았다.

"방범 대책이 있으니까 괜찮아. 그보다 내 질문에 대답이나 해. 넌 도대체 무슨 속셈으로 끼어든 거야?"

그렇게 말하면서 카스미는 날카롭게 노려보듯이 요우의 얼굴을 봤다.

아니, 실제로 거의 노려보고 있었다.

"무슨 소리야?"

"시치미 떼지 마. 당연히 아키미에 관한 이야기잖아. 대체 뭔데? 이제 막 실연당한 아키미를 잘 위로해줘서 남자 친구 자리라도 차지하려는 거야?"

아무래도 카스미는 요우와 마린이 접촉했다는 사실을

눈치챈 것 같았다.

그래서 이상한 오해를 하게 되었나 보다.

"내가 아키미와 이야기했다는 것을 아는구나. 그럼 너는 우리를 몰래 쫓아온 거야?"

"굳이 쫓아가지 않아도 다 알아. **키노시타**랑 아키미와 이야기를 하고 있을 때, 네가 저쪽에서 얼굴을 내미는 것이 보였거든. 얼른 또 숨었지만. 그리고 아키미가 그쪽 모퉁이로 뛰어 들어간 후에도 너는 거기서 나오지 않았으니까. 네가 이번 일에 참견하려고 아키미를 쫓아갔다는 것은 금방 눈치챘어."

카스미도 마린과 마찬가지로 머리가 굉장히 좋았다.

그리고 감도 좋았다.

그래서 상황 증거만 가지고도 충분히 요우의 행동을 상상할 수 있었던 것이리라.

"그래, 아키미와 이야기 좀 했어. 하지만 그게 너한테 비난받아야 할 행동이야?"

얼버무리려고 해봤자 소용없다는 듯이 요우는 즉시 상대의 말을 인정하고, 그 대신 '그래서 뭐, 어쨌다고?'란 식으로 대꾸했다.

이에 대해 순간적으로 카스미는 떫은 표정을 지었지만, 금방 아무 일도 없었던 것처럼 태연한 표정으로 입을 열었다.

"상심한 아키미가 더 이상 상처받지 않도록, 충고하러 왔을 뿐이야. 너는 그 애를 반드시 불행하게 만들 거야. 그러니까 상관하지 마."

마치 살기를 품은 것처럼 차가운 음성으로 카스미는 그런 말을 했다.

이에 대해 요우는 코웃음을 쳤다.

"흥, 그건 승자의 여유란 거냐?"

"그런 것은 아니야. 다만…… 본의 아니게도 나는 아키미에게 상처를 줬어. 그러니까 그 애가 더 이상 상처받는 모습을 보고 싶지는 않아."

카스미와 마린은 한 남자를 두고 싸웠다. 그 결과 카스미가 승리했다.

그로 인해 패배한 마린은 상처를 받았으므로, '내가 상처를 줬다'라는 카스미의 말은 틀린 말은 아닐 것이다.

——그러나 요우는 알고 있었다.

다른 일이라면 몰라도, '연애'처럼 필연적으로 상처받는 사람이 생기는 일에 관해서는 카스미는 가슴 아파하는 사람이 아니라는 것을.

카스미는 그런 부분에서는 깔끔하게 포기할 것은 포기하는 사람이다.

그래서 요우는 쉽게 파악할 수 있었다. 카스미의 그 말이 실제로는 다른 의미를 지녔다는 것을.

"이봐. 이제 너는 이미 새로운 길로 나아가고 있잖아? 계속 과거에 얽매이지는 마."

"——!"

요우가 그렇게 말한 직후에 카스미의 표정이 확 달라졌다.

냉정한 척하던 그 표정은 순식간에 분노의 표정으로 변해버렸다.

"너, 잘도 그런 말을 하는구나……?! 네가 감히, 무슨 낯짝으로…… 나한테, 그런 말을 해……?!"

그렇게 들려온 목소리는 좀 전의 차가운 목소리가 아니라, 커다란 분노가 묻어나는 아주 낮은 목소리였다.

보니까 살기를 품은 눈동자로 카스미는 요우를 노려보고 있었다.

"역시 그랬구나……."

그런 카스미의 태도와 눈빛을 본 요우는 확신했다. 아까 마린과 대화했을 때 자신이 떠올렸던 억측이 실은 정답이었다는 것을.

"이제 그만 집에 들어가. 누구한테 이런 장면을 들키기라도 하면, 모처럼 사귀기 시작한 네 남자 친구가 오해할 거 아냐."

"…………."

요우가 충고를 했는데도 카스미는 꼼짝도 하지 않았다.

말없이 요우의 얼굴을 쏘아보고 있었다.

"——야, 카스미."

그런 상대에게 요우는 옛날처럼 이름을 부르면서 말을 걸었다.

그러자 카스미의 눈동자가 심하게 흔들렸다.

"네가 나를 원망하는 것은 네 자유야. 하지만——그래서 넌 지금 행복해? 질투심이나 나에 대한 복수심 때문에 괜히 남한테까지 피해를 주고 있다면, 그건 이제 그만해. 지금이라면 아직은 바로잡을 수 있으니까."

요우는 그 말만 하더니 카스미한테서 눈을 떼고 집 안으로 들어가 버렸다.

그리고 그런 요우를 노려보고 있던 카스미는——.

"웃기지 마……! 대체 누구 때문에, 이렇게 됐는데……!"

요우에 대한 미움이 한층 더 심해져서 이를 악물고 있었다.

◆

"휴……."

자기 방으로 돌아온 요우는 침대에 눕자마자 방금 일을 떠올리고 한숨을 푹 내쉬었다.

'나도 알아. 내가 진짜로 나쁜 놈이란 것은……. 그러니까 더 이상 똑같은 실수를 하지 않으려고 노력하고 있는데……. 너까지 똑같이 나쁜 놈이 되지는 말라고…….'

머릿속에 떠오른 것은, 좀 전에 대화할 때 카스미가 지었던 표정.

옛날에는 그런 표정을 짓는 사람이 아니었다.

겉으로는 냉정해 보인다는 것은 예나 지금이나 똑같지만, 실은 어리광 부리기를 좋아하고 귀엽게 웃기도 하는 착한 여자아이였다.

그런데 현재 카스미의 마음속에는 악귀가 살고 있었다.

그리고 그 악귀를 탄생시킨 사람은 분명히 요우였다.

'소꿉친구란 것은 저주나 마찬가지야…….'

머릿속에 떠오른 것은 언제나 옆에서 웃고 있던 카스미의 표정이었다.

어린 시절부터 늘 함께 있으면서 카스미는 절대로 요우 옆에서 떨어지려고 하지 않았다.

그리고 그 시간은 요우에게는 행복하고, 둘도 없이 소중한 것처럼 느껴졌었다.

하지만 그것이 언제부터인가 요우의 마음속에서는 고통으로 변해버렸다.

그 탓에——과거에 요우는 카스미에게 심한 상처를 주고 말았다.

그 저주의 굴레에서 요우는 아직도 벗어나지 못했다.

'고등학교에 입학한 후에는 모든 것을 깨끗이 떨쳐낸 줄 알았는데…… 역시 그게 아니었구나…….'

요우는 앞으로 자신이 어떻게 해야 할지 생각해봤다.

지금 카스미가 정말로 행복하다면 아무 문제도 없다.

그러나 카스미는 아마도 자신의 행복이 아니라 다른 것을 기준으로 삼아 행동하는 것처럼 보였다.

돌이켜보니 1학년 때부터 이미 그런 조짐이 있었다.

하지만 요우는 카스미와의 어떤 사건 때문에 거리를 두고 있었으므로, 그 모습을 보고도 못 본 척하고 말았다.

그래서 지금 이렇게 골치 아픈 상황이 벌어진 것이다.

이대로 이 상황을 끝내버린다면, **네 사람**이 모두 불행해질 것이다.

"──야옹~."

이마에 손을 대고 생각에 잠겨 있는데, 귓가에서 귀여운 울음소리가 들려왔다.

눈을 떠보니 소중한 가족인 고양이가 요우의 얼굴을 내려다보고 있었다.

"야옹~ 씨……."

"야오옹~."

요우가 이름을 부르자, 야옹~ 씨는 머리를 요우에게 대고 비비적거렸다.

이 이름은 요우가 붙인 것은 아니었지만, 그도 마음에 들어서 그렇게 부르고 있었다.

요우는 야옹~ 씨를 끌어안더니 그대로 그 머리와 몸을 쓰다듬기 시작했다.

야옹~ 씨는 좀 특이한 고양이였다. 누가 자기를 안거나 쓰다듬어도 전혀 싫어하지 않았다.

오히려 자기가 먼저 스킨십을 요구하는 어리광쟁이였다.

요우는 그런 야옹~ 씨가 너무너무 귀여워서 평소에도 자주 어리광을 받아줬다.

야옹~ 씨가 자신에게 다가왔으므로, 요우는 생각을 좀 정리하기 위해서라도 지금은 야옹~ 씨를 예뻐하면서 힐링의 시간을 가지기로 했다.

◆

"——하자쿠라, 있어요?"

다음 날 점심시간에 돌연 귀여운 목소리가 들려오자, 교실 전체가 시끄러워졌다.

그 반 학생들은 우선 그 목소리의 주인공에게 시선을 집중시켰고, 그다음에는 이제 막 식당에 가려고 했던 요우에게 시선을 돌렸다.

그 시선의 방향을 살펴보던 목소리의 주인공은 기뻐하

면서 요우 곁으로 다가왔다.

"다행이에요. 아직 여기 있었네요."

귀엽고 멋진 미소를 지으면서 그렇게 말한 사람은, 어제 함께 움직였던 마린이었다.

"이런 행동은 상정하지 않았는데……."

그 소녀가 나타나자 요우는 무심코 머리를 싸쥐고 싶어졌다.

아직 어제의 그 사건에 관한 답을 찾아내지 못한 것도 문제였지만, 특히 이렇게 마린처럼 주목을 받는 학생이 요우를 찾아오는 것은 곤란했다.

요컨대 주목을 받는 것이 문제였다.

"앗, 미안해요……."

눈치 빠른 마린은 당연히 요우의 말뜻을 즉시 이해했는데, 그로 인해 마린이 순식간에 풀이 숙어 사과했으므로 이 반 학생들은 살기 넘치는 시선으로 요우를 노려봤다.

남녀 불문하고 인기가 많은 마린을 슬프게 하다니. 그것은 이 학교에서는 중죄였다.

이대로 있으면 안 되겠다. 그렇게 생각한 요우는 일단 마린을 데리고 나가서 다른 곳으로 이동하기로 했다.

"──어, 그래서 무슨 일인데?"

마린이 일부러 자기한테 찾아올 정도로 큰 문제가 생긴 게 아닐까──어쩌면 카스미가 마린에게 무슨 짓을 한 게 아닐까? 하고 불안해하면서 요우는 그렇게 물어봤다.

그러자 마린은 멋쩍은 듯이 입을 열었다.

"저, 그게…… 거기 있기가 불편해서, 이쪽으로 도망쳐 온 거예요……."

"있기가 불편해?"

"네, 그러니까…… 제가 하루와 이야기를 안 하게 되었고, 또 네모토와 하루가 서로를 대하는 태도가 달라져서. 그걸 본 사람들이 다들 상황을 눈치챘는지…… 엄청나게 저를 위로해주고 있거든요……."

"아, 그렇구나……."

아마 사랑의 패배자인 마린을 걱정해서 모두 열심히 도 와주려고 하는 모양이다.

그런데 마린은 그게 더 괴로워서 요우한테 도망쳐온 것이리라.

'이렇게 되는 게 당연하지만, 쓸데없이 상황이 더 복잡해졌구나…….'

아마도 이번 점심시간에 전교생한테 소문이 쫙 퍼질 것이다. 카스미와 하루키가 사귀기 시작했고 마린이 혼자 남겨졌다는 내용의 소문이.

그것은 현재 상황을 어떻게든 해결하고 싶어 하는 요우로서는 환영할 수 없는 사태였다.

특히 마린에게 접근하려고 하는 남자가 앞으로 극단적

으로 늘어난다는 것은, 여러 가지 의미에서 골치 아픈 문
제였다.

"그런데 왜 하필 나를 찾아온 거야? 나 말고도 아키미의
심정을 이해해주는 친구가 있을 텐데, 아니야?"

"그건…… 저, 하자쿠라가 방어막이 되어주셨으면 해
서……."

"진심이야……?"

방어막──마린은 그런 식으로 비유했는데, 요컨대 남
자들을 퇴치해 달라는 뜻이리라.

"이, 이기적인 부탁이라는 건 알지만, 지금은 하자쿠라
말고는 의지할 수 있는 상대가 없어서……!"

"설마 벌써 대시를 받았어?"

"열 명이 방과 후에 할 말이 있다면서 저를 불러내려고
했어요."

"아하……."

과연 우리 학교의 2대 미소녀이구나.

솔로라는 사실이 판명되자마자 이미 고백 스케줄이 열
건이나 잡혔다.

"게다가…… 앞으로는 쉬는 날 당신과 같이 움직이게 될
테니까, 미리 조금이라도 익숙해지는 게 좋을 것 같아
서……."

"그건 그냥 명분일 뿐이잖아?"

"네, 죄송해요……."

"그래, 솔직히 대답했으니 괜찮긴 한데……."

순순히 고개를 숙이는 마린. 그 모습을 힐끗 보면서 요우는 어떻게 할지 생각해봤다.

마린과 학교에서 같이 움직인다면 그만큼 많은 사람의 주목을 받게 될 것이다. 그래서 관계를 원래대로 되돌리기는 점점 어려워질 것이다.

하지만 이대로 자신이 수수방관한다면, 마린을 노리는 남자들이 줄줄이 나타날 테니까——마린의 마음의 상처를 꼭 치유해줘야 하는 이상, 그것도 간과할 수는 없었다.

여기서는 어느 쪽에 중점을 두느냐가 문제인데——.

요우는 힐끔 마린의 얼굴을 봤다.

그랬더니 마린은 마치 작은 동물이 간절하게 매달리는 듯한 표정으로 요우의 얼굴을 쳐다보고 있었다.

아무래도 본인이 말로 표현한 것보다 훨씬 더 심한 곤경에 처한 모양이다.

그렇다면 당연히 무시할 수는 없었다.

'쳇, 자꾸 나답지 않은 짓만 계속하게 되네…….'

그런 생각을 하면서 요우는 입을 열었다.

"알았어. 아키미한테 도움이 된다면 네 마음대로 나를 이용해."

요우가 그렇게 말하자, 마린은 만면에 웃음을 띠었다.

"고마워요. 하자쿠라……!"

그렇게 감사 인사를 하는 마린에게 요우는 가볍게 고개를 끄덕여줬다. 그 후 두 사람은 식당으로 이동했다.

◆

"——저, 저기, 마린. 같이 밥 먹지 않을래?"

식권을 사러 간 요우를 기다리면서 식당 테이블 앞에 앉아 있는데, 처음 보는 남자가 마린에게 말을 걸었다.

"미안해요. 저는 지금 저 사람을 기다리고 있거든요."

마린은 처음 보는 상대에게 누구냐고 묻지는 않고, 식권을 사려고 줄을 서 있는 요우 쪽으로 시선을 돌렸다.

그러자 그 남자는 몹시 절망한 표정을 짓더니 터벅터벅 떠나갔다.

'죄송해요……'

마린은 속으로만 그 남자에게 사과했다.

요우를 기다린다는 것은 거짓말이 아니었지만, 아까부터 마린은 같이 밥 먹자고 찾아오는 남자들을 상대로 일부러 오해할 만한 방식으로 거절하고 있었다.

이에 대해 약간 죄책감을 느낄 수밖에 없었다.

그런데 좀 전부터 아무리 거절해도 남자들의 유혹은 끊이지 않았다.

남자들이 자기를 어떻게 생각하는지 마린은 알고 있었지만, 지금까지는 이런 식으로 대시를 받은 적이 거의 없었다.

그것은 전적으로 소꿉친구인 하루키의 존재가 크게 작용했기 때문이리라.

역시 정해진 파트너가 있는 여자한테는 남자도 함부로 말을 걸지 못하는 것이다.

"…………."

이대로 계속 자리에 앉아 있어도 피곤해질 뿐이다. 그래서 마린은 요우 쪽으로 타박타박 걸어가 봤다.

그리고——.

"그게 뭐예요……?"

때마침 요우가 받아 든 음식——새빨간 액체를 듬뿍 끼얹은 덮밥을 보고, 마린은 조심스럽게 질문을 했다.

"응? 뭐야, 너도 왔어? 이건 매운 닭튀김 덮밥인데."

"그릇에서 나오는 김만 쐬어도 눈이 따가워질 정도예요……."

"왜? 맛있는데."

"…………꿀꺽."

사람은 호기심이 왕성한 생물이다.

자신의 상상을 초월하는 음식을 봤을 때, 그것이 맛있다는 소리를 들으면 저절로 그 맛이 궁금해지는 것이다.

그리고 겉으로만 봐도 매운 음식이라는 것은 알 수 있어도, 그게 실제로 얼마나 매운지는 모른다.

그래서 마린은 딱 한 입만 먹어보고 싶다는 생각을 해버렸다.

빈자리에 둘이 앉았는데, 마린의 시선은 요우의 매운 닭튀김 덮밥에서 떠날 줄을 몰랐다.

아무리 봐도 마린의 관심은 매운 닭튀김 덮밥에 쏠려 있었다.

"하나 먹어볼래?"

"그래도 돼요……?"

되냐고 물어볼 것도 없었다. 그렇게 흥미진진한 표정을 지으니 무시할 수 없었던 것이다.

그래서 요우는 마린이 테이블 위에 놔둔 도시락 뚜껑 위에 닭튀김을 하나 올려놨다.

그리고 똑같이 새빨갛게 변한 밥도 조금만 덜어서 거기에 올려놨다.

"고, 고마워요. 그럼 저도——."

그렇게 말하면서 마린은 테이블에 비치된 앞접시에 차조기 돼지고기말이 하나와 계란말이 하나를 올려놨다.

"두 개나 줘도 돼?"

"등가교환이에요. 아, 이것은 제가 직접 만든 음식이라서 맛은 장담할 수 없지만요……."

마린이 직접 만든 음식——그 말을 들은 순간, 마린과 요우의 대화에 귀를 기울이던 주변 남자들의 시선이 일제히 두 사람에게 집중됐다.

　그리고 그들 전원이 질투의 눈초리로 요우를 쳐다봤다.

　'부담스러워서 배탈이 날 것 같아…….'

　엄청난 적의의 타깃이 된 요우는 새삼스럽게 현재 자신이 얼마나 인기 많은 여자와 같이 있는지 실감했다.

　마린이 손수 만든 음식이라니, 다른 남자라면 돈을 내더라도 꼭 먹고 싶어 할 것이다.

　그런 음식을 먹는다면 당연히 남자들의 질투 대상이 될 것이다.

　"아냐, 난 됐어."

　겉보기에는 둘 다 굉장히 맛있어 보여서 아쉬웠지만, 아무리 그래도 자기 신변의 안전과 비교해본다면 무엇을 선택해야 할지는 자명했다.

　그래서 요우는 거절하기로 했다.

　그런데——.

　"제가 만든 음식은, 그렇게 먹기 싫으세요……?"

　자신이 직접 만들었다는 소리를 듣고 요우가 거절했다. 그렇게 오해한 마린은 서글픈 듯이 어두운 표정을 지었다.

　그로 인해 주위의 시선은 질투에서 살기로 변했다.

　'음, 역시 나와 아키미는 궁합이 안 좋은 것 같아…….'

무의식중에 남을 무뚝뚝하게 대하는 요우의 말투는, 착한 아이 대표자 같은 마린을 슬프게 만드는 것이다.

　그와 동시에 그것은 주변 사람들을 적으로 만들어버린다.

　"아니, 그런 뜻이 아니고. 주위의 시선이…… 알지?"

　아무튼 마린을 계속 슬퍼하게 내버려 뒀다간 적의의 수량이 늘어날 뿐이다. 그래서 요우는 넌지시 이유를 설명했다.

　그러자 요우의 말뜻을 이해했는지, 마린의 슬픈 표정이 난처해하는 표정으로 바뀌었다.

　"알았어요. 실은 자신 있는 음식이라서 당신한테도 맛보게 해드리고 싶었지만, 이 상황에서는 어쩔 수 없네요."

　"응, 기회가 있으면 다음에 잘 부탁할게."

　"네……! 그럼 죄송하지만, 잘 먹겠습니다."

　마린은 요우의 말을 듣고 웃으면서 고개를 끄덕였다. 그리고 닭튀김으로 젓가락을 가져갔다.

　그것을 입에 집어넣더니──.

　"~~~~~~~~~~~!"

　말이 안 나오는 비명을 지르고 울상을 지으면서 괴로워하기 시작했다.

　입을 양손으로 틀어막고 온몸을 이리저리 흔들고 있었다.

　"아, 그래……. 그거, 맛있긴 한데 좀 과하게 맵지."

　마린의 모습을 본 요우는 태평한 목소리로 그렇게 중얼

거렸다.

이에 대해 마린은——'그 말을 먼저 하셨어야죠!' 하고
속으로 절규했다.

"물 마실래?"

끄덕끄덕——!

상대가 너무 괴로워하기에 불쌍해져서 요우가 그렇게 물
어보자, 마린은 필사적으로 고개를 위아래로 끄덕거렸다.

그래서 요우는 마린의 물을 눈앞에 갖다 놔주려고 했다.
그때 마린이 그보다 더 빨리 요우의 옆에 있는 컵을 손으
로 덥석 붙잡았다.

그리고 벌컥벌컥 그 물을 힘차게 마셨다.

"…………"

요우는 그 모습을 보고 딱딱하게 굳어버렸고, 주변에 있
는 남학생들도 경악하여 마린을 쳐다봤다.

상황을 모르는 사람은 본인밖에 없었다.

마린은 매운맛이 사라지지 않아서 물을 더 마시려고 주
위를 둘러봤다. 그러다 드디어 위화감을 느꼈다.

"어어……? 아닛, 왜 커비 여기에 인는 거져?"

마린은 입안이 매워서 혀가 마비됐는지, 다 뭉개진 발음
으로 그렇게 요우에게 물어봤다.

그 몸은 바들바들 떨리고 있었다. 얼굴은 새빨갛게 변했
고 눈에는 눈물이 고여 있었다.

음식이 매워서 그러는 건지, 아니면 실은 자신이 저지른 실수를 눈치채서 그러는 건지——아마도 둘 다 원인일 것이다.

"…………."

요우는 마린의 질문에는 대답하지 않았다. 그리고 원래 마린의 컵이었던 컵을 집어 들어 물을 마시기 시작했다.

그러자 주변이 한층 더 시끄러워졌는데——사실 마린은 이 컵을 아직 사용하지도 않았다.

그 사실을 알았기 때문에 요우는 마린의 컵을 입에 댈 수 있었다.

"하쟈크라……."

"응, 왜? 물이 없으면, 가서 더 받아오면 되잖아?"

부끄럽다는 듯이 이쪽을 쳐다보는 마린한테 요우는 퉁명스럽게 그런 식으로 대꾸했다.

그러자 마린은 얼른 자리에서 일어나 물을 받으러 갔다.

요우의 의도를 파악했는지, 아니면 매운맛을 더 이상 참을 수 없었는지는 모르겠지만. 어쨌든 요우는 그런 마린의 뒷모습을 보면서 작게 한숨을 쉬었다.

그리고 질투의 시선을 온몸으로 받아내면서 젓가락으로 닭튀김을 집어 들어 입속에 집어넣었다.

"우와, 맵다——."

◆

　"너무 매워써여……."

　물을 컵에 담아 돌아온 마린은 약간 원망하는 것처럼 촉촉해진 눈동자로 요우의 얼굴을 쳐다봤다.

　생각보다 좀 늦게 돌아온 것을 보면, 아마도 매운맛이 사라질 때까지 물을 몇 번이나 벌컥벌컥 마시고 돌아온 모양이다.

　좀 전에 간접 키스를 해버렸던 것은 마린도 없었던 일로 취급하기로 했나 보다.

　"아니, 왜 그런 눈으로 나를 쳐다봐. 나는 처음부터 매운맛이라고 말해줬고, 딱 봐도 맵다는 것은 충분히 알 수 있잖아?"

　"예사내떤 매운마뿌다, 며빼나 더 매워써여……."

　예상했던 매운맛보다 몇 배나 더 매웠다──그 말을 대충 흘려들으면서 요우는 거침없이 닭튀김과 밥을 입속에 집어넣었다.

　마린은 믿을 수 없다는 눈빛으로 그 장면을 바라보고 있었다.

　"응, 왜?"

　"그거, 안 매워여……?"

　"아니, 매운데? 얼마나 매운지는 너도 충분히 확인해봤잖아?"

그럼 어떻게 물도 안 마시고 그걸 그렇게 마구마구 퍼먹을 수 있는 거죠——하고 마린은 한마디 해주고 싶었지만, 그 말을 꿀꺽 삼켰다.

요우의 모습을 보니, 그 질문을 던져봤자 이해할 수 있는 대답이 나올 것 같지는 않았기 때문이다.

'혀와 입술이 얼얼해요…….'

마린은 자기 도시락을 먹으면서 또다시 울상을 지었다. 너무 매운 음식을 먹은 여파였다.

그때 눈앞에서 밥을 먹고 있던 요우가 갑자기 자리에서 일어났다.

"어? 왜 그러쎄여?"

"잠깐 어디 갔다 올게."

요우는 무뚝뚝하게 대꾸한 뒤 이슬렁이슬렁 어딘가로 걸어 가버렸다.

'볼일을 보러 가나 보네요.'

대충 얼버무리는 듯한 그 태도를 보고 마린은 요우가 어디로 갔는지 예측했다.

그리고 남자인데도 밥 먹는 자리에서 센스 있게 말조심을 했다는 점에서 마린의 마음속의 요우에 대한 평가 점수가 좀 올라갔다.

'의외로 남을 배려할 줄 아는 사람이라니까요.'

평소에는 차갑게 굴지만, 실제로는 잘 알아보기 어려워도 주변 사람들에게 신경 써주는 그의 모습을 마린은 몇 번인가 본 적이 있었다.

하지만 그것을 본인에게 말해봤자 그는 절대로 인정하지 않을 것이다.

그래서 마린의 마음속에서 요우는 '츤데레 같은 사람'이란 이미지였다.

──그런 생각을 하면서 식사를 계속하고 있는데, 눈앞에 탁! 하고 누가 뭔가를 내려놨다.

반사적으로 고개를 들었다. 요우가 무뚝뚝한 표정으로 마린의 얼굴을 내려다보고 있었다.

"이게 뭐에여?"

"요구르트."

"네, 그건, 보명 아는데……."

마린이 물어보고 싶었던 것은, 그가 어째서 마린의 눈앞에 요구르트를 놔뒀는가 하는 것이었다.

그러나──요우의 다른 한 손을 보고 마린은 그의 의도를 파악했다.

"그냥 내 것을 사는 김에 같이 사온 거야. 내가 사주는 거니까, 돈도 안 줘도 돼."

요우는 그렇게 말하더니 나머지 한 손에 들고 있던 요구르트의 뚜껑을 따서 먹기 시작했다.

그런 요우의 얼굴을 마린은 물끄러미 쳐다봤다.

"왜?"

그 시선에 불쾌함을 느낀 요우는 기분 나쁘다는 듯이 마린을 째려봤는데, 마린은 그저 고개를 살래살래 옆으로 흔들더니 웃는 얼굴로 입을 열었다.

"고마……워여…….."

요우는 그런 마린의 얼굴에서 시선을 떼더니 묵묵히 요구르트를 먹기 시작했다.

그리고 마린도 똑같이 요구르트를 먹기 시작했는데, 그 시선은 계속 요우에게 고정되어 있었다.

마린은 알고 있었다.

요우는 만사 귀찮아하는 것처럼 보이지만 실은 준비성이 좋은 남자라는 것을.

그런 요우가 뒤늦게 따로 요구르트를 사러 간다는 번거로운 짓을 할 리가 없었다.

자신이 엄청나게 매운 음식을 먹으리란 것은 알고 있었으니까, 요구르트가 필요했다면 아예 같이 사 왔을 것이다.

그런데도 그는 지금 굳이 요구르트를 사러 갔다 왔다. 그것은 마린이 매운맛의 여파 때문에 힘들어한다는 사실을 그가 눈치챘기 때문일 것이다.

두 개를 사 온 것도, 또 '내 것을 사는 김에 같이 사 왔다'라고 말한 것도 단지 부끄러움을 숨기려는 방편이었다.

실제로 지금 요우는 왠지 멋쩍어하는 것처럼 보였다.

'이런 반전 매력을 보여주다니, 치사하잖아요……?'

이때 요구르트를 먹고 있는 마린의 얼굴은 미소로 가득 차 있었는데, 주변의 학생들은 그게 진짜로 요구르트가 맛있기 때문인지 아니면 눈앞에 있는 남자 때문인지가 너무 궁금해서 식사에 집중할 수가 없었다.

"──자, 그럼 교실로 돌아갈까?"

요구르트도 다 먹었고 마린도 이제 괜찮아진 것을 확인한 요우는 자리에서 일어나려고 했다.

식당은 넓었고 빈자리도 넉넉했으므로 서둘러 일어날 필요는 없었다. 하지만 사방팔방에서 날아오는 질투의 시선들 때문에 바늘방석에 앉은 듯한 상황이었다. 그래서 요우는 당장이라도 여기서 벗어나고 싶었다.

그런데 마린은 요우의 말을 듣고 어두운 표정을 지었다.

"돌아갈 거예요……?"

그 표정을 보면, 요우가 이 자리에서 사라지는 것을 마린이 싫어한다는 것을 알 수 있었다. 마치 놀아 달라고 조르는 어리광쟁이 강아지처럼 보이기도 했다.

마린의 표정을 본 주위의 학생들은 모두 헉 하고 숨을 들이켰다. 그리고 요우의 대답에 관심을 집중시켰다.

그러자 요우는 잠깐 생각을 해보더니 다시 아까와 같은 자세로 돌아갔다.

"여기 있는 게 불편하지 않아?"

"저, 하지만 교실이 더…….."

"……그렇구나."

마린의 말을 들은 요우는 순간적으로 자리를 옮길까 하는 생각도 했지만, 주변 사람들의 상태를 보니 아무래도 그들이 따라올 가능성이 컸다.

그렇다면 차라리 의자도 있고 음료수도 얼마든지 있는 식당이 더 낫겠다고 판단했다.

하지만 이 자리는 여전히 불편해서——요우는 입을 다물고 휴대폰을 꺼냈다.

"저기요…….."

대화 상대인 요우가 입을 다물어버리니 마린은 어색해서 어쩔 줄을 몰랐다. 그래서 무슨 이야기라도 할 수 없을까? 하고 말을 걸어보려고 했다.

그런데 요우가 왠지 의미심장한 눈빛으로 이쪽을 봤다. 마린은 입을 다물었다.

그리고 요우의 눈을 주목했더니, 그의 시선은 다시 휴대폰으로 이동했다. 혹시——하고 생각한 마린은 자기 휴대폰을 살펴봤다.

그랬더니 요우의 메시지가 와 있었다.

『대화는 이걸로.』

아마도 요우는 주변 사람들이 엿듣는 게 싫어서 메시지

로 대화하기로 한 것 같았다.

'역시 하자쿠라는 센스가 있네요…….'

마린은 그런 생각을 하면서 휴대폰을 건드렸다.

『알았어요.』

『응.』

요우가 그렇게 대답했다. 마린은 한동안 요우의 다음 말을 기다렸다.

그러나 시간이 좀 지났는데도 메시지는 전혀 날아오지 않았다.

'…………어? 설마 이걸로 끝이에요?!'

상대가 메시지로 대화하자고 했으니까, 당연히 무슨 화제를 꺼내줄 거라고 생각했었다. 그러나 요우는 더 이상 아무런 메시지도 보낼 기색이 없었다.

마린은 고개를 들어 요우를 살펴봤다. 그는 이미 휴대폰을 테이블 위에 내려놓고 있었다.

'뭐예요. 대화할 마음이 전혀 없잖아요……?!'

마린은 반사적으로 그렇게 따지고 싶어졌지만, 자신이 메시지를 보내면 그가 반응하리란 것은 알고 있었으므로 그쪽에서 대응하기로 했다.

『하자쿠라는 심술쟁이예요.』

마린의 메시지에는 그렇게 적혀 있었다. 요우는 고개를 갸우뚱하면서 마린을 쳐다봤다.

그랬더니 마린의 뺨은 불만스럽게 살짝 부풀어 있었다.

『갑자기 왜? 그나저나 늘 생글생글 웃고 다니는 네 캐릭터가 지금 붕괴되고 있어.』

『캐릭터라니, 그런 식으로 말하지 마세요. 웃고 다니는 편이 모두 기뻐하니까 그렇게 했을 뿐이에요.』

그런 게 캐릭터 아니야?

요우는 그렇게 생각했지만, 마린이 더 심하게 토라질 게 뻔했으므로 다른 질문을 해보기로 했다.

『그럼 지금은 왜 그렇게 삐친 표정이야?』

요우의 그 질문에 마린은 저도 모르게 휴대폰을 건드리던 손을 멈췄다.

지적을 당하기 전까지는 몰랐는데, 이렇게 깨닫고 보니 요우에게는 무의식적으로 자신의 솔직한 감정을 보여주고 있었다.

마린에게는 지금까지 그런 상대는 단 한 명밖에 없었다. 그래서 내가 왜 이러는 건가 하고 자신도 의아했다.

그래도 단언할 수 있는 것이 딱 하나 있었다.

이 현상이 연애 감정에서 비롯되지는 않았다는 것이다.

『글쎄요. 이미 우는 얼굴을 보여줬기 때문일까요……?』

『왜 나한테 되물어보는 거야?』

요우한테 한소리 들었는데, 실은 마린 본인도 잘 몰랐기 때문에 어쩔 수 없었다.

그래서 난감한 듯이 요우의 얼굴을 쳐다봤다. 그러자 요우도 똑같이 난감해하는 것처럼 고개를 반대쪽으로 휙 돌렸다.

그리고 휴대폰을 두드리기 시작했다.

『됐어. 그만하자.』

퉁명스럽고 짧은 문장으로 날아온 대답.

하지만 그 퉁명스러움이 실은 반대의 의미를 지니고 있다는 것을 눈치챈 마린은 저절로 미소를 짓고 말았다.

'역시 하자쿠라는 츤데레인 것 같네요.'

마린은 생글생글 웃으며 휴대폰을 건드렸다.

『고마워요.』

그런 메시지를 보내자, 요우가 불쾌하다는 듯이 마린의 얼굴을 쳐다봤다.

그래서 마린은 일부러 웃는 얼굴로 마주 봤다. 요우는 즉시 휴대폰을 두드렸다.

『뭔가 이상한 생각을 하는 거 아냐?』

'이상한 생각──이라니, 대체 무슨 뜻일까요?'

마린은 주변 사람들이 반할 정도로 예쁜 미소를 지으면서 요우에게 답장을 보냈다.

『잘 모르겠는데, 아무튼 당신은 참 다정하네요.』

그렇게 메시지를 보내자, 요우는 더욱 불쾌해하는 표정을 지으며 또다시 휴대폰을 만지작거렸다.

그리고 테이블 위에 휴대폰을 툭 올려놨다. 그런데 마린의 휴대폰에는 메시지가 오지 않았다.

'전송이 늦게 되는 걸까요……?'

이렇게 갑자기 전파장애가 일어날 수도 있나? 하고 의문을 느꼈지만, 어쨌든 마린은 한동안 메시지가 오기를 기다렸다.

그러나 5분쯤 휴대폰을 들여다보고 있어도 전혀 메시지가 도착할 기미가 안 보였다.

이상하다고 생각한 마린은 고개를 들었다. 메시지가 제대로 송신이 됐는지 요우에게 물어보려고.

그 순간 눈치챘다.

요우가 기막혀하는 표정으로 마린의 얼굴을 바라보고 있다는 사실을.

'설마──!'

좀 전에 요우가 휴대폰을 만지면서 무슨 짓을 했는지── 그에 관해 짚이는 것이 있었다. 그래서 마린은 서둘러 휴대폰을 만지작거렸다.

그리고 요우의 계정으로 무료 이모티콘을 한번 보내봤다. 그랬더니──.

『이 사용자에게는 보낼 수 없습니다.』

그런 메시지가 돌아왔다.

그 메시지를 받은 마린은 부들부들 떨었다. 삐친 것처럼 요우의 얼굴을 다시 쳐다봤다.

그러나 요우는 아랑곳하지 않고 이미 자기 휴대폰을 보고 있었다.

마린은 그 태도가 일부러 자신을 도발하는 것임을 깨달았다. 그래서 요우가 이쪽을 안 보고 있는데도 생긋, 하고 아름다운 미소를 지었다.

그러자 마린과 요우를 지켜보던 남자들이 단지 그것만 보고도 발광하기 시작했는데, 지금 마린에게는 주위의 반응 따위는 전혀 중요치 않았다.

그보다도 눈앞에 있는 이 심술궂은 상대에게만 정신이 팔려있었다.

'흐응, 그래요? 그런 짓을 한단 말이죠? 그럼 저한테도 생각이 있거든요?'

이때 요우는 아직 몰랐다.

아키미 마린은 모두에게 사랑받고 누구에게나 다정하게 대해주는 소녀이지만——실은 마음을 터놓을 수 있다고 판단한 상대는 절대 봐주지 않는 소녀라는 것을.

요우의 심술 때문에 토라진 마린은 소리 내지 않고 살며시 자리에서 일어났다.

너무나 조용히 일어났기 때문에, 휴대폰을 내려다보고 있던 요우는 그 사실을 눈치채지 못했다.

마린은 식당에 있는 학생들의 시선을 한 몸에 받으면서

요우의 등 뒤로 이동했다.

그리고——.

"어젯밤에는 그렇게 다정했으면서, 하룻밤이 지나니 이렇게 차가워지는 건가요……."

평소의 귀여운 목소리가 아니라 요염하게 꾸며낸 목소리로 그렇게 속삭였다.

"——?!"

돌연 누군가가 자기 어깨에 양손을 올려놓더니 귓가에 대고 섹시하게 속삭이자, 요우는 놀라서 반사적으로 굳어 버렸다.

마린은 그런 요우를 계속해서 공격했다.

"벌써 저한테 질려버리신 건가요……?"

저도 모르게 요우가 돌아보자, 마린은 슬퍼하는 것처럼 어두운 표정을 지었다.

그러나 그 입은 희미하게 웃고 있었다.

"야, 너……."

그때 요우는 마린에 대한 자신의 평가가 잘못됐음을 깨달았다.

좀 전에 자신을 놀리려고 했던 마린을 일부러 매몰차게 내치면, 마린이 더 이상 같은 짓은 안 할 거라고 예상했었다. 그러나 마린은 현재 요우를 가장 난처하게 만드는 방법으로 그에게 복수하고 있었다.

"──저, 저게 무슨 소리야? 어젯밤에, 다정했다니……?"

"마린, 거짓말이지……? 거짓말이라고 말해줘……."

"저놈은 뭐야, 나의 마린한테 무슨 짓을……! 죽어도 용서 못 해……!"

마린은 속삭이듯이 이야기했는데도, 바로 옆에서 귀를 쫑긋 세우고 대기하던 학생들은 그 말을 똑똑히 듣고 말았다.

그리고 그 말을 들은 학생들의 추상적인 발언으로 더 큰 오해가 생겨났다.

수면에 돌을 던지면 파문이 순식간에 퍼지듯이, 요우와 마린을 중심으로 시작된 그 오해는 순식간에 식당 전체에 도달했다.

그러나 마린의 공격은 아직 끝나지 않았다.

이어서 튀어나올 말이 무엇인지 눈치챈 요우는 즉시 두 손을 들었다.

"미안, 항복할게. 그러니까 더 이상은 말하지 마."

이대로 마린을 내버려 둔다면, 그다음에는 마린은 다음과 같이 말할 것이다.

"앞으로는 쉬는 날마다 같이 있기로 했잖아요? 그런데 저하고는 더 이상 같이 있고 싶지 않다는 건가요?"라고.

물론 요우도 그 대사를 토씨 하나 안 틀리고 알아맞히지는 못했지만, 대충 이런 대사가 마린의 입에서 튀어나오리란 것은 알고 있었다.

그래서 그런 치명적인 말을 듣기 전에 백기를 든 것이다.

──그래 봤자 이미 엎질러진 물이란 느낌이 들었지만.

"야, 저놈 누구야? 정보가 필요해."

"알지? 우리 모습이 안 보이는 한밤중을 노려야 해."

그런 말들이 사방에서 들려왔다. 요우는 두통을 느꼈다.

학생 몇몇이 마린을 천사라고 부르면서 숭배하는데, 요우는 저도 모르게 이런 생각을 했다.

'이건 천사가 아니라 타락 천사잖아……?'

◆

"후후."

홀로 교실로 돌아가는 도중에 마린은 무심코 웃음소리를 냈다. 좀 전에 요우가 보여줬던 표정이 생각난 것이다.

마린이 복수했을 때 요우의 얼굴은 경악으로 물들어 있었다.

1학년 때부터 냉정했던 요우는 그런 표정을 보여준 적이 없었다. 좀처럼 볼 수 없는 표정을 봐서 마린은 기분이 좋았다.

'애초에 심술을 부린 하자쿠라가 잘못한 거예요.'

마린은 그런 생각을 하면서 생글생글 웃는 얼굴로 복도를 걸어갔다.

그런데 교실 입구에서 아는 여자애가 벽에 기대어 서 있는 것이 눈에 띄었다.

그걸 본 마린은 즐거웠던 기분이 단번에 확 가라앉았다.

떠올리기도 싫은 기억이 다시 떠올라 가슴이 쿡쿡 찌르듯이 아팠다.

하지만 상대는 아무 잘못도 하지 않았다. 그래서 마린은 감정을 꾹 눌러 죽였다.

그리고 고개를 꾸벅 숙여 인사한 뒤, 그 소녀 앞을 가볍게 지나쳐 가려고 했다.

"──저기."

그런데 뜻밖에도 상대가 마린에게 말을 걸었다.

"네? 무슨 일이죠?"

어떻게든 억지웃음을 지으면서 마린은 자신을 부른 소녀──네모토 카스미의 얼굴을 쳐다봤다.

현재의 마린으로서는 자신이 제대로 웃고 있는지 알 수 없었지만, 어쨌든 상대에게 불쾌감을 주지 않으려고 노력했다.

그런 마린의 얼굴을 보면서 카스미가 천천히 입을 열었다.

"지금 교실 안이 시끌시끌해. 너한테 남자 친구가 생겼다면서."

"…………."

과연, SNS의 시대.

소문이 퍼지는 게 참 빠르구나. 마린은 그런 생각을 하면서 말했다.

"그것참 난감하네요."

마린이 그렇게 대꾸하자, 카스미는 "뻔뻔하긴……" 하고 조그맣게 중얼거렸다.

그러나 곧바로 마린의 얼굴을 쳐다보더니 다시 입을 열었다.

"실은 다른 곳에 가서 이야기하고 싶지만, 유감스럽게도 이제 곧 다음 수업이 시작될 거야. 그러니까 단도직입적으로 물어볼게. 내가 1학년 때부터 **그 사람**과는 얽히지 말라고 몇 번이나 충고했잖아? 그런데 이째서 너는 귀담아듣지 않는 거야?"

'그 사람'이란 말이 누구를 가리키는지, 마린은 금방 알아챘다.

주변 사람들에 대해 일선을 긋고서 매일 의욕 없는 것처럼 학교생활을 하는 남자──하자쿠라 요우. 카스미는 그에 관해 이야기하고 있었다.

마린이 1학년 때부터 요우에게 말을 건 날에는 대부분 카스미한테 주의를 받았다.

『그 남자는 진짜로 나쁜 놈이야. 너 같은 여자애가 건드리면 안 되는 상대야.』

대충 그런 말을 자주 들었다.

돌이켜보니 입학했을 때부터 그를 고립시킨 사람은 바로 카스미였다.

요우에 관한 악평을 퍼트리면서 그 누구도 그에게 접근하지 못하게 만들었다.

특히 여자애가 그에게 다가가려고 하면 즉시 가로막고는 했다.

물론 요우가 타인을 멀리하는 성격이긴 하지만, 그래도 주변 사람들이 색안경을 쓰고 그를 바라보게 된 원인을 제공한 사람은 틀림없이 카스미였다.

마린은 그 점을 별로 좋게 생각하지 않았다.

"저는 사람 보는 눈이 있다고 자부합니다. 그는 신뢰할 수 있는 사람이에요."

상대를 자극하지 않으려고 귀엽게 생긋 웃으면서 대답하는 마린.

마린과 카스미는 사랑의 라이벌이긴 했지만, 결코 사이가 나쁘진 않았다.

오히려 공부 쪽에서는 서로 1, 2등을 다투는 좋은 라이벌이었고, 요우에 관한 의견만 제외한다면 말이 잘 통하는 상대라고 마린은 생각했었다.

그런 카스미가, 보통은 신경도 안 쓸 법한 상대인 요우를 이상하리만치 적대시하고 있었다. 그게 좀 마음에 걸렸지만, 어쨌든 마린은 카스미와 대립하는 것은 바람직하지 않다고 판단했다.

그래서 부드럽게 그런 식으로 반박했는데——카스미는 마린의 대답이 마음에 들지 않은 눈치였다.

"아무것도 모르면서, 그를 잘 아는 것처럼 말하지 마."

평소에도 냉정한 느낌을 주는 카스미의 목소리가 지금은 한층 더 쌀쌀하게 들렸다.

표정에서도 노골적인 혐오감이 엿보였다.

그 톤과 표정에 마린은 깜짝 놀라고 말았다.

마린의 표정을 보고 퍼뜩 정신을 차렸는지, 카스미는 숨을 한 번 고르고 나서 다시 마린을 바라봤다.

"아무튼 그 사람과는 더 이상 얽히면 안 돼. 언젠가는 반드시 후회할 거야."

진지한 표정으로 그렇게 말하는 카스미. 그러나 마린은 납득할 수 없었다.

카스미는 얽히면 안 된다고만 말할 뿐이지, 도대체 왜 얽히면 안 되느냐 하는 중요한 부분을 계속 숨기고 있었다.

그것은 아마도 카스미에게는 불리한 부분일 것이다.

그렇지 않다면 자신의 주장을 뒷받침하기 위해 그 이유도 확실하게 밝힐 테니까.

이렇게 비정상적으로 집착하는 사람이 그 점을 모를 리가 없었다.

그렇게 판단한 마린은 생각했다. 역시 카스미의 말을 순순히 들을 수는 없다고.

"설령 앞으로 당신이 말한 것 같은 미래가 닥쳐온다 해도, 그것도 제가 선택한 길의 결말입니다. 그 결과 후회를 하게 되더라도, 제가 선택한 길이라면 나중에 스스로 납득을 할 수 있어요. 하지만——."

거기서 마린은 일단 말을 끊고 카스미의 눈을 응시했다.

그리고 귀엽게 생긋 웃으면서 또다시 입을 열었다.

"당신의 말을 믿고 그와 거리를 둔다면, 저는 반드시 자신의 행동을 후회할 겁니다. 그리고 남이 부추기는 대로 길을 선택해버린 자신을 틀림없이 납득하지 못할 거예요. 그러니까 저는 제가 믿는 길을 따라 나아가겠습니다."

귀엽게 웃는 얼굴로 말했지만, 그것은 분명히 카스미에게 싸움을 거는 말이었다.

마린처럼 모든 사람과 사이좋게 지내려고 하는 소녀한테 이런 말까지 하게 하다니. 그 남자에 대해 카스미는 속으로 몰래 분노를 불태웠다.

그러나 주변 상황을 깨달은 카스미는 감정을 애써 눌러 죽이고 입을 열었다.

"그래? 너는 현명한 사람인 줄 알았는데, 알고 보니 어리석은 사람이었나 보네."

"저는 자신의 눈이 아니라, 남이 이야기하는 소문을 믿고 상대를 판단하는 것이 더 어리석다고 생각하는데요?"

"네가 그 사람을 그렇게까지 감싸는 이유가 뭔데? 그 정도로 어젯밤에 그가 너한테 잘해줬어?"

"글쎄요? 어떨까요."

날카롭게 쏘아보는 카스미 앞에서 마린은 시종일관 미소를 지으며 대답했다.

그러나 명백히 카스미의 화를 돋우는 대답만 골라서 하고 있었다.

이는 마린이 카스미에게 마음을 터놓고 있기 때문이 아니었다.

다만 지금까지 쌓인 울분과, 친절하게 자신에게 손을 내밀어준 상대를 음해하려고 하는 카스미에 대한 거부감을 참지 못하고 드러낸 것이었다.

그래서 처음에는 원만하게 해결하려고 했던 마린은 어느새 공격적인 태도로 변해 있었다.

——마린은 본능적으로 알아차렸다.

여기서 물러나는 것은, 훗날 돌이킬 수 없는 실수가 되리란 것을.

일촉즉발——그런 분위기가 된 두 사람.

더구나 이 학교의 2대 미소녀라고 소문난 두 사람이 의미심장한 대화를 나누고 있으니, 주변 사람들이 주목하지 않을 리 없었다.

그리하여 이제 마린과 카스미는 학생들에게 둘러싸여 관찰을 당하고 있었다.

학생들은 평소와는 전혀 다른 두 사람을 보더니, 곧 시선을 돌렸다. 아마도 이 소녀들을 말릴 수 있는 유일한 남자를 향해.

하지만 그 남자도 다른 학생들과 마찬가지로 평소와 다른 두 사람의 태도를 보고 당황하고 있을 뿐이었다. 전혀 두 소녀를 말리려고 하지 않았다.

그런 상황에서——그가 아닌 엉뚱한 방향에서 누군가가 목소리를 냈다.

"이봐, 너희들은 왜 이렇게 주목받고 있는 거야……?"

돌연 귀찮아하는 듯한 목소리가 들려오자 모두들 그쪽으로 시선을 돌렸다.

그리고 의외의 인물이 등장한 것을 봤다. 모두의 눈이 휘둥그레졌다.

"하자쿠라……."

마린이 그 인물의 이름을 부르자, 그는 내키지 않는 것처럼 시선을 옮겼다. 자기 이름을 부른 마린이 아니라 카스미 쪽으로.

그리고 천천히 입을 열었다.

"이제 곧 수업이 시작될 거야. 이야기는 나중에 내가 들어줄 테니까, 더 이상 아키미를 건드리지 마."

요우는 여기까지 오는 동안에 무슨 일이 일어났는지 이미 정보를 입수했다.

그래서 이렇게 끼어든 것이다.

하지만 상대는 요우를 미워하는 카스미였다.

그리 순순히 요우의 말을 들을 리가 없었다.

"너하고는 상관없는 일이야. 제삼자는 빠져줄래?"

카스미는 냉정한 척하면서 요우를 제삼자 취급하여 이 대화의 자리에서 쫓아내려고 했다.

그러나 제삼자라고 하기에는 요우를 쳐다보는 카스미의 눈빛은 뭔가 심상치 않았다.

그래서 마린은 드디어 알아차렸다. 카스미가 왜 지금까지 꾸준히 요우에 대한 험담을 하고 다녔는지.

사랑과 미움은 종이 한 장 차이.

아무리 봐도 요우를 쳐다보는 카스미의 눈빛은 그것이었다. 사랑이 미움으로 변해버린 집념 어린 눈빛.

'하지만, 그렇다면 어째서……'

카스미가 요우를 미워하는 것은 확실했다.

하지만 그와 동시에 요우에 대한 사랑을 버리지 못한 것처럼 보였다.

그래서 마린의 마음속에는 커다란 의문이 생겨났다.

"제삼자라고……? 그것이 너의 대답인가."

카스미에 대한 생각에 푹 빠질 뻔했던 마린은 요우의 그 말을 듣고 생각을 중단했다.

아니, 실은 억지로 생각을 중단했다고 하는 것이 옳은 표현일 것이다.

그러지 않았다면 마린은 난생처음으로 자기 마음속에 끔찍한 감정을 품고 말았을 테니까.

그것을 본능적으로 눈치챈 마린은 무의식중에 요우의 이야기 쪽으로 주의를 돌려 도망친 것이었다.

"대답, 이라니요……?"

마린은 떨릴 것 같은 목소리를 어떻게든 진정시키면서 요우에게 물어봤다.

그러나 그는 고개를 옆으로 흔들었다.

"이미 끌어들여놓고 이런 말을 해서 미안하지만, 너는 안 듣는 게 좋을 거야."

요우가 그렇게 말했다. 그때 마침 수업 시작을 알리는 벨이 울렸다.

보니까 교과 담당 교사가 구경꾼들 틈에 섞여서 요우와 두 소녀를 바라보고 있었다.

"——타임 오버. 여기서 더 이상 버텨봤자 선생님한테 혼나고 내신 성적이 떨어지기만 할걸? 빨리 교실로 들어가."

요우는 그렇게 말하고 휙 돌아서 마린과 카스미에게 등

을 보였다.

그런데──.

"너는 왜 그렇게 금방 도망치기만 해?! 정말 비겁해! 최악이라고! 그렇게 사람의 마음을 실컷 흔들어놓고, 도대체 뭐 하자는 건데?!"

마음속 깊은 곳에서 토해낸 울먹이는 듯한 목소리.

그 목소리를 낸 인물이 너무나 의외라서 다른 학생들은 저도 모르게 그 소녀를 쳐다봤는데, 요우는 마치 그 말을 기다렸다는 듯이 그 목소리의 주인공을 돌아봤다.

"너랑 대화를 하고 싶어. 그리고 이것으로 마무리를 짓고 싶어. 도망치고 있는 사람은 내가 아니라 너잖아?"

요우는 그 말만 남기고 그곳을 떠났다.

◆

그날 밤──무릎 위에서 몸을 동그랗게 말고 잠들어 있는 야옹~ 씨를 쓰다듬으면서 요우는 컴퓨터를 하고 있었다.

그 사건 이후로 마린은 그에게 말을 걸었지만, 결국 카스미는 그와 접촉하지 않았다.

지금도 이따금 휴대폰을 확인해봤지만, 몇 번이나 확인을 해봐도 카스미의 메시지는 오지 않았다.

'그렇게까지 말을 했는데도 소용이 없었구나……'

지기 싫어하는 성격인 카스미라면, 그렇게 도발해서 대화하는 자리로 데려올 수 있을 거라고 생각했는데. 아무래도 그 기대는 빗나간 모양이다.

그런 생각을 하고 있는데 요우의 컴퓨터에 메일 한 통이 날아왔다.

메일을 열어봤더니 그 안에는 이렇게 적혀 있었다.

『다 됐으니까 확인해줘.』

짧은 문장 하나로 완결된 말.

발신자의 퉁명스러움을 전면적으로 보여주는 그 메일을 보고 요우는 쓴웃음을 지었다.

"이건 분명히 오늘 일에 대한 화풀이겠지……?"

요우는 반쯤 어이없어하면서도 일단 메일에 첨부된 두 개의 파일을 확인했다.

파일 하나를 열었더니, 누구나 무심코 귀를 기울일 정도로 아름다운 목소리가 들려왔다.

요우는 그 목소리를 들으면서 미리 자신이 준비해뒀던 동영상 파일을 열었다. 그리고 그 목소리와 함께 동영상을 재생시켰다.

그것을 끝까지 듣고 나서 또 하나의 첨부 파일을 열었다.

이번에는 목소리가 아니라 피아노로 만든 BGM이 흘러나왔다.

여전히 일을 참 완벽하게 해내는구나. 요우는 또다시 쓴웃음을 짓고 말았다.

'정말이지, 이 녀석의 멘탈은 어떻게 돼먹은 거야……?'

체크를 마친 요우는 답장을 하기 위해 메일함을 열었다.

『문제없어. 완벽해.』

그런 말만 보내놓고, 방금 받은 내레이션과 BGM을 이용해 즉시 동영상의 최종 편집 작업에 돌입했다.

이것은 요우가 중학교 1학년 때부터 꾸준히 해온 일종의 취미 활동이었다.

부모님은 동아리 활동도 안 하고 뭐 하냐——하고 자주 잔소리를 하셨지만, 이제는 전혀 주의를 주지 않으셨다.

그 덕분에 요우는 휴일에도 자기 마음대로 지낼 수 있었다.

그런데 평소 같으면 요우는 이대로 편집에 집중했을 테지만, 오늘은 예외적으로 그럴 수가 없었다.

왜냐하면 좀 전에 메일을 주고받은 상대가 답장을 보내왔기 때문이다.

평소에는 요우의 확인 완료 메일에 대한 답장은 오지 않는다.

그런데 오늘은 답장이 왔다. 그렇다는 것은, 점심시간의 그 사건이 헛수고로 끝나진 않았다는 뜻이리라.

'이게 실속 있는 내용이라면 좋을 텐데…….'

그런 생각을 하면서 요우는 메일을 열었다.

그러자 거기에는——.

『이런 일을 해낼 수 있는 사람은 나밖에 없어.』

요우가 원했던 것과는 전혀 다른 대답이 적혀 있었다.

그 내용을 본 요우는 무의식중에 천장을 우러러보고 말았다.

자신이 상대를 구속하고 있는 건지, 아니면 상대가 자신을 구속하고 있는 건지 모르겠다.

다만, 아무리 봐도——이 문제는 뿌리가 깊어서 그리 간단히 해결되진 않을 것 같았다.

'아니, 이건 진짜로 화풀이 메일이잖아…….'

자기주장이 심한 이 메일 발신자를 상대로, 도대체 앞으로 어떻게 하면 좋을까? 하고 요우는 또다시 골머리를 썩이게 되었다.

그러다가——.

"뭐, 어쩌겠어. 일단 내가 할 수 있는 일이나 해야지."

우선시해야 하는 것은 무엇인가.

오늘 하루를 돌이켜보고 요우는 자신의 방침을 다시금 확고하게 정했다.

"야옹~."

요우가 방침을 확고히 했을 때, 마치 기다렸다는 듯이 무릎 위에서 자고 있던 고양이가 울었다.

"야옹~ 씨. 일어났어?"

"히야~옹."

이름을 부르자, 야옹~ 씨는 기분 좋게 요우의 배에 대고 머리를 문질렀다.

변함없이 어리광이 심한 녀석이었다.

"이렇게 야옹~ 씨가 곁에 있어주기만 해도, 나는 살 것 같아."

"야옹~?"

많은 문제를 끌어안고 있어서 약간 우울해진 요우가 그렇게 중얼거리자, 야옹~ 씨는 어리둥절한 듯이 고개를 갸웃거렸다.

당연히 요우가 한 말을 알아듣지는 못하니까 그러는 것도 어쩔 수 없었다.

다만 요우의 표정을 보고 뭔가를 느꼈는지, 야옹~ 씨는 돌연 요우의 어깨 위로 올라왔다.

그리고 할짝할짝 그의 뺨을 핥았다.

"위로해주는 거야?"

"야옹!"

고양이는 사람의 감정을 이해하는 생물이라고 하는데, 이렇게 야옹~ 씨가 격려해주려고 하는 것을 보면 그게 정말일지도 모른다.

요우는 그런 생각을 하면서 오늘은 동영상 편집은 그만두고 어리광쟁이 야옹~ 씨와 같이 놀아주기로 했다.

◆

　다음 날——학교에서는 어제에 이어 또다시 가벼운 소
동이 일어났다.

　요우는 그 원흉 중 한 명인 소녀의 얼굴을 빤히 바라봤
다.

　"제 얼굴에 뭐라도 묻었나요?"

　원흉은 늘 그렇듯이 귀여운 미소를 짓고 고개를 살짝 갸
웃거리면서 요우에게 물어봤다.

　주변 사람들한테 주목을 받는 것에는 신경도 안 쓰는 것
같았다. 요우는 젓가락을 내려놓고 좀 어이없어하면서 입
을 열었다.

　"잘도 그렇게 주위에 신경을 안 쓰는구나?"

　"이미 익숙해졌으니까요."

　요우의 말을 들은 마린은 '어쩔 수 없잖아요?'라고 하듯
이 어깨를 으쓱했다.

　마치 우아한 아가씨같이 품위 있는 그 태도에 주변의 남
자들은 흥분한 것처럼 한숨을 내쉬었다.

　요우는 그런 남자들 때문에 쓴웃음을 지으며 난감하다
는 듯이 입을 열었다.

　"우리가 너무 눈에 띄는 것 같아. 안 좋은 의미로……."

"뭐, 그렇죠. 어제 그렇게 화려하게 충돌했으니까요……."

카스미와 마린의 충돌.

그것은 그 두 사람이 히로인 레이스를 펼쳤을 때도 발생하지 않았던 일이다.

그런데도 어제——서로 언성을 높이며 싸우지는 않았을망정, 두 사람은 노골적으로 적의를 가진 채 대화를 했다. 그리고 그동안 상관도 없었던 제삼자인 요우가 거기에 등장했다.

더구나 카스미와 요우는 의미심장한 대화를 나눴다.

그리하여 학생들의 관심은 현재 마린과 카스미와 요우에게 집중되어 있었다.

"저는 역시, 당신과 같이 있지 않은 편이 좋을까요……?"

요우가 주목받기 싫어한다는 것은 확실했다. 그래서 그 원인 중 하나인 마린은 슬퍼하는 기색으로 요우에게 물어봤다.

그러자 요우는 기막히다는 듯이 한숨을 쉬더니 체념한 것처럼 웃었다.

"너와 같이 있기로 정했을 때부터 그것은 이미 각오했어. 그러니까 신경 쓸 필요 없어."

요우가 그렇게 말하자 마린의 표정이 확 밝아졌다.

"감사합니다……!"

이어서 활짝 웃으며 고맙다고 인사를 했다. 요우는 멋쩍은 듯이 그 얼굴을 외면했다.

그러고 있는데, 갑자기 주변 사람들이 일제히 쳇! 하고 혀를 차는 소리가 들렸다.

왜 남들이 혀를 차는 걸까? 하고 이유를 몰라 의아해하면서 요우는 주위를 둘러봤다. 그러자 이쪽을 노려보는 학생들과 눈이 마주쳤다.

'내가 뭐 이상한 말이라도 했나……?'

주변에 있는 학생들과 눈이 딱 마주친 요우는 불편함을 느끼면서 다시 앞을 봤다. 방금 내려놨던 젓가락을 손에 들었다.

그리고 눈앞에 있는 새빨간 라면으로 젓가락을 가져갔다.

"……어제도 그랬지만, 당신은 엄청나게 매운 음식을 좋아하나 봐요?"

요우가 면을 후루룩 먹고 있는데, 뭔가 좀 할 말이 있는 것처럼 마린이 질문을 던졌다.

그런데 그 눈빛을 보면 이 새빨간 음식에 관심을 가진 것처럼 보였다.

아마도 마린은 호기심이 왕성한 듯했다.

"응, 좋아해."

특별히 의식해본 적은 없지만, 돌이켜보니 확실히 자주 먹긴 했다.

그런 생각을 하면서 요우는 대답을 했는데——.

"아, 저 그런 이야기를 들었어요. 매운 음식을 좋아하는 사람은 마조히스트라고……."

"──컥?! 쿨럭쿨럭!"

예상치 못한 마린의 한마디에 놀라서 사레들리고 말았다.

"괘, 괜찮아요?!"

"기, 기도! 콜록콜록! 고춧가루가…… 크흑…… 기도에 들어가서……! 목 아파……!"

"우와! 물! 여기요, 물 있어요!"

고춧가루가 기도에 들어가는 바람에 괴로워하는 요우. 그걸 본 마린은 황급히 근처에 있는 컵을 요우에게 건네줬다.

그리고 어제와는 정반대 상황이 된 요우는 물을 한 모금 마셨는데, 이것이 잘못된 대처법임을 깨닫고 얼른 물 마시는 것을 중단했다.

오히려 물을 마셔서 더 심하게 사레가 들렸다.

그렇게 요우는 기도에 들어간 고춧가루 때문에 힘들어하고 있었는데, 주위에 있는 학생들은 이상하게도 웃는 것이 아니라 '쳇, 지금 장난하냐……?!' 하고 분노를 불태우고 있었다.

"──너 진짜, 가만 안 둔다……."

"죄, 죄송해요……."

폭풍이 한차례 지나간 뒤, 마린한테 분노한 요우가 살짝 눈물이 맺힌 눈으로 노려보자 마린은 풀이 죽어 사과했다.

그러나 고춧가루 때문에 목구멍이 타는 고통을 맛봤고, 또 마조히스트라고 놀림을 당한 요우의 분노는 가라앉지 않았다.

그래서 좀 더 불평을 늘어놓으려고 했는데——뜬금없이 자신의 눈앞에 컵이 두 개 놓여 있는 것을 발견하고 입을 다물어버렸다.

그것이 무엇을 의미하는가. 그것은 분노로 이성이 마비된 요우라도 금방 이해할 수 있었다.

그는 혹시나 하고 마린의 앞쪽을 바라봤다.

마린의 앞에는 컵이 놓여 있지 않았다.

그것은 마린이 식사를 할 때 물을 준비하지 않았기 때문이 아니었다.

마린이 물을 준비해놓고 틈틈이 마시면서 식사를 하는 모습을 요우는 아까 봤었다.

즉, 마린의 앞에 컵이 없고, 요우의 앞에 컵이 두 개 놓여 있는 이유는 하나밖에 없었다.

"어, 저기요. 그렇게 입 다물고 있으면 더 무서운데……."

고개를 숙이고 있던 마린은 요우가 침묵하자 쭈뼛쭈뼛 고개를 들었는데, 그때 요우의 앞에 컵이 두 개 놓여 있는 것을 발견하고 도중에 말문이 막혀버렸다.

그리고 자기 앞에는 컵이 없다는 사실을 깨닫고 바들바

들 떨었다.

"저, 저기, 미안, 해요…….."

"아니…… 어, 나야말로 미안해…….."

좀 전의 분노는 어디로 갔는지.

두 사람은 각자 했던 실수를 깨닫고, 서로 민망해져서 사과할 수밖에 없었다.

그런 두 사람을 둘러싼 주변 사람들의 분위기는 당연히 ──요우에 대한 분노와 살기로 가득 차 있었다.

"…………."

"저, 저기, 카스미……? 그렇게 째려보면, 저 두 사람이 불쌍하잖아…….."

"…………."

"흐억──! 미, 미안! 난 아무 말도 안 했어……!"

저 멀리 떨어진 테이블에서는 시커먼 오라를 뿜어내는 여자가 확 째려보는 바람에 한 남자가 겁먹은 것처럼 비명을 지르고 있었는데, 지금 민망해서 죽을 것 같은 요우는 그것을 눈치채지 못했다.

"…………."

이때 몹시 기분이 안 좋은 듯한 소녀──네모토 카스미가 말없이 자리에서 일어났다.

그 모습을 지켜보던 하루키는 카스미를 막지 못하고 묵묵히 그 뒤를 따라갔다.

카스미는 뒤따라오는 하루키한테는 신경도 안 쓰고 똑바로 요우와 마린이 있는 곳으로 걸어갔다.

카스미의 존재를 눈치챈 학생들은 저도 모르게 숨을 삼키면서 그 행동을 주목했다.

그런 주위의 반응에도 카스미는 관심 없는 것처럼 일직선으로 요우에게 다가갔다.

그리고――조용히 요우의 등 뒤에 섰다.

카스미가 온 것을 눈치챈 마린은 마른침을 꿀꺽 삼키면서 카스미의 얼굴을 쳐다봤다.

그러나 지금 카스미는 마린조차 눈에 들어오지 않았다.

그저 요우의 행동을 주시하다가, 그가 면을 막 입속에 집어넣은 순간――카스미는 입을 열었다.

"로리콘."

"――?!"

소름 끼칠 정도로 차가운 목소리가 바로 뒤에서 들려오자, 요우는 깜짝 놀라 반사적으로 힘차게 면을 흡입하고 말았다.

그 바람에 아까와 마찬가지로 고춧가루가 기도에 들어갔다.

"콜록콜록! 모, 목 아파……!"

"하, 하자쿠라, 괜찮아요?!"

요우가 눈물을 글썽거리며 기침하기 시작하자, 마린이

걱정스럽게 말을 걸었다.

그런 두 사람을 내려다보면서 카스미는 빙그레 웃었다.

"꼴좋다."

그 말을 들은 요우는 약간 눈물이 고인 눈으로 카스미의 얼굴을 쳐다봤다.

그리고 분노의 감정을 담아 쏘아봤다.

"도, 도대체…… 콜록콜록…… 뭐 하자는 거야……?!"

"어머, 그게 무슨 말이야?"

요우의 말을 들은 카스미는 뺨에 손을 대고 고개를 갸웃거렸다.

악의가 전혀 없어 보이는 정도가 아니라 뻔뻔하기까지 한 태도였다. 그래서 요우는 더욱 화가 났다.

"시치미 떼지, 마……. 갑자기…… 쿨럭…… 남의 뒤에 서서…… 쿨럭쿨럭…… 로리콘이란, 말이나 하고…….."

"왜? 꼭 너 들으라고 로리콘이라고 말한 것은 아닌데?"

"그럼…… 누구한테 말한…… 건데……?"

"키노시타한테."

"뭐?!"

갑자기 자신에게 불똥이 튀자, 하루키는 놀라서 무심코 큰 소리를 냈다.

저렇게 태연하게 남자 친구를 방패로 내세우다니. 이곳에 있는 사람들 전원이 그 모습을 보고 카스미가 얼마나 위험한 여자인지 눈치챘다.

"아니, 아무리 그래도…… 콜록콜록…… 그건 좀…… 억지가 심하잖아……."

하루키가 정말로 로리콘이라면, 카스미가 아니라 마린을 선택했을 것이다.

요우는 그런 생각을 하면서 말했는데, 그때 목덜미에 서늘한 뭔가가 닿았다. 놀라서 몸이 움찔했다.

"——?!"

대체 뭐가 닿은 걸까——하고 의아해하면서 목을 봤더니, 옆에 앉아 있는 마린의 손이 자기 몸에 닿아 있었다.

영문을 몰라 마린의 얼굴을 쳐다봤다. 그러자 마린은 생글생글 웃으면서 요우의 얼굴을 들여다봤다.

그것은 더할 나위 없이 귀여운 미소였다.

그러나 왠지 모르게 이때 요우는 온몸에 소름이 끼치는 것을 느꼈다.

"저, 저기, 왜 그래……?"

저도 모르게 말을 걸었다. 마린은 여전히 생글생글 웃는 얼굴로 고개를 살짝 기울였다.

그리고 천천히 입을 열었다.

"아뇨, 왠지. 당신이 뭔가 실례되는 생각을 하는 것처럼 보여서요."

그 말을 듣고 요우는 다시금 소름 끼치는 감각을 느꼈다.

실제로 요우가 좀 전에 생각했던 것은, 마린에게는 실례가 되는 내용이라고 할 만했다.

왜냐하면 마린을 어린애 체형이라고 간주했던 셈이니까.

──물론 여자다운 일부분은 제외하고 그렇게 간주한 것이지만.

그러나 요우는 당연히 그런 말을 입 밖에 내지는 않았다.

아마도 마린은 표정을 보고 짐작했을 것이다. 아니, 그런데 자기도 저번에 로리콘이라는 소재를 직접 사용했으면서, 반대로 내가 자기를 어린애 취급하는 것은 마음에 안 드는 건가? 하는 생각이 들기도 했다.

하지만 그 점을 지적하지도 못할 정도로 현재 마린은 기분이 나빠 보였다.

짐작건대 카스미가 이 자리에 있고, 또 좀 전에 카스미가 하루키를 이용했기 때문에 기분이 나빠진 것이리라.

마린은 하루키를 지금도 여전히 좋아하니까, 그런 행위에 몹시 화가 났을 것이다.

"…………."

그리고 카스미도 화가 나기는 마찬가지였다. 요우의 목을 건드린 마린이 마음에 안 들어서, 엄청나게 험악한 눈초리로 마린을 쏘아보고 있었다.

그래서 두 사람 사이에 끼어버린 요우는 그냥 죽고 싶은 기분이었다.

'젠장, 내가 왜 이런 꼴을 당해야 하는데……'

서로 싫어하는 2대 미소녀 사이에 낀 요우는 자기 신세를 한탄했다.

애초에 카스미가 식당에 있는 것이 예상외였다.

카스미는 보통 도시락을 싸서 다녔고, 1학년 때에는 하루키도 도시락을 들고 다녔었다. 요우는 그렇게 기억을 했다.

그러니까 두 사람이 식당으로 올 리는 없다고 예상했었는데. 요우는 자신의 얕은 생각을 후회했다.

"그래서…… 무슨 볼일이야……?"

이대로 자신이 입 다물고 있으면 마린과 카스미가 또 이상한 싸움을 시작할 것이다. 그렇게 판단한 요우는 카스미에게 여기 온 이유를 물어봤다.

"볼일? 딱히 없는데."

"넌 대체 뭘 하고 싶은 거야……?"

막 나가는 카스미 때문에 요우는 기막혀하는 표정을 지었다.

그런데 그 표정이 마음에 안 들었나 보다. 카스미는 그를 매섭게 째려봤다.

당장이라도 덤벼들 듯한 분위기였다.

그런 카스미 앞에서 '지금 이 녀석을 상대하는 건 어리석은 짓이다'라고 판단한 요우는 하루키에게 시선을 돌렸다.

"이봐…… 네 여자 친구잖아……? 어떻게 좀 해봐…….”

요우는 따가운 목으로 그런 말을 하면서 하루키의 얼굴을 쳐다봤다.

그런데——.

"아, 아니, 난 못 해…….”

놀랍게도 하루키는 남자 친구의 역할을 포기해버렸다.

이 점에 대해 요우는 불평을 하고 싶었다. 그러나 지금은 마린이 있어서 꾹 참았다.

여기서 자신이 하루키를 비난했다가는, 자칫하면 마린한테도 공격을 당할지도 모른다.

카스미 하나만으로도 귀찮은데 여기서 마린까지 상대해야 한다면 그것은 요우로서도 감당하기 힘든 일일 것이다.

더구나 공동의 적이 탄생한 순간, 지금까지 대립하던 사람들끼리 협력하기 시작할 가능성도 적지 않았다.

그렇게 되면 요우는 이 학교의 2대 미소녀를 둘 다 적으로 삼게 될 텐데——누가 어떻게 생각해봐도, 그것만은 절대로 선택하면 안 되는 길이었다.

그래서 요우는 한숨 쉬듯이 다시 입을 열었다.

"적어도 식사는, 느긋하게…… 하게 해줘…….”

"…………."

수업이 끝나고 집에 돌아온 카스미는 자기 방에서 눈을 감고 심호흡을 했다.

그리고——.

"요우, 이 멍청이, 얼간이, 바보! 남의 속도 모르고, 왜 자꾸 그 애한테 신경 쓰는 거야?! 그렇게 그 애가 좋아?! 이 로리콘 변태야!"

카스미는 평소에 쌓인 울분을 토해내듯이 큰 소리를 지르면서 자기가 좋아하는 고양이 인형을 퍽퍽 두들기기 시작했다.

카스미는 평소에 냉정해 보이지만 실제로는 가슴속에 아주 뜨거운 감정을 품고 있었다.

그래서 평소에는 냉정해도, 어느 특정한 상황에서는 전혀 냉정해지지 못하는 것이었다.

"말도 안 돼, 말도 안 돼, 말도 안 돼! 아니, 애초에 이 책은 순 거짓말 아니야?! 여자가 도망치면, 남자는 저절로 쫓아오게 된다면서! 다른 남자한테 관심 있는 척하면, 저절로 그 남자의 관심을 끌 수 있다면서! 전혀 안 그렇잖아!"

카스미는 1년 전에 손에 넣은 책의 페이지를 난폭하게 넘기면서 분노의 말을 크게 뱉어냈다.

지난 1년 동안 그 내용을 실행해봤지만, 효과는 전혀 없었다.

그 점에 관해서는 진심으로 화가 났다.

"헉, 헉…… 아아, 이건 내 실수야……! 이럴 줄 알았으면, 1년 전에 키노시타랑 손을 잡지 말걸 그랬어……!"

카스미는 자신의 큰 실수를 이제야 깨닫고 침대에 머리를 박으면서 쓰러졌다.

소 잃고 외양간 고친다고 했던가. 이제 와서 자신이 저지른 일을 후회해봤자 너무 늦었다.

1년 전에 카스미는 요우의 주변에서 모든 사람을 쫓아내려고 했다.

그런데 마린 혼자만은 자신의 말을 믿지 않고 요우에게 계속 다가갔었다.

마린의 외모가 너무 예쁘기에 위기감을 느낀 카스미는 이 소녀를 어떻게 해서든 요우한테서 멀리 떨어지게 하고 싶었다.

그때 주목한 상대가 바로 마린의 소꿉친구인 하루키였다.

고교생이 되어서도 여전히 쭉 옆에 있는 소꿉친구. 그것이 여자한테는 얼마나 소중한 존재인지, 카스미는 잘 알고 있었다.

그래서 하루키에게 관심이 있는 척하면, 아마도 그에게 관심이 있는 마린은 요우에게 신경을 쓰지 못하게 될 것이다. 처음에는 그렇게 예상을 했었다.

그런데 마린은 착실하게 요우에게도 계속 신경을 써줬다.

그 와중에 '카스미가 실은 자신을 좋아하지 않는다'라는 사실을 눈치챈 하루키가 카스미에게 어떤 제안을 했다.

요우를 좋아하는 마음이 너무 강했던 카스미는 무심코 그 제안을 받아들이고 말았는데——그 결과는 참패였다.

1년이 지나도 카스미와 하루키의 목적은 이루어지지 않은 것이다.

그래서 몹시 초조해진 두 사람은 어떤 행동을 했다. 그 것이 바로 얼마 전에 있었던 마린의 실연 사건이었다.

이는 카스미에게는 엄청난 도박이었다. 하지만 1년이 지났어도 자신이 원하는 것을 얻지 못했으므로 여기서는 도박을 해볼 수밖에 없었다.

그것이 현재 상황이었다.

"이게 뭐야, 이러면 키노시타만 득을 본 거잖아……! 왜 하필 그 자리에 요우가 있었던 거지?! 왜 그 아이를 도와준 거야! 예전에 나는 그렇게 쉽게 버렸으면서……!"

카스미는 결코 잊을 수 없었다.

실연을 당한 마린이 뛰어간 방향에 요우가 있었고, 마린이 뛰어오는 바람에 얼른 숨었던 그가 거기서 다시 나오지 않았던 것을.

어린 시절부터 그의 성격을 잘 알고 있었던 카스미는 그것을 믿을 수가 없었다.

남에게는 관심이 없고 오직 자신에게만 다정하게 대해준다고 믿었던 존재가, 다른 여자를 도와주러 갔다는 것을.

그래서 그날 밤 그가 올 때까지 기다리고 있었는데, 요우는 자기 할 말만 하고 집 안으로 들어가 버렸다.

카스미는 그것을 용서할 수 없었다.

단, 카스미는 자신에게도 잘못이 있다고 생각하긴 했다.

요우의 얼굴을 보기만 하면, 저절로 결별했던 때가 생각나서 울컥 화가 치미는 것이었다.

최근에는 1년이 넘게 고생하고 있는 이 상황에도 화가 나서, 정말로 냉정하게 있을 수가 없었다.

요우만 그 자리에 없으면 냉정하게 생각을 해볼 수 있는데, 요우가 있으면 미리 세워뒀던 계획이 분노에 의해 머릿속에서 싹 날아가 버렸다. 카스미는 그 문제를 좀 어떻게 해결해보고 싶었다.

하지만——그것은 그렇다 쳐도, 역시 용서할 수 없는 것도 있었다.

"요우, 너도 문제야! '그것이 너의 대답인가'라니, 그게 무슨 헛소리야?! 도대체 누가 언제 그때의 대답을 했다는 거야?! 난 안 했거든?! 제멋대로 단정 짓지 마!"

어제 요우와 나눴던 대화를 떠올린 카스미는 또다시 화가 치밀어서 다리를 마구 버둥거렸다.

점심시간에 '마린에게 남자 친구가 생겼다'는 소문을 들은 카스미는 얼굴이 새파래졌다.

왜냐하면 실연을 당한 직후인 마린이 친하게 지낼 만한 상대는, 그 상황에서는 한 명밖에 떠오르지 않았기 때문이다.

예상대로 한번 떠봤더니, 그 상대는 요우였다.

자신은 실컷 방치했으면서 마린에게는 신경을 써주다니. 그런 요우한테 한층 더 화가 났다.

그래서 더 이상 마린이 요우와 가까워지지 않도록 설득해보려고 했다. 그런데 마린은 또 이상하게 중간부터 자신에게 반항하기 시작했고, 덤으로 요우도 불쑥 나타나더니 마린을 감싸주듯이 자신을 방해했다.

정말이지 다시 떠올리기만 해도 울화가 치밀었다.

"어쩌지……?! 이러다간 진짜로 돌이킬 수 없는 일이 벌어질 거야……!"

마린의 애정이 완전히 요우에게 옮겨가는 것. 그것이 걱정이었다.

그런 사태를 막으려면 자신과 하루키의 진짜 관계를 밝히는 것이 가장 좋은 방법일 것 같았지만——실제로는 그것이야말로 최악의 방법이었다.

모든 것을 알게 된다면, 마린은 정말로 하루키한테 정이 뚝 떨어질 것이다.

그리고 한 번 더 상처받은 마린이 무엇을 원하게 될지. 그것은 생각해볼 필요도 없었다.

그렇게 될 바에야 끝까지 진실을 숨겨서, 하루키한테 완전히 정이 떨어지지 않도록 하는 것이 그나마 낫다.

하지만 그것도 오래가지는 못할 것이다.

카스미는 잘 알고 있었다.

친밀한 관계가 되었을 때의 요우의 중독성을.

"요우를 아키미에게 빼앗긴다니……. 그런 미래는, 생각만 해도 싫어……."

카스미의 행동 원리는 요우와 다시 친해지는 것이었다.

사이가 틀어지긴 했어도 여전히 카스미는 요우에게 의존하고 있었다.

어린 시절부터 계속 의존해왔으니까. 그것도 어쩔 수 없었다.

그리 쉽게 마음을 정리할 수 있을 정도로 카스미는 성숙해지진 못했다.

"어쩌지……? 이걸 어쩌면 좋아……?"

해결책을 찾아내기 위해서 카스미는 전교 최고 수준인 두뇌를 풀가동했다.

하지만 그래도 답은 찾아낼 수 없었다.

애초에 그리 쉽게 답을 찾아낼 수 있다면, 이렇게 복잡한 상황까지 오지도 않았을 것이다.

그야말로 지금도 요우 곁에서 편하게 웃고 있었을 것이다.

"아무튼 그 두 사람을 단둘이 있게 놔두는 것만은 절대로 안 돼……. 게다가 요우는 주말에는 멀리 외출할 테니까. 거기에 그 애를 데려갈 가능성이 크다는 게 더더욱 골치 아픈 문제야……."

요우는 짜증 날 정도로 남녀의 관계성을 잘 모르는 편이었다.

상대가 여자여도, 필요하다고 생각되면 거침없이 같이 가자고 제안할 것 같은 남자였다.

그런 요우가 마린을 위로하기 위해 아름다운 경치를 보여주는 것이 유효하다고 판단했다면, 틀림없이 주말에는 단둘이 어딘가로 외출할 것이다.

거기까지 예측한 카스미는 한층 더 초조해졌다.

"이렇게 된 이상, 그 아이한테……."

이 상황을 타파할 수 있을 것 같은 사람의 얼굴이 떠오르자, 카스미는 휴대폰을 집어 들었다.

"하지만 이제 와서 나를 도와줄까……?"

그런데 휴대폰을 붙잡은 손은 덜덜 떨리고 있었다.

전화를 거는 것이 무섭다. 카스미는 그렇게 생각했다.

요우와 결별했을 때 카스미가 결별한 사람은, 요우 한 명이 아니었다.

또 한 명——바로 이런 상황을 타파해줄 것 같은 인물과도 싸우고 헤어졌다.

하지만 이대로 요우와 마린을 단둘이 있게 놔두면 틀림없이 돌이킬 수 없는 사태가 벌어질 것이다.

그래서 카스미는 마침내 결심하고 전화를 걸었다.

『——여보세요?』

전화기 너머에서 들려온 목소리는 카스미의 기억보다 몇 단계나 더 낮은 톤이었다.

그래서 카스미는 긴장하면서 입을 열었다.

"오, 오랜만이야. 나기사."

카스미가 전화를 건 상대는 중학교 시절에 알게 된 나기사라는 인물이었다.

카스미가 그 이름을 부르자, 전화기 너머에서 한숨 소리가 들려왔다.

전화하는 게 싫다. 그렇게 말하는 듯한 느낌이었지만, 그래도 카스미는 물러나지 않았다.

"저기, 부탁이 있어서 전화했는데……."

『부탁? 네가아, 나한테에?』

나기사는 뭔가 생각하는 바가 있는지, 일부러 강조해가면서 되물어봤다.

그 때문에 카스미는 주먹을 꽉 쥐었다. 짜증이 나서 떨리는 음성을 간신히 진정시키면서 다시 입을 열었다.

"응. 나기사, 너한테만 할 수 있는 부탁이야."

『흐~응, 잘도 나한테 부탁을 하는구나? 어차피 요우 때문이지?』

"──윽."

상대가 요우의 이름을 꺼내자, 카스미의 심장이 쿵 하고 세게 뛰었다.

"마, 맞아."

『그렇겠지. 네가 나한테 전화할 이유는 그것밖에 없는걸. 그런데 내가 네 부탁을 들어줄 것 같아?』

"그, 그건…… 응, 알아. 그러니까 실은 부탁이라기보다는 의뢰를 하고 싶어."

『의뢰란 말이지. 뭐, 그럼 어쩔 수 없나. 범죄자를 제외한 모든 사람을 고객으로서 평등하게 대하는 것이 내 신조이니까.』

나기사가 부탁을 들어줄 것 같은 태도가 되었다. 카스미는 휴 하고 안도의 한숨을 쉬었다.

우선 제1관문 돌파.

그런 심정이었다.

『그래서 뭔데? 요우의 무엇을 조사해 달라는 거야? 애초에 너희들, 화해는 했어?』

"화, 화해는 못 했어……. 그리고 조사를 해 달라는 것은 아니고, 지혜를 빌려줬으면 좋겠어……."

『이봐. 그건 나한테 할 만한 의뢰가 아니잖아? 난 **탐정**이라고.』

"그, 그 부분은, 임기응변으로 적당히 잘 넘어가줘……."

나기사가 어이없다는 듯이 말하자, 카스미는 비위를 맞추려는 듯한 목소리로 부탁했다.

그러자 나기사는 또다시 어이없다는 듯이 말했다.

『어휴…… 진짜, 너는 참 제멋대로구나. 그래서? 이번에는 또 뭔 사고를 쳤어?』

일단 이야기는 들어주는 것 같았다.

그런데 나기사의 말에 이상함을 느낀 카스미는 즉시 입을 열었다.

"저, 저기, 내가 사고 쳤다고 미리 정해놓고 이야기하지 말아줄래?!"

『보통 이런 경우에 사고를 친 사람은 너잖아? 요우가 사고를 친 경우는 거의 없…… 아니, 한 번도 없지 않아?』

"그, 그렇지 않──지 않을지도, 모르지만……. 하, 하지만, 이번에는 사고 친 거 아니야……!"

『정말~?』

"으, 응."

『그럼 무슨 일이 있었는지 가르쳐줘.』

의심하는 나기사에게 카스미는 지금까지의 사건 경위를 설명했다.

그랬더니——.

『거봐, 역시 네가 사고 친 거잖아. 카스미.』

나기사는 카스미의 잘못이라고 말했다.

"아니, 왜?!"

『요우에게 접근하는 여자애를 어떻게든 떼어놓으려고, 그 여자애가 좋아하는 남자에게 접근해봤다. 그랬더니 그 남자가, 요우의 관심을 끌고 싶으면 자기한테 대시해보라고 했다. 그래서 시키는 대로 했다——고? 너 진짜 바보 아니야? 완전히 자업자득이잖아. 멋지게 함정에 빠져버린 거라고.』

"윽……."

나기사의 말을 듣고 카스미는 말문이 막혔다.

어렴풋이 그럴 거라고 느끼기는 했지만, 나기사의 지적을 받고 마침내 자각한 것이다.

『지푸라기라도 잡는 심정이었을 테지만, 그런 짓은 요우를 상대로는 절대로 하면 안 되는 짓이었어. 안 그래? 너는 걔랑 그렇게 오래 사귀었으면서 어떻게 그걸 몰라?』

"하, 하지만……."

『하지만은 무슨 하지만이야. 어쩔 건데? 이런 상황에서는 십중팔구 그 마린이란 여자애한테 요우를 빼앗길 텐데?』

"그, 그래서, 너한테 전화한 거야. 나기사……."

『요컨대 요우의 마음을 사로잡을 방법을 생각해 달라,

이거지?』

"으, 응⋯⋯."

『너는 정말⋯⋯.』

상황을 완벽하게 이해한 나기사는 진심으로 어처구니없다는 듯이 말했다.

나기사조차도 골치 아파하는 상황이라니. 카스미는 한층 더 우울해졌는데—.

『정말로 너란 녀석은, 요우를 잘 아는 것 같으면서도 실은 모르는구나? 솔직하게 모든 것을 털어놓고 정식으로 사과해. 그러면 요우는 용서해줄 거야.』

의외로 나기사는 금방 해야 할 일을 제시해줬다.

방금 나기사가 어처구니없어했던 이유는, 카스미가 생각했던 것과는 다른 이유였나 보다.

"그, 그러기만 해도 요우가 용서해준다고? 어째서⋯⋯?"

『아니, 이봐요. 너는 왜 요우를 좋아하게 됐어? 소꿉친구라서? 아니잖아? 그는 남들보다 훨씬 더 그릇이 큰 사람이야. 네가 사과하면, 당연히 용서해줄 게 뻔하잖아. 게다가 이야기를 들어보니 요우는 너와 이야기를 하고 싶어 하는 것 같던데. 그러니까 차분하게 이야기를 해봐. 이대로 요우와 정면으로 부딪치는 것을 계속 무서워하고만 있으면, 그때는 진짜로 돌이킬 수 없는 사태가 벌어질걸?』

나기사는 방금까지 내던 어처구니없어하는 목소리가 아

니라, 마치 아이를 타이르는 것처럼 무척 다정한 목소리로
그런 말을 했다.

　그러자 카스미는 조심스럽게 되물어봤다.

　"저, 정말 괜찮을까……? 그랬다가 요우한테 절교당하
는 거 아냐……?"

　『걱정 마, 괜찮아. 절교를 당할 거면 벌써 옛날에 당했지.』

　싸우는 태도를 취하더라도, 요우는 절교하자는 말을 꺼
낸 적은 없었다.

　특히 두 사람의 사이가 틀어졌을 때, 카스미가 이성을
잃고 날뛰었는데도 불구하고 요우는 카스미와 절교하지는
않았다.

　그러니까 괜찮을 거다. 그런 뜻이었다.

　"윽…… 그, 그건, 그럴지도 모르지만……. 그래도 사과
할 타이밍이……."

　『바로 근처에 살잖아…….』

　카스미가 핑계를 대고 도망치려고 하자, 나기사는 또다
시 기막혀하는 소리를 냈다.

　현재 나기사는 먼 곳에 살고 있지만, 카스미와 요우의
집이 어디인지는 알고 있었다.

　그래서 마음만 먹으면 지금 당장 사과하러 갈 수 있는
거리잖아? 하고 에둘러 말하는 것이었다.

　"지, 지금은 그게 문제가 아니거든……?!"

『요컨대 사과할 기회가 있으면 좋겠다는 거지? 그럼 요우의 다음 촬영에 너도 동행해봐. 네가 동행하고 싶다고 말하면, 눈치 빠른 요우라면 단둘이 이야기할 기회를 마련해줄 거야.』

"요, 요우가 거절하지 않을까……?"

나기사의 조언을 들은 카스미는 다시금 불안한 것처럼 물어봤다.

요우와 카스미는 역할 분담을 하고 있었다.

사이가 좋았던 시절에는 같이 촬영하러 가기도 했지만, 사이가 틀어진 다음부터는 따로 행동하고 있었다.

그런데 이제 와서 동행하고 싶다고 말한들 요우가 거절하지 않을까? 카스미는 그렇게 생각하고 있었다.

『내가 말했잖아. 요우도 너와 이야기하고 싶어 한다고. 그러니까 거절하진 않을 거야.』

"그, 그래……? 알았어."

나기사가 단언해준 덕분에 드디어 카스미도 속으로 각오를 다진 것 같았다.

카스미는 나기사와도 사이가 틀어졌었다──아니, 현재 진행형으로 틀어진 상태이지만, 그래도 나기사의 발언은 신뢰했다.

그러니까 나기사가 '요우는 거절하지 않는다'라고 말한 이상, 정말로 거절하지 않을 거라고 카스미는 생각했다.

『그럼 이제 전화 끊어도 돼?』

결론이 나오자 나기사는 얼른 통화를 끝내려고 했다.

그러나 카스미는 아직 볼일이 있었다.

"저기, 그렇게 싫어하는 티 내지 말아줘……! 그리고 또 네가 조사해줬으면 하는 것도 있는데……."

『이번에는 또 뭐야? 난 바쁘거든?』

카스미가 붙잡자 나기사는 또다시 불쾌한 듯한 소리로 말했다.

이에 대해 카스미는 약간 언성을 높였다.

"넌 그냥 빨리 끊고 싶은 거잖아……?! 아무튼 내가 아까 이야기했던 남자──키노시타에 관해서도 조사를 해줬으면 좋겠어. 그 남자는 뭔가 좀 평범하지 않거든……."

1년이 넘게 같이 있었다.

하루키의 발언과 행동에 의해 카스미의 가슴속에는 불신감이 차곡차곡 쌓여갔다.

그리고 하루키와 마린의 문제가 해결되면, 그 두 사람을 커플로 만들어줄 수 있을지도 모른다. 카스미는 그렇게 생각한 것이다.

『흐~응, 그렇구나. 하긴, 외모도 귀엽고 성격도 좋은 소꿉친구를 억지로 끊어내려고 하다니, 그건 평범하지 않을지도 모르겠네. 좋아. 원래 내 본업은 그거니까.』

"아니, 네 본업은 그게 아니잖아……?"

『그쪽은 취미 활동이고! 탐정이 본업이야!』

카스미의 지적을 받은 나기사는 이상하리만치 정색하면서 부정을 했다.

도저히 양보할 수 없는 부분이 있나 보다.

"뭐, 그래. 어차피 나는 관심 없으니까."

『너 진짜……! 그런 점은 진짜로 요우랑 똑같다니까!』

카스미는 기본적으로는 자기 자신과 요우와 야옹~ 씨 이외에는 관심이 없었다.

그리고 그것은 요우도 거의 비슷했다.

조금 다른 점을 찾아보자면, 요우는 아름다운 것에도 관심이 있다는 것 정도일까.

두 사람을 잘 알고 있는 나기사로서는, 남에게는 관심을 보이지 않는 부분이 몹시 닮았다고 생각하는 것 같았다.

"후후, 꼭 그렇지도 않아."

『칭찬한 게 아니거든……?!』

카스미가 싫지 않은 것처럼 대꾸하자, 즉시 나기사는 냉정하게 지적했다.

그래서 카스미는 불만스럽게 뾰로통한 표정을 지었지만, 아무 말도 안 하고 컴퓨터를 건드리기 시작했다.

『메일 보낼 거야?』

"응. 뭐든지 빨리빨리 해치우는 게 좋잖아?"

『그럼 난 이제 전화 끊어도 돼? 키노시타란 남자의 정보는 메일이나 채팅으로 보내주면, 그다음은 내가 알아서 조사할게.』

필요 최소한의 정보만 입수한다면 나머지는 나기사가 조사해서 그 결과를 카스미와 공유해줄 것이다.

하지만 카스미는 아직 전화를 끊을 마음이 없었다.

"안 돼. 요우가 화내지 않을 만한 문장을 같이 생각해줘."

『내가 왜?! 그 정도는 네가 스스로 생각해. 특기 분야잖아……!』

"난 요우랑 얽히기만 하면 흥분해서 이상한 글을 써버린단 말이야……."

『일단 마음을 가라앉힌 다음에 써…….』

"그게 가능하면 고생도 안 하지."

요우에게 메시지를 보내려고 하면, 학교에서 같이 있는 요우와 마린의 모습이 저절로 생각나서 그 분노를 터뜨려버릴 것 같았다.

머리로는 알고 있어도, 글을 쓰는 사이에 저도 모르게 분노가 표출돼서 그걸 그대로 전송해버릴 것이다.

그런 사태를 막기 위해 나기사에게 제동기 역할을 부탁하고 싶다. 카스미는 그렇게 생각한 것이다.

『이번 건은 비싸게 청구할 거니까 각오해…….』

"너무 심하게 바가지를 씌우면, 요우한테 고자질할 거야."

『그걸 할 수 있으면 사과하는 것쯤은 누워서 떡 먹기 아니야……?』

"그것과 이것은 별개의 문제야."

다른 누군가가 나쁜 짓을 해서 보고하는 경우와, 자신이 사과할 필요가 있는 경우는 연락의 부담감도 달랐다.

카스미는 요우가 자신에게 화내는 것이 제일 싫었다. 그래서 화낼 가능성이 있는 일은 좀처럼 실천하지 못하고 머뭇거리는 것이다.

『그럼 컴퓨터에 깔아놓은 채팅 앱으로 넘어가자. 화면 공유를 하면서 보는 게 더 쉽잖아. 덤으로 의뢰비에 관한 이야기도 하고 싶고.』

"알았어, 그럼 그쪽으로 넘어갈게."

그러더니 카스미는 전화를 끊었다. 그리고 채팅 앱으로 나기사에게 전화를 걸었다.

연락이 되자마자 얼른 화면 공유를 했다.

그런데 그걸 본 나기사가 어이없다는 듯이 말했다.

『이 배경화면——중학교 때 요우의 팔에 달라붙어서 찍은 사진…….』

"그, 그게, 왜? 뭐가 나빠?!"

『아니, 너 일부러 나한테 이걸 보여준 거잖아? 집착적인 여자는 미움받는 거, 알아?』

화면 공유를 할 때는 상대에게 보여줄 화면을 설정할 수 있다.

그런데도 일부러 컴퓨터 배경화면을 보여줬다는 것은, 카스미가 자랑하고 싶어서 보여줬다고 생각할 수밖에 없는 것이다.

무척 행복해 보이는 훈훈한 사진. 그러나 현재 두 사람의 관계를 알고 있는 나기사로서는 뭐라고 하기도 어려웠다.

"지, 집착적이지 않거든……?"

『아~ 네, 네. 그러시군요.』

이런 이야기를 할 때는 카스미가 엄청나게 성가신 인간이 된다는 것을 나기사는 이미 직접 체험한 바 있었다. 그래서 적당히 넘겨버리기로 한 것 같았다.

『그나저나 빨리 글이나 써봐. 체크해줄 테니까.』

"응, 고마워."

카스미는 나기사에게 인사한 뒤에 요우에게 보낼 메일을 같이 작성하기 시작했다.

――그리고 최종적으로 그 메일이 완성될 때까지 열 번 이상이나 다시 써야 했으므로, 나기사는 두 번 다시 카스미와 같이 작업하지 않겠다고 다짐했다는 것은 또 다른 이야기이다.

◆

"――앗, 동영상이 업데이트됐네요!"

마린은 공부하다가 좀 쉬려고 동영상 사이트에 들어갔다가, 요즘 마음에 드는 채널에 새로운 동영상이 올라온 것을 눈치채고 신나게 그 페이지를 열었다.

그리고 재생되기 시작한 동영상을 뚫어지게 봤다.

"──후후. 정말 멋져요."

10분쯤 되는 영상을 다 본 마린은 만족스럽게 웃었다.

아름다운 경치는 물론이고 내레이션과 BGM이 특히 마린의 마음에 들었다.

"이렇게 깨끗한 목소리로 시청자의 마음을 사로잡듯이 풍경을 말로 표현하다니. 같은 여자로서 동경하지 않을 수 없네요. BGM도 매번 다른데도 풍경에 아주 잘 어울리고. 도대체 어떤 훌륭한 분이 이런 동영상을 만들고 계시는 걸까요?"

마린은 미인이고 아름다우며 다정해 보이는 연상의 여인을 떠올리면서 또다시 흐뭇하게 웃었다.

외모가 어린아이처럼 생긴 마린은 어른스러운 여성을 진심으로 동경했다.

그래서 어떻게 해서든 내면만은 어른스러워 보이기 위해 노력하고 있었다.

얼마 전까지 동경했던 대상은 네모토 카스미였다.

그 사람 같은 외모가 되고 싶다. 마린은 몇 번이나 그렇게 바랐다.

그래서 솔직히 말하자면, 하루키가 카스미를 선택했을 때 마린은 속으로 '그것도 어쩔 수 없지'라고 생각하고 말았다.

자신은 카스미를 이기지 못한다.

그렇게 생각했기 때문에 마린은 괴로움을 간신히 눌러 참고, 카스미와 하루키에게 행복을 비는 말을 해줄 수 있었다.

그랬는데——.

"네모토는 하루를 전혀 좋아하지 않았어……."

방금까지 느꼈던 행복한 기분이 싹 사라졌다.

하루키와 카스미가 생각난 마린은 가슴이 꽉 막히는 듯한 감각을 느꼈다.

"도대체 왜, 내가…… 그런 사람한테 패배한 거지……? 어째서 나를 선택하지 않은 거야……? 하루……."

마린은 가슴팍을 손으로 붙잡으면서 가슴속에 숨겨둔 감정을 토해냈다.

하염없이 눈에서 흘러내리는 것을 굳이 막으려고 할 필요는 없었다.

왜냐하면 지금은 주위에 아무도 없으니까.

한번 토해내자 더 이상은 멈출 수 없었다.

아무리 착한 마린이라도, 지금 카스미가 하는 행위는 도저히 용서할 수 없었다.

그중에서도 가장 용서할 수 없는 것은, 좋아하는 사람의 마음을 짓밟는 행위였다.

하지만 패배자인 마린이 할 수 있는 일은 아무것도 없었다.

하루키에게 카스미의 진짜 속마음을 알려줘 봤자, 그가 카스미를 좋아한다면 믿어주지 않을 것이다.

설령 소꿉친구인 마린의 말이라 해도, 하루키는 그보다는 좋아하는 사람을 더 믿어줄 것이다. 마린은 그것을 알고 있었다.

아니, 오히려 그런 짓을 했다가는 틀림없이 자신이 미움받을 것이다.

그걸 알면서도 카스미의 행동을 폭로할 정도로 마린은 무모하지는 않았다.

그리고 카스미 본인에게 이야기해봤자 소용없다는 것도 알고 있었다.

자기가 그런 말을 한다고 순순히 들어줄 사람이었다면, 애초에 이렇게 나쁜 짓을 하지도 않았을 것이다.

그런 사실들이 마린의 마음을 좀먹으면서 괴롭게 만들었다.

그때 휴대폰의 알림음이 울렸다.

"하자쿠라……."

메시지의 발신자 이름을 본 마린은 뺨에서 흐르는 눈물

을 닦고 메시지를 확인했다.

『주말 약속 말인데, 만나는 시간은 내 마음대로 정해도 될까?』

그것은 주말의 약속을 확인하는 메시지였다.

마린은 조금 망설이다가 답장을 했다.

『저기요…… 지금, 전화해도 돼요……?』

그 메시지를 보내자 금방 읽음 표시가 되었다.

그러나 정작 중요한 답변은 돌아오지 않았다.

그래서 불안해진 마린은 허둥지둥 취소하는 메시지를 보내려고 했다. 그런데 바로 그때 상대의 답변이 왔다.

『알았어. 내가 걸게.』

그 메시지가 오고 나서 10초쯤 후에 휴대폰 화면이 착신을 알리는 화면으로 바뀌었다.

◆

"무슨 일 있어?"

오늘도 야옹~ 씨를 무릎 위에 올려놓고 예뻐해 주던 요우는 휴대폰에 귀를 대고 마린에게 물어봤다.

전화하고 싶다는 말을 꺼내다니, 보통 일이 아닐 것이다 ──이미 요우는 그것을 감지하고 있었다.

『앗, 하자쿠라…… 안녕하세요…….』

늘 그렇듯이 어린아이처럼 귀여운 목소리가 들려왔다.

그러나 평소와는 좀 다른 톤이었다.

그리고 코를 훌쩍이는 듯한 소리도 조그맣게 들려왔다.

그래서 요우는 약간 놀랐다.

"아키미…… 울어……?"

『윽. 우, 울긴 누가 울어요? 이상한 소리 하지 마세요.』

'그럼 왜 그렇게 동요하는 건데……?'

그런 생각을 하면서 요우는 입을 열었다.

"영상 통화로 바꿔도 돼?"

『──! 하자쿠라, 너무 심술궂네요! 여기서는 얼른 눈치를 채고 다른 화제를 꺼냈어야죠!』

"그게 아니지."

『그게 아니라니──꺅! 마음대로 바꾸면 어떡해요?! 이럴 거면 뭐 하러 확인하듯이 물어봤어요?!』

마린의 대답을 다 듣지도 않고 요우가 영상 통화로 바꾸자, 마린은 그 순간 소리를 지르면서 화를 냈다.

잘도 눈치챘네? 하고 요우는 생각했는데, 실은 마린은 '요우라면 자기 마음대로 바꿔버릴 수도 있다' 하고 대비하고 있었다.

"걱정하지 마. 나는 너를 안 보고 있어. 그러니까 화면을 한번 봐."

『뻔뻔하네요! 그런 식으로 말해놓고 내 우는 얼굴을 구경하려는 거죠?! 하자쿠라, 당신이 심술쟁이란 것을 나는 다 알고 있으니까요!』

'너한테 나는 도대체 어떤 존재야……?'

요우는 마린의 말을 듣고 쓴웃음을 지었다. 그리고 조금 다정한 목소리를 내려고 노력하면서 말을 걸었다.

"괜찮아. 난 그렇게 쓰레기 같은 놈은 아니야."

『왜 갑자기 다정하게 말해요? 그게 더 무서운데요…….』

"……전화, 끊는다?"

『아앗, 미안해요! 볼게요! 본다고요!』

마린의 말에 짜증이 난 요우가 전화를 끊으려고 하자, 마린은 당황한 것처럼 화면을 들여다봤다.

그랬더니——.

"야옹~."

화면 속에 있는 것은 요우가 아니라 귀여운 고양이였다. 마린은 눈이 동그래졌다.

『고, 고양이……?!』

"야옹~ 씨야."

『이, 이름을 짓는 센스가 상당히 독특하시네요…….』

고양이의 이름을 듣고 마린은 뭐라 형용할 수 없는 표정을 지었다.

그러나 그 눈은 분명히 화면 너머의 야옹~ 씨를 보고 있었다.

"응, 이름을 지어준 녀석한테 그렇게 전해줄게."

『하자쿠라가 지은 게 아니에요? 혹시…….』

마린은 거기서 말을 끊었다.

물어봐도 되는 걸까. 그렇게 망설이고 있는 것이었다.

요우는 마린이 무엇을 물어보고 싶어 하는지 눈치챘다. 그리고 자기 무릎 위에서 휴대폰 화면을 쳐다보고 있는 야옹~ 씨의 머리를 쓰다듬었다.

"야옹~ 씨, 호빵."

"야옹!"

요우가 '호빵'이라고 말하자, 야옹~ 씨는 울음소리를 내면서 몸을 둥글게 말았다.

그 모습은 확실히 호빵처럼 동그랬다.

그리고 그런 야옹~ 씨를 본 마린은──.

『우, 우와, 세상에, 굉장해요! 야옹~ 씨, 너무 굉장해요!』

마치 어린아이처럼 눈을 반짝반짝 빛내면서 기뻐했다.

그 목소리를 듣고 마린이 기뻐한다는 것을 알게 된 요우는 야옹~ 씨에게 또 다른 지시를 내렸다.

"야옹~ 씨, 마네키네코."

"야옹!"

또다시 요우의 말에 반응한 야옹~ 씨는 즉시 몸을 일으키더니 마치 마네키네코 장식품 같은 포즈를 취했다.

그리고 사람을 부르는 것처럼 들어 올린 오른쪽 앞발을

빙빙 돌리기 시작했다.

그러자 화면 너머에서 커다란 박수 소리가 들려왔다.

『우와, 잘한다, 잘한다! 야옹~ 씨, 똑똑하네요!』

진짜 어린아이처럼 신나게 열광하고 있었다.

그 후에도 야옹~ 씨는 요우의 지시에 따라 마린을 계속 즐겁게 해줬다.

그 덕분에 10분 후에는 이미 마린은 야옹~ 씨에게 푹 빠져 있었다.

『미, 밑에서 위로 눈을 귀엽게 뜨고 쳐다보는 포즈까지 해내다니……! 야옹~ 씨는 대체 정체가 뭔가요……?!』

"똑똑하지? 사람한테 아양 떠는 방법을 배운 거야. 이러면 간식을 얻어먹을 수 있으니까."

『갑자기 환상을 깨뜨리지 마세요! 아니, 그래도 너무 똑똑한 거 아니에요?!』

"야옹~."

마린한테 칭찬을 받은 야옹~ 씨는 기분 좋게 울더니 앞발로 세수를 했다.

그리고 어리광 부리는 듯한 얼굴로 마린의 얼굴을 쳐다봤다.

『꺄악~! 하자쿠라, 지금 당장 그쪽 집에 가도 돼요?!』

"당연히 안 되지."

기뻐해서 다행이긴 한데, 이런 밤중에 마린처럼 예쁜 여자애가 우리 집에 놀러 온다면 부모님이 뭐라고 하실지 모른다.

그래서 요우는 거절했다. 그런데 마린은 어지간히 야옹~ 씨를 직접 만나고 싶었는지 순식간에 시무룩해졌다.

"다음에 제대로 놀게 해줄게. 지금은 좀 참아."

『네…….』

마린은 그렇게 대답했는데, 그 목소리에서는 아쉬움이 묻어났다.

하지만 정말로 지금 당장 마린이 이 집에 온다면 곤란했고, 또 마린 혼자 밤길을 걷게 하는 것도 무서웠다.

그래서 요우는 수락할 수 없었다.

이대로 야옹~ 씨가 있으면 마린의 머릿속은 야옹~ 씨로 가득 찰 것 같았다. 그렇게 생각한 요우는 이미 목적도 달성했으니까 야옹~ 씨를 보여주는 것은 그만두기로 했다.

그러자 마린은 몹시 아쉬워하는 듯한 소리를 냈다. 그러나 요우는 아랑곳하지 않고 일반 통화로 변경했다.

"자, 그럼 진지하게 이야기를 해볼까."

『하자쿠라. 놀랄 만큼 빠른 속도로 태세를 전환하네요?』

"아니, 난 별로 신나게 즐기지도 않았는데? 아키미 혼자만 신났었잖아."

『………….』

요우는 마린의 기운을 북돋워주려고 야옹~ 씨에게 재롱

을 부리게 했던 것이지, 본인은 그렇게까지 신나게 즐기진
않았다.

반대로 마린은 어린아이처럼 크게 흥분했었다.

그 온도 차이가 꽤 심해서——그리고 자신이 동급생 앞
에서 신나게 흥분했던 것이 생각나서, 마린은 그 순간 민
망하여 끙끙거리기 시작했다.

"여자들은 고양이 앞에서는 성격이 확 달라지더라."

옛날에 가까이에 있었던 한 여자의 얼굴을 떠올리면서
요우는 쓴웃음과 더불어 그런 식으로 말해봤다.

『~~~~~~! 그, 그런 말은 하지 마세요……! 아니, 저,
추가 공격은 그만두세요……!』

"그거 알아? 휴대폰으로는 영상 통화를 녹화할 수 있어."

『이, 이걸 녹화했어요?! 잔인해요! 역시 하자쿠라는 잔
인한 사람이에요! 지금 당장 지워주세요!』

자신의 추태가 영상으로 남았다고 생각한 마린은 당황
하여 큰 소리를 질렀다.

그러자——요우는 재미있다는 듯이 킥킥 웃었다.

『앗…….』

요우의 웃음소리를 처음 들은 마린은 깜짝 놀랐다. 화난
것도 싹 잊어버릴 정도였다.

"응? 왜 그래?"

『아, 아뇨……. 진짜로 그거 지워주세요, 네?』

마린의 태도에 의문을 느낀 요우가 물어보자, 마린은 약간 머뭇거리면서도 부드러운 목소리로 그런 말을 했다.

요우는 그 목소리에 다시금 위화감을 느꼈다. 그러나 굳이 지적은 하지 않았다.

놀다가 지쳤는지 무릎 위에서 쿨쿨 자기 시작한 야옹~씨의 몸을 쓰다듬으면서 요우는 천천히 입을 열었다.

"안심해도 돼. 녹화했다는 것은 농담이야."

『저를 놀렸던 거예요? 어휴, 진짜 심술쟁이라니까요.』

당연히 좀 더 화를 낼 줄 알았는데, 마린은 의외로 부드러운 목소리로 그렇게 말했다.

그 목소리를 들은 요우는 문득 떠올렸다. 어쩔 수 없죠~ 하고 피식 웃는 마린의 얼굴. 그런데 마린이 왜 저런 목소리를 내는지 몰라서 고개를 갸우뚱했다.

그러다가――.

"혹시 졸려?"

갑자기 얌전해진 마린한테 요우는 그렇게 물어봤다.

물론 그 말을 들은 마린은 좀 어이가 없었다.

『하자쿠라는 예리한 건지 둔감한 건지 잘 모르겠어요.』

이상한 착각을 한 요우에게 마린은 거침없이 자신의 생각을 이야기했다.

그러자 요우는 쓴웃음을 지으며 입을 열었다.

"나는 그냥 보통이야. 예리하지도 않고 둔감하지도 않아."

『………….』

"이봐. 왜 입을 다물어?"

『아뇨, 그냥.』

은근히 가시 돋친 것처럼 느껴지는 의심스러운 목소리.

어째서 나한테 이런 목소리로 말하는 걸까. 요우는 이해할 수 없었다.

『그나저나 야옹~ 씨는 지금 뭐 하고 있어요?』

마린은 어지간히 야옹~ 씨가 마음에 들었나 보다. 아니면 요우의 추궁을 피하고자 화제를 바꾸려고 한 걸까. 아무튼 마린의 그 말에 요우는 시선을 무릎 위로 옮겼다.

야옹~ 씨는 동그랗게 몸을 말고 여전히 쌔근쌔근 잠을 자고 있었다.

"자."

『그래요? 아쉽네요…….』

"어, 일부러 깨우고 싶진 않아."

기분 좋게 잠들어 있는데 깨우면 불쌍하잖은가. 요우는 그렇게 생각했다.

그것은 마린도 마찬가지였을 것이다.

깨워 달라고 말하지는 않았다.

"자, 그러면 빨리 주말 스케줄을 이야기하고 통화를 끝낼까?"

야옹~ 씨에게 재롱을 부리게 하는 바람에 시간이 꽤 지났고, 이제는 마린도 많이 밝아졌다. 그래서 요우는 얼른 통화를 끝내는 게 낫겠다고 판단했다.

그러나――.

『조, 조금만 더, 잡담을 하고 싶은데요…….』

마린은 아직도 이야기하고 싶은 것 같았다.

"안 졸려?"

『저, 저는, 어린애가 아니에요. 아직 괜찮아요……!』

역시나 마린은 어린애 취급을 당하는 것이 콤플렉스인지 필사적으로 부정했다.

『앗…… 저, 하자쿠라는 지금 졸려요?』

그리고 오히려 요우가 졸린 게 아닌가? 하고 걱정하는 것 같았다.

"난 언제나 더 늦은 시간까지 깨어 있으니까. 괜찮아."

『평소에는 몇 시에 자는데요?』

"딱히 정해놓진 않았는데. 보통 날짜가 바뀐 다음에 자."

요우는 평소에 야옹~ 씨를 돌봐주고 동영상 편집을 하는 데 시간을 투자했다.

동영상 편집을 안 할 때도 편집을 공부하거나, 다음 촬영 장소 등의 정보를 모으느라 바빠서 늦게 잠들었다.

그런 요우의 말에 마린은 깜짝 놀라는 소리를 냈다.

『너무 늦게 자는 거 아니에요……?! 졸리지 않아요……?!』

"아키미는 대체 몇 시에 자는데?"

『그건…… 비, 비밀이에요……!』

마린이 대답을 얼버무렸다. 아마도 어린애 취급을 당할 정도로 이른 시각에 자나 보다. 요우는 그렇게 상상했다.

하지만 당연히 그런 말을 하면 마린이 화낼 테니까 그 부분은 건드리지 않기로 했다.

"하긴, 일찍 자는 것이 미용에 좋지."

『아, 아니, 저 그렇게 일찍 자는 것은 아니거든요?』

요우의 말에 마린은 시치미를 뚝 떼면서 자신은 빨리 자지 않는다고 주장했다.

일부러 편을 들어줬는데 쟤는 왜 여기서 고집을 부리는 걸까……? 하고 요우는 생각했다.

순해 보이는 외모와는 달리 마린은 의외로 고집이 있는 것 같았다.

"졸리면 언제든지 말해도 돼."

『윽…… 역시, 어린애 취급을 하는 거죠……?』

"아니야. 누구든지 졸릴 때는 졸리잖아?"

『그건 그렇지만…….』

아마도 마린은 납득을 하지 못한 것 같았다.

당연히 요우도 완벽한 진심을 말로 표현한 것은 아니었다.

마린이 평소에 일찍 자는 편이란 것을 눈치채고, 상대가 졸릴 때는 언제든지 잘 수 있는 상황을 만들어주려고 한 것이다.

실은 맨 처음 예정대로 주말의 스케줄에 관해 이야기하고 전화를 끊는 게 좋을 테지만, 마린이 좀 더 이야기하고 싶다고 말한 이상, 요우는 그 수단을 쓸 수 없었다.

그래서 적당히 이야깃거리를 찾아봤다.

"아키미는 동영상을 자주 보는 편이야?"

『네, 보는데요?』

"어떤 동영상을 보는데?"

『힐링 영상이라고나 할까요. 고양이나 토끼 동영상을 자주 봐요.』

고양이와 토끼한테 푹 빠져버린 마린.

요우는 그 모습을 쉽게 상상할 수 있었다.

"귀여운 것을 좋아하는구나."

『아마 싫어하는 사람은 없을 것 같은데요. 하자쿠라도 좋아하죠?』

"뭐, 그건 그래. 그럼 동물 영상만 봐?"

야옹~ 씨를 기르는 것만 봐도 알 수 있듯이 요우도 고양이 같은 작은 동물을 좋아했다.

그래서 굳이 부정하지는 않고 마린의 말을 긍정하면서 이야기를 진행했다.

『아, 그리고 얼마 전에 당신이 가르쳐줬던 풍경 동영상 채널도 계속 보고 있어요.』

마린의 그 말을 듣고 요우는 적잖이 동요했다.

가르쳐줬을 때의 반응만 봐도 마린이 그것을 좋아한다는 것은 알았지만, 설마 계속 보고 있을 줄은 몰랐다.

"그렇게 마음에 들어?"

『네! 풍경도 아름다워서 정말 좋고요. 특히 내레이션 음성과 BGM이 훌륭해서요. 최신 동영상은 꼭 체크하고 있어요……!』

마린이 열성 팬이 되었다는 것은, 그 화제가 나오자마자 신이 나서 떠드는 것만 봐도 충분히 알 수 있었다.

그러나 그로 인해 요우는 내심 쓴웃음을 지을 수밖에 없었다.

'모든 것을 알면 아키미는 놀라서 쓰러질 테지…….'

마린이 특히 마음에 들어 하는 것은 풍경보다도 내레이션 음성과 BGM이었다.

그 음성을 녹음하고 BGM을 만드는 사람이 누구인지 알고 있는 요우로서는 순수하게 이 상황을 기뻐할 수 없었다.

"너무 푹 빠지진 마. 알았지?"

그래서 저도 모르게 그런 충고를 해버렸다.

하지만 마린은 요우가 왜 그런 말을 하는지 이해하지 못했다.

『네~? 저, 걱정할 필요 없는데요? 상대는 여자인걸요. 유사 연애 같은 것은 안 해요.』

"너도 유사 연애 같은 용어를 아는구나……?"

『앗……!』

평소에 온화하고 품위 있는 말투로 이야기하는 마린이 설마 그런 용어를 알고 있을 줄은 몰랐다.

그래서 요우는 깜짝 놀랐는데, 마린은 '앗, 실수했다!'라고 생각한 것처럼 침음했다.

『저, 저도, 평범한 여자애인걸요……. 그, 그 정도는 당연히, 알죠…….』

마린은 부끄러워하는 듯했다. 목소리 톤이 약간 높아졌다.

그리고 전화기 너머에서 바스락바스락 천이 부딪치는 듯한 소리도 들려왔다.

부끄러워서 몸을 배배 꼬고 있는 것이리라.

"그렇구나."

『그, 그래요. 이, 이 정도는 평범한 거잖아요?』

"알고 있어도 이상하진 않지."

『그, 그렇죠? 다행이에요.』

이번에는 전화기 너머에서 "휴……" 하고 안도하는 소리가 들려왔다.

요우에게 대놓고 지적을 당하지 않아서 안도한 것이리라.

『하, 하자쿠라는 평소에 어떤 동영상을 보나요?』

"나? 나는 너랑 비슷해."

『그, 그렇군요……!』

"응? 왜……?"

마린의 목소리 톤이 또다시 좀 높아지자, 요우는 의아해져서 물어봤다.

『앗, 아뇨……. 저와 하자쿠라는, 어쩌면 취향이 같을지도 모르겠단 생각이 들어서요.』

"겨우 이 정도로 같다고? 글쎄, 대다수가 거의 다 그렇지 않나……?"

『그, 그러네요. 죄송해요…….』

"……아니, 뭐. 어쩌면 정말 취향이 비슷한 걸지도 몰라."

마린의 목소리가 우울해졌으므로 요우는 은근슬쩍 마린의 편을 들어줬다.

『그, 그렇죠……?!』

요우가 편들어줘서 기뻤는지, 아니면 요우와 취향이 비슷하다는 것이 마음에 들었는지는 몰라도, 어쨌든 마린은 다시 밝은 목소리로 말했다.

그런 대화에 요우는 간질간질한 기분을 느꼈다.

『지금까지는 하자쿠라와 이런 이야기를 해본 적이 없었는데, 막상 해보니까 좋네요. 안 그래요?』

"그런가……?"

『싫었어요……?』

요우가 약간 내키지 않는 투로 대답하자, 마린은 불안하게 물어봤다.

작은 동물처럼 연약한 태도. 그런 태도에 약한 요우는 난감하다는 듯이 입을 열었다.

"싫지는 않은데, 익숙하지 않아서……."

『아, 하긴. 하자쿠라는 인간관계에 서툰 편이니까요.』

"지금 나를 무시하는 거야?"

『미, 미안해요……! 그, 그럴 생각은 없었어요……!』

요우가 물어보자, 휴대폰 너머에서 당황한 듯한 목소리가 들려왔다.

마린의 당황한 모습이 쉽게 상상이 돼서 요우는 무심코 킥 하고 웃었다.

『앗…… 뭐, 뭐예요, 또 나를 놀린 거예요……?! 나 참, 당신은 정말로 심술이 너무 심해요……!』

"놀린 것은 맞지만, 이번에는 애초에 그런 식으로 공격당할 만큼 허술한 발언을 해버린 네가 잘못한 거 아냐?"

『그건 그렇지만……. 으윽, 전혀 납득이 안 가요…….』

마린은 어쩐지 분한 것 같았다.

이렇게 이야기를 해보니, 역시나 마린은 요우가 지금까지 알고 있던 마린과는 다른 사람인 것처럼 느껴졌다.

그만큼 그동안 마린이 주변 사람들에게 속마음을 보여

주지 않았던 것이리라.

우아하고 다정하게 남을 대하는 마린은 일부 학생들한 테는 천사라고 추앙을 받고 있지만, 요우의 입장에서는 지금의 마린이 훨씬 더 대화하기 편했다.

"뭐, 내가 인간관계에 서툰 것은 사실이지."

지금의 마린은 대화하기 편해서 그런 걸까. 아니면 본인이 눈앞에 없어서 그런 걸까. 이유는 잘 모르겠지만, 요우는 평소 같으면 절대로 언급하지 않았을 부분을 스스로 언급했다.

『앗…… 예전부터 생각했는데요. 왜 그렇게 주변 사람들을 일부러 차갑게 대하는 거예요? 그게 본심은 아니죠?』

요우가 평소와는 다르다.

마린은 그것을 눈치챘는지 좀 더 자세히 물어봤다.

"아니, 본심인데?"

마린의 말에 요우는 지체 없이 퉁명스럽게 대꾸했다.

그러자 마린은 약간 토라진 듯한 말투로 말했다.

『거짓말이잖아요.』

"뭘 근거로 거짓말이라고 하는 거야……?"

『그냥, 직감으로…….』

요우와 며칠 동안 접하면서 마린도 속으로 뭔가 생각한 바가 있을 것이다.

요우는 긁적긁적 뺨을 긁더니, 무릎 위에서 자는 야옹~

씨를 보면서 입을 열었다.

"아키미, 넌 뭔가 오해하고 있는 것 같은데. 나는 착한 사람이 아니야. 아무렇지도 않게 폭언이나 욕을 하기도 해. 지나치게 믿지는 마, 알았지?"

『보통 그런 말을 스스로 하는 사람은 없지 않아요……?』

"응, 난 보통이 아니니까. 그래서 보통 사람은 주변 사람들과 친하게 지내도, 나는 그럴 수가 없어."

요우는 약간 농담조로 마린에게 그런 말을 했다.

『………….』

"왜 그래?"

『하자쿠라는 외롭다고 생각한 적 없어요……?』

마린은 아마도 요우를 걱정하고 있는 것이리라.

그것은 1학년 때부터 변함이 없었다.

마린은 자신이 중개자가 됨으로써 요우와 같은 반 친구들을 이어주려고 했던 것이다.

그러나 요우는 마린이 내민 손을 잡지 않았다.

2학년이 된 지금도 여전히 마린은 그 점에 신경 쓰고 있는 것 같았다.

"피곤해서 그래."

『네……?』

"다른 사람과 같이 있으면 꼭 즐거운 일만 있는 것은 아니잖아? 질투 때문에 괴롭힘을 당하기도 하고, 서로 신경도 써야 하고. 난 그런 게 귀찮아."

그것은 좀처럼 남에게 보여주지 않는 요우의 진심이었다.

마린도 요우가 진심임을 알아차린 것 같았다. 난처한 듯이 할 말을 찾고 있었다.

그러다가 뭔가를 깨닫고⋯⋯ 조심스럽게 요우에게 질문을 했다.

『저, 저기, 그럼 제가 하자쿠라를 찾아가는 것도, 폐일까요⋯⋯?』

마린과 같이 있으면 요우는 본의 아니게 주목받게 된다.

그 와중에 몰래 험담을 하는 사람들도 많을 것이다.

특히 요우가 방금 '귀찮다'라고 했던 질투의 대상이 되어버린다.

현재 마린은 요우와 같이 있는 덕분에 남자를 피하고, 또 다른 학생한테 동정적인 위로를 받지도 않고 있었다. 그런데 이것은 다시 말해 마린이 자신의 형편에 맞춰 이기적으로 요우를 이용하고 있는 거나 마찬가지였다.

아무리 요우가 자신을 이용해도 된다고 말했어도, 요우에게 너무 큰 부담을 주는 게 아닐까. 마린은 양심의 가책을 느꼈다.

그러나 요우는——.

"만약 폐라고 생각했다면, 난 일찌감치 너한테 그렇게 말했을 거야. 하지만 나는 그게 폐라고 생각하지 않아."

마린의 걱정을 부정했다.

『하지만 다른 사람들이 불쾌한 시선으로 당신을 쳐다보는 게…….』

"아키미. 네가 그런 것을 염려하거나 자기 탓이라고 생각하는 것은 잘못된 거야. 알아?"

『네?』

"나를 그런 시선으로 쳐다보거나 괴롭히려고 하는 놈들은, 네가 아니라 딴 사람들이잖아? 그런데 네가 자기 탓이라고 생각하는 것은 말이 안 되지. 나도 네 탓이라고 생각할 마음은 없어."

『하지만 제가 원인인 것은 틀림없으니까…….』

"아키미는 자신이 존재하는 것 자체가 민폐라고 생각해?"

『아, 아니, 여기서 왜 그런 이야기를 해요……?』

"네가 지금 하는 말이 결국 그런 이야기니까. 넌 지금 내 옆에 있기만 해도 폐를 끼친다……고 걱정하고 있는 거잖아?"

『앗…….』

요우가 하고 싶은 말이 뭔지 이해했는지 마린은 입을 다물었다.

그런 마린에게 요우는 반쯤 무의식중에 다정한 목소리로 말했다.

"물론 신경이 쓰이기는 하지. 하지만 네가 걱정하지 않아도, 난 너와 같이 있는 것이 싫다고 생각하지는 않아. 말했잖아? 나는 주변 사람들을 멀리하고 있어. 그런 주변 사람들이 나를 어떻게 생각하든, 나는 관심 없어."

『............』

요우의 말을 들은 마린은 깨닫고 말았다.

요우가 타인을 멀리하는 이유.

그것은 틀림없이 카스미라는 존재가 늘 곁에 있어서, 그가 주변 사람들이 아니라 카스미를 우선시하다가 저절로 도달한 자위책일 것이다.

"자, 그럼 슬슬 주말 스케줄에 관해 이야기할까? 이대로 잡담만 하다가는 처음 목표는 잊어버리고 도중에 자버릴 것 같은데."

요우가 그렇게 말했다. 그래서 그 후 두 사람은 주말의 집합 시간 등을 정하고, 그게 끝나자 또 조금만 담소를 나눴다.

──하자쿠라 요우는 남을 멀리하는 성격인 탓에 자주 오해를 받지만, 실은 남을 잘 돌봐주면서 가까운 사람을 편하게 해주는 남자였다.

그 사실을 아는 사람은 카스미밖에 없었는데, 나중에는 마린도 점점 알게 된다.

"──그럼 끊는다."

시간과 약속 장소를 다 정해서 볼일이 끝난 요우는 전화를 끊으려고 했다.

그런데——.

『앗…….』

요우가 통화 종료 아이콘을 터치하려고 했을 때, 마린이
아쉽다는 듯이 소리를 냈다.

"왜?"

『아, 아뇨, 아무것도 아니에요…….』

아무것도 아니라고 말했지만, 그 목소리는 '무슨 일이 있
다'고 말하는 것처럼 들렸다.

그래서 요우는 마린의 현재 심정을 상상해보고 입을 열
었다.

"사양할 필요 없는데? 하고 싶은 말이나 물어보고 싶은
것이 있으면 말해봐. 진지하게 듣고 대답해줄 테니까."

요우는 당연히 마린이 카스미와의 관계를 물어보고 싶
어 하는 줄 알고 그렇게 말했다.

그러나 마린의 말은 요우의 상상을 완전히 뛰어넘는 것
이었다.

왜냐하면——.

『내일도 전화해도 될까요……?』

마음에 드는 이성에게만 할 것 같은 말을, 마린이 요우
에게 한 것이다.

"………… ."

요우는 저도 모르게 입을 다물었다. 그리고 마린이 어째서 자신에게 이런 말을 했는지 생각해봤다.

요우가 침묵해버렸기 때문일까. 마린은 이어서 말을 했다.

『아, 안 돼요……?』

요우는 마린의 얼굴이 보이지 않는데도 불구하고, 마린이 귀엽게 눈을 치뜨면서 자신을 쳐다보는 모습을 떠올렸다.

그래서 그는 이마를 짚고 천장을 우러러보며 입을 열었다.

"아니, 괜찮아. 그래서 네 기분이 좀 풀린다면, 마음껏 나를 이용해도 돼."

『──!』

요우가 그렇게 말하자, 전화기 너머에서 마린이 숨을 들이켜는 것이 느껴졌다.

'정곡을 찔렀구나…….'

그렇게 생각한 요우는 다시금 입을 열었다.

"너를 탓하려는 게 아니야. 네가 나를 이용함으로써 더 이상 힘들어하지 않을 수 있다면, 나는 그걸로 괜찮다고 생각해. 그러니까 전에도 말했듯이, 너한테 도움이 된다면 나를 마음껏 이용해도 돼."

『…………왜 그렇게, 저한테 잘해주시는 거예요……?』

요우의 말을 들은 마린은 약간 떨리는 음성으로 그렇게 물어봤다.

이에 대해 요우는 어처구니없다는 듯이 말했다.

"잘해준 적 없는데? 그냥 필요한 일을 하고 있을 뿐이지."

퉁명스럽게 그런 식으로 대답하는 요우. 그러나 실은 본인도 평소보다 더 깊이 발을 들여놓고 있다는 것은 알고 있었다.

단, 그것도 지금의 마린에게는 필요한 일이라고 생각했기 때문이다.

애초에 요우가 마린을 쫓아간 것은 마린의 마음을 달래주기 위해서이기도 했지만, 실은 카스미가 벌인 일의 뒷수습을 하기 위해서이기도 했다.

평소에는 아무리 대립하고 있어도 요우는 카스미를 진심으로 싫어하는 것은 아니었다.

카스미가 빨리 자신을 잊어버리고 다른 사람의 곁으로 갈 수 있도록, 일부러 냉정하게 내쳤을 뿐이다.

그러다가 카스미가 새로운 남자와 맺어지는 바람에 마린이 상처를 입고 말았다. 그래서 요우는 이렇게 마린의 곁에 있어주기로 한 것이다.

적어도 요우는 이번 문제가 해결될 때까지는 마린을 위해 최선을 다할 생각이었다.

『고맙, 습니다……. 덕분에, 살았어요…….』

"응. 아키미, 너는 네 마음대로 하면 돼. 물론 안 되겠다 싶을 때는 내가 거절할 수도 있지만."

모든 것이 생각대로 될 정도로 현실은 만만하지 않다.

요우도 해야 할 일은 있으므로, 아무리 그래도 모든 시간을 마린에게 바칠 수는 없었다.

물론 그것은 이 문제를 해결하기 위해 행동할 필요가 있다는 뜻이기도 했다.

그 후에는 마린이 먼저 전화를 끊겠다고 말했으므로, 두 사람의 대화는 거기서 끝났다.

"──야옹~ 씨, 고생했어."

통화를 마친 요우는 분위기를 훈훈하게 만들어준 야옹~ 씨의 몸을 쓰다듬으면서 그 공을 치하했다.

마린이 고양이를 좋아하는 것 같아서 야옹~ 씨에게 재롱을 피워 보라고 했는데, 그 결과는 대성공이었다.

역시 야옹~ 씨는 최강이구나. 요우는 속으로 그렇게 생각했다.

"자, 그럼 나도 잘까."

야옹~ 씨를 고양이 침대에 눕힌 요우는 슬슬 밤이 깊어졌으니 자기로 했다.

그래서 컴퓨터를 끄려고 했는데, 그때 메일 한 통이 와 있는 것을 발견했다.

그리고 그 메일의 발신자 이름을 보고 숨을 꿀꺽 삼켰다.

'지금 내가 보낸 동영상은 없다……. 그렇다면, 이건 골치 아픈 내용이겠네…….'

요우는 그런 생각을 하면서 메일을 열어봤다.

"──오래 기다리셨습니다."

토요일──16시경에 요우가 약속 장소에서 기다리고 있는데, 최근에 자주 들어본 귀여운 목소리가 들려왔다.

그 목소리에 반응하여 요우가 휴대폰에서 고개를 들었더니──어깨 부분에 하늘하늘한 프릴이 달린 하늘색 시폰 원피스를 입은 마린이 웃으면서 요우의 얼굴을 쳐다보고 있었다.

머리에는 넓은 챙이 달린 하얀색 여성용 모자를 쓰고 있었다. 그것이 마린의 아름다운 금발과 잘 어울렸다.

그야말로 청초한 미소녀 같은 마린. 그 앞에서 요우는 반사적으로 휴대폰을 향해 시선을 떨어뜨렸다.

"10분 전인데. 역시 우등생이구나."

"지금 비꼬는 거예요? 설마 당신이 저보다 더 빨리 와 있을 줄은 몰랐어요."

요우는 약속 시간 30분 전에 도착했는데, 물론 마린은 그 사실을 몰랐다.

단지 자기보다도 일찍 와 있는 요우를 보고 순수하게 놀랐을 뿐이다.

"뭐, 그런 습관이 있어서."

"습관이요……?"

"신경 쓰지 마. 아무튼 너무 여유를 부릴 수는 없으니까. 어서 이동하자."

고개를 갸우뚱하는 마린을 상대로 요우는 짧은 말로 대화를 끝내고 택시를 불렀다.

너무 여유를 부릴 수는 없다. 그것은 지금부터 보러 갈 경치에는 시간제한이 있기 때문이었다.

요우는 우선 마린을 택시에 태웠다.

마린은 자신을 먼저 태워주는 것을 보고 역시 요우는 배려심이 있는 남자이구나 하고 생각했는데, 실은 요우가 마린을 먼저 태운 이유는 따로 있었다.

마린이 타는 동안에 요우는 힐끔 뒤쪽을 봤다.

그리고 아무 일도 없었던 것처럼 태연하게 마린을 따라 택시에 올라탔다.

"그나저나 아침부터 만나지 않다니, 좀 의외네요."

택시를 타고 목적지로 이동하는 도중에 마린은 그렇게 말하면서 옆에 앉아 있는 요우의 얼굴을 쳐다봤다.

마린은 당연히 아침 일찍 요우와 만나서 외출할 거라고 생각했었다. 그런데 저번에 통화할 때 요우가 지정한 시각은 16시였다.

그것이 본인으로선 조금 이해가 안 갔다.

"이번에는 멀리 가는 것도 아니고, 아침부터 나와 같이 있으면 부담스러울 거 아냐?"

"앗…… 아뇨, 오히려……."

요우의 말을 들은 마린은 상대가 자신을 배려해줬음을 깨닫고 반사적으로 그렇게 말했다.

그러나 자신이 무의식중에 하려고 했던 말이 뭐였는지 눈치채고 황급히 입을 다물었다.

요우는 그런 마린에게 딱히 뭐라고 하지는 않았다. 그저 창밖에 보이는 풍경으로 시선을 돌렸다.

마린은 약간 얼굴을 붉히면서 그런 요우의 모습을 가만히 쳐다봤다.

'오히려, 같이 있으면 편안하고 좋아요……라고, 말할 수는 없겠죠…….'

지금 자신은 요우를 이용하고 있는 것에 불과하다.

그런데 오해할 만한 발언을 할 수는 없었다.

게다가 요우도 그런 말을 듣고 싶지는 않을 것이다. 마린은 그것을 알고 있었다.

'아무튼 정말로 다정하시네요……. 쌀쌀맞아 보이지만, 실은 엄청나게 저를 배려해주고 있으니…….'

지난 며칠 동안 요우와 같이 있으면서 마린의 마음속에서는 요우에 대한 평가가 확 달라졌다.

말투는 거칠지만, 그래도 그는 마린의 상태를 세심하게 걱정해주고 있었다.

조금이라도 마린이 어두운 분위기를 자아낼 것 같으면

얼른 다른 화제를 꺼내주고, 마린이 다른 남자한테 대시를 받아 곤란해하고 있으면 은근슬쩍 대화에 끼어들어 상대를 쫓아내주기도 했다.

마린은 그것이 정말로 고마웠다.

단——요우는 츤데레라는 마린의 생각은 점점 더 단단하게 굳어지고 있었지만.

"응? 왜 그래?"

마린이 가만히 지켜보고 있자, 그 시선을 눈치챈 요우가 마린에게 말을 걸었다.

생각에 잠겨 있던 마린은 당황하여 고개를 좌우로 흔들었다. 그리고 적당히 얼버무릴 만한 화제가 없을까? 하고 이리저리 눈을 굴려 요우 주변을 살펴봤다.

그때 요우가 어깨에 메고 있는 좀 커다란 가방이 마린의 눈에 띄었다.

"어, 저기요. 그 가방에는 뭐가 들어 있나요?"

"아, 이건…… 아니, 아무것도 아냐."

요우는 순간적으로 대답하려고 했지만, 잠깐 생각하다가 관두고 고개를 가로저었다.

그래서 마린의 관심은 완전히 그쪽으로 쏠렸다.

남자가 뭔가 사정이 있는 것처럼 얼버무리다니——그것을 통해 마린은 하나의 답을 도출해냈다.

"설마…… 음란한 물건인가요?!"

마린이 그렇게 말한 직후에, 요우가 아니라 운전사가 깜짝 놀라서 핸들을 이상하게 움직이는 바람에 차가 심하게 좌우로 흔들렸다.

그러자 조그마한 마린의 몸은 안전벨트를 맸는데도 불구하고 확 흔들렸다. 그리하여 반사적으로 받아주려고 했던 요우의 품속에 마린이 뛰어드는 꼴이 되었다.

"앗······."

본의 아니게 요우에게 착 달라붙은 마린은 요우의 가슴에 양손을 댄 자세로 부끄러운 듯이 눈만 귀엽게 치뜨고 요우의 얼굴을 쳐다봤다.

그러자 요우는 무심코 마린의 몸을 감싸줬던 양손을 떼더니, 고개를 돌리면서 다시 바깥쪽으로 시선을 돌렸다.

그리고 어이없다는 듯이 천천히 입을 열었다.

"너 의외로, 은근히 밝히는 편이구나?"

그런 말을 들은 마린은 엄청나게 부끄러워졌다. 반론조차 할 수 없었다.

아니, 반론하기는커녕 얼굴을 새빨갛게 물들인 채 도리도리 고개를 좌우로 흔들면서 몸을 꿈틀거렸다.

그러느라 마린은 눈치를 채지 못했지만······ 실은 지금 요우의 뺨은 약간 붉어져 있었다. 그는 이런 생각을 하고 있었다.

'가슴의 감촉이, 완전히 다르구나…….'

◆

"…………."

"왜. 아직도 신경 쓰여?"

목적지에 도착했는데도 여전히 얼굴을 붉히고 꼬물거리고 있는 마린에게, 요우는 어색한 분위기를 느끼면서 말을 걸었다.

그러자 마린은 촉촉해진 눈동자로 요우의 얼굴을 귀엽게 쳐다봤다.

"그런 말을 들었는데…… 신경을 안 쓸 수가 없잖아요……."

마린이 그렇게 말하자, 마침 지나가던 여자 두 명이 경악한 표정으로 힐끔힐끔 요우를 보면서 자기들끼리 쑥덕거리기 시작했다.

틀림없이 이상한 오해를 산 것이리라. 하지만 마린에게는 악의가 없어 보였으므로 요우는 불평을 할 수 없었다.

그는 '어쩔 수 없지' 하고 체념하면서 다른 화제를 꺼내기로 했다.

"여기가 어디인지는 알아?"

"우시마도쵸(牛窓町), 맞죠? 아까 운전기사 아저씨한테 말할 때 분명히 들었어요."

이번에 요우와 마린이 찾아온 곳은 그들이 현재 살고 있는 오카야마 현의 남동쪽에 있는, 세토 내해에 면한 바닷가 마을이었다.

요우가 사는 지역에서는 적당히 멀고, 마린이 사는 곳에서는 상당히 먼 마을이었다.

그래서인지 마린은 조금 아쉬워하는 것처럼 말했다.

"이럴 거면, 아침 일찍 오면 좋았을 텐데……."

그 말을 듣고 요우는 멋쩍게 뺨을 긁적였다.

'이 녀석은 머리는 좋은데 묘하게 나사가 빠졌구나……. 지금까지 수많은 남자를 착각의 늪에 빠뜨렸을 것 같은데.'

마린이 방금 했던 발언은, 듣는 사람에 따라서는 '아침부터 같이 놀고 싶었다'는 뜻으로 해석할 만한 발언이었다.

특히 사춘기 남자들은 좋아하는 여자의 발언을 자신한테 유리하게 해석하는 경향이 있다.

마린이 별생각 없이 입 밖에 낸 말을 듣고 당황하는 남자의 모습을 요우는 쉽게 상상할 수 있었다.

"여기 와보고 싶었어?"

당연히 요우는 마린이 방금 했던 말이 무슨 뜻인지 이해했다. 그래서 마린의 심정을 상상하면서 답을 확인해보려고 했다.

그러자 마린은 부끄러운 것처럼 고개를 살짝 끄덕였다.

"우시마도는 일본의 에게해라고도 불리는 곳으로서, 구로시마의 비너스 로드나 올리브밭과 같은 관광 명소가 특히 인기가 있으니까요……. 한번 와보고 싶었어요……."

그 말을 들은 요우는 여기에 마린을 데려온 것은 실수였구나 하고 생각했다.

왜냐하면 방금 마린이 말한 관광 명소는 연애와 관련된 장소였기 때문이다.

구로시마 비너스 로드는 간조 때 나타나는 모랫길이다. 이때는 세 개의 섬을 연결하는 모랫길을 걸어 다닐 수 있다.

그중에서 나카노코지마란 섬에 있는 '여신의 마음'이라는 하트 모양의 돌을 두 사람이 함께 만지면 사랑이 성취된다는 소문이 있었다. 그래서 연애 운을 높여주는 특별한 명당으로서도 인기가 있었다.

그리고 우시마도에 있는 올리브밭은 연인들의 성지라고 불릴 정도였다.

그 외에도 우시마도에는 연애에 관한 소원을 빌 수 있는 신사 등도 있어서, 마린이 와보고 싶어 했던 이유를 요우는 눈치채고 말았다.

단지 마린에게 아름다운 풍경을 보여주고 싶어서 여기 데려왔는데, 연애를 잘 모르는 요우는 그런 방면에서의 배려가 부족했다.

그래서 미안했지만, 이대로 침묵하고 있을 수도 없어서

입을 열었다.

"언젠가는 정식으로 오게 될 날이 있을 거야."

지금 요우가 할 수 있는 말은 그 정도밖에 없었다.

그런 요우를 쳐다보더니 마린은 쿡쿡 하고 작게 웃었다.

"왠지 항상 당신이 저에게 신경을 써주기만 하는 것 같네요. 걱정하지 말아요. 하자쿠라 덕분에 마음이 많이 편해졌으니까요."

"그래?"

그 말은 허세일까, 아니면 진심일까.

유감스럽게도 마린의 표정만 봐서는 알 수 없었다.

그래서 요우는 무뚝뚝하게 대꾸하면서도 마린의 표정을 주시했다.

그러자 마린은 손으로 입을 가리면서 또다시 쿡쿡 하고 귀엽게 웃었다.

"정말로 당신은 친절하네요."

"한 번만 더 그런 말을 하면 강제로 너를 집에 돌려보낼 거야."

"아, 그리고 역시나 츤데레예요."

친절하다는 말을 듣고 요우가 째려봤는데, 마린은 개의치 않고 귀여우면서도 다정한 미소를 지었다.

말만 들으면 도발하는 것처럼 느껴졌지만, 본인은 전혀 다른 의미로 그런 말을 하고 있다는 것을 알 수 있었다.

그래서 요우는 뭐라고 말하면 좋을지 모르게 되어버렸다.

'정말로 이 녀석은 상대하기 어렵다니까……'

요우는 속으로 그렇게 투덜거리면서 마린한테서 시선을 떼고 고개를 휙 돌렸다.

그러자 반대로 마린이 조금 즐거운 것처럼 요우의 얼굴을 들여다봤다.

"그러고 보니 여기에 아주 맛있는 젤라토가 있다고 하던데요, 맞죠? 아직 당신이 원하는 경치가 보일 때까지는 시간이 좀 있으니까, 젤라토나 먹으러 가지 않을래요?"

생글생글 아이처럼 귀엽게 웃으면서 마린은 그런 제안을 했다.

아직 봄에서 여름으로 넘어가는 시기이지만, 덥지 않은 것은 아니었다.

그래서 요우도 실은 마린의 제안에 찬성하고 싶었는데 아쉽게도 시간이 문제였다.

"미안하지만 거기는 17시에 문을 닫았어."

"네?! 그, 그런가요……."

방금 마린은 가볍게 제안한 것 같았지만, 막상 먹지 못한다는 사실을 알게 되자 상당히 아쉬운지 풀이 죽어버렸다.

아마도 가벼운 척했을 뿐이지 실은 엄청나게 먹고 싶었나 보다.

"…………."

기운을 잃어버린 마린 앞에서 요우는 생각에 잠겼다.

그리고 좀 전에 마린이 했던 말도 떠올라서, 자신이 먼저 제안해보기로 했다.

"내일——한 번 더 여기 와볼래? 아침에."

요우의 그 말을 들은 마린은 눈을 동그랗게 뜨고 요우의 얼굴을 쳐다봤다.

설마 요우가 이런 제안을 해줄 줄은 몰랐던 것이다.

더구나 마린이 가고 싶어 하는 장소가 어떤 곳인지, 요우는 알고 있었다.

그걸 알면서도 제안해줬으니 마린이 놀라는 것도 당연했다.

그러나 역시 마린이 보기에는, 요우가 자신에게 관심이 있는 것 같지는 않았다.

그래서 이것은 순수하게 자신을 위해 제안해주는 거구나 하고 마린은 판단했다.

"하자쿠라만 괜찮다면……."

그리고 마린은 간접적으로 좋다는 대답을 했다.

상대가 그렇게 대답하자, 이번에는 반대로 요우가 깜짝 놀랐다.

애초에 마린은 여기 오고 싶어 했으니까 긍정적인 대답을 할 가능성은 있어 보였지만, 그래도 마린의 목적은 아마도 연애의 명당에 가는 것이라 거절할 가능성이 더 크다고 생각했다.

그러나 상대가 긍정적으로 대답한 이상, 먼저 제안한 사람이 그것을 취소할 수는 없었다.

그래서 요우와 마린은 내일도 여기 오기로 약속하게 되었다.

──그리고 그 직후, 뜬금없이 요우는 뭐라 형용할 수 없는 한기를 느낀 것 같았다.

◆

"──후후, 달아요. 정말 맛있네요."

마린은 요우가 젤라토 대신 사준 아이스크림을 요우의 옆에서 즐겁게 핥아 먹고 있었다.

할짝할짝 핥아 먹는 모습이 마치 고양이 같구나. 요우는 그런 생각을 하면서 자기도 아이스크림을 핥아 먹었다.

현재 두 사람은 바다를 비추는 아름다운 저녁 해를 보면서 아이스크림을 먹고 있었다.

이번에 요우가 마린에게 보여주고 싶었던 풍경은 이것이었다. 마린은 아름다운 경치를 볼 수 있게 되어서 기분이 무척 좋아졌다.

"맛있어요?"

요우가 저녁 해와 바다를 바라보면서 아이스크림을 먹

고 있는데, 마린이 생글생글 귀엽게 웃는 얼굴로 그렇게 물어봤다.

"뭐야, 너도 청포도가 먹고 싶었어?"

마린은 별생각 없이 잡담이나 하려고 그런 질문을 던졌는데, 요우는 '마린이 이걸 먹고 싶은가 보다' 하고 자신이 먹고 있던 아이스크림을 쑥 내밀었다.

그러자 예상외의 반응에 마린은 부끄러워하면서 귀엽게 눈을 치뜨고 요우의 얼굴을 바라봤다.

"먹어도, 돼요⋯⋯?"

"응."

"네, 그럼⋯⋯."

마린은 잠깐 망설이더니 혀로 살짝 요우의 아이스크림을 핥았다.

그것을 입속에 집어넣었는데, 솔직히 말하자면 지금 마린은 너무 부끄러워서 맛을 느낄 수가 없었다.

'자연스럽게 간접 키스를 해버렸네요⋯⋯.'

왠지 하면 안 되는 짓을 해버린 게 아닐까? 하는 생각이 들자, 갑자기 마린은 온몸이 뜨거워졌다.

요우의 얼굴을 쳐다봤다. 그런데 놀랍게도 요우는 전혀 신경 쓰지 않는 것처럼 보였다.

그걸 본 마린의 마음속에서 뭔가가 화르르 타올랐다.

상대가 나를 전혀 이성으로서 의식하지 않는다──즉,

어린애 취급을 하고 있다. 그렇게 판단한 마린은 반격에
나서기로 했다.

"이 복숭아 아이스크림도 맛있어요. 한번 먹어볼래요?"

마린은 그렇게 말하면서 팔을 쭉 뻗어 요우의 입가에 자
신의 아이스크림을 가까이 가져다 댔다.

그러나 요우는 고개를 옆으로 흔들며 거절했다.

"아냐, 지금은 이걸로 충분하니까 괜찮아."

"윽……."

반격이 실패하자, 마린은 저도 모르게 뺨을 부풀리면서
토라졌다.

요우는 마린이 왜 갑자기 토라졌는지 알 수 없어서 고개
를 갸웃거리며 입을 열었다.

"너 왜 삐쳤어?"

"아뇨……. 그냥, 당신이 심술쟁이라서 그래요."

"미안. 진짜로 무슨 뜻인지 모르겠는데?"

요우가 그렇게 물어봐도 마린은 자신이 왜 삐쳤는지는
대답하지 못했다──아니, 실은 왜 자신이 이렇게 부정적
인 감정을 품게 되었는지 본인조차 알 수 없었다.

그래서 설명하지 못하고 일단 대충 넘어가려고 또다시
할짝할짝 아이스크림을 핥아 먹기 시작했다.

"맛있네요."

"그래?"

마린이 아이스크림에 대한 감상을 이야기하자, '내 질문에 대답할 마음이 없구나'라고 판단한 요우는 자기도 또 아이스크림을 먹기 시작했다.

그렇게 먹는 도중에 문득 눈치챘다. 왠지 모르게 뺨을 붉히고 있는 마린이 가만히 이쪽을 응시하고 있다는 사실을.

'아, 뺨이 붉어진 것은 이 노을빛이 원인일 테지만.'

그런 생각을 하면서 요우는 입을 열었다.

"더 먹고 싶어?"

"윽……."

"아니, 왜 그렇게 삐치느냐고……."

청포도 아이스크림을 더 먹고 싶어서 그러나? 하고 생각해서 물어봤는데, 또다시 마린의 뺨이 불만스럽게 불룩 튀어나왔으므로 요우는 내심 난처해졌다.

어떻게 대응하면 좋을지 몰라서 그냥 다시 아이스크림을 핥았다.

"…………."

그러는 사이에 옆에 있는 마린은 눈에 띄게 기분이 나빠지고 있었다. 그래서 요우는 자신의 대응이 뭐가 문제였을까 하고 고민해야 하는 처지가 되었다.

이미 마린을 철저히 '달래줘야 하는 대상'으로 인식하고 있는 요우는 예전과는 달리 그렇게까지 신경을 쓰진 않았는데——사실 사귀지도 않는 남녀의 간접 키스란 것은, 사춘기 남녀에게는 큰 의미를 지니는 행위였다.

아무튼 그러고 있는데 갑자기 엄청난 한기가 다시 한번 요우를 덮쳤다.

"──자, 그럼 아키미. 너는 여기서 잠시 저녁 해와 바다를 감상하고 있어봐."

아이스크림을 다 먹은 다음에 요우는 가방을 들고 마린에게 그렇게 말했다.

그런데──.

"네……?"

계속 요우가 옆에 있을 거라고 생각했던 마린은 갑자기 요우가 떠나려고 하니까 불안한 표정으로 그를 쳐다봤다.

마치 버림받기 싫은 강아지 같은 표정이었다. 요우는 놀라서 숨을 삼켰다.

"어디, 가요……?"

"그냥 잠깐 다녀오는 거야. 금방 돌아올게."

"따라가면 안 돼요……?"

"응, 그건 좀 곤란해."

"…………."

상대가 자신의 부탁을 거절하자 마린은 서운한 표정으로 요우의 얼굴을 쳐다봤다.

그래서 요우는 죄책감에 시달렸지만, 지금부터는 마린이 같이 있으면 상당히 문제가 되는 일을 해야 했다.

정확히 말하자면 그것은 마린을 기분 나쁘게 할 만한 일이었다.

그러면 기분 전환을 시켜주려고 마린을 여기까지 데려온 것이 헛수고가 된다. 그래서 요우는 도저히 마린을 데리고 갈 수 없었다.

"무슨 일이 있으면 이것을 사용해. 그럼 내가 즉시 돌아올 테니까."

요우는 마린이 걱정돼서, 나중에 산에 가게 되면 주려고 생각했던 물건을 마린에게 건네줬다.

마린은 도대체 뭘까? 하고 생각하면서 방금 받은 선물을 봤는데——그것이 무엇인지 이해하자마자 기분이 몹시 나빠졌다.

"아~ 흐음……?"

그리고 생긋 웃으면서 요우의 얼굴을 쳐다봤다.

도대체 뭐가 문제일까? 요우는 영문도 모르는 채 정체불명의 압력을 느끼면서 식은땀을 좀 흘렸다.

"저, 저기, 왜 그래?"

"아뇨, 설마 이런 물건을 받을 줄은 몰랐거든요. 네, 정말이지 당신은 저를 철저히 어린애로 취급하고 싶은가 보네요?"

그렇게 말하면서 마린은 방금 요우에게 받은 선물——호신용 경보기를 들어 올리더니, 여전히 생글생글 웃는 얼굴로 고개를 갸웃거렸다.

아마도 호신용 경보기를 선물 받는 바람에 또다시 어린 애 취급을 당했다고 착각해버린 모양이다.

그래서 겨우 마린이 뭐 때문에 화가 났는지 이해한 요우는 어처구니없다는 듯이 한숨을 쉬었다.

"아니, 저기. 네가 어린애 취급을 당하기 싫어한다는 것은 알겠는데, 그래도 제대로 대책은 세워둘 필요가 있잖아? 게다가 요즘 시대에는 호신용 경보기는 성인 여성도 얼마든지 들고 다닌다고."

"어, 정말로요?"

"응, 정말로. 오히려 요즘은 성인 여성이 더 많이 사용하는 거 아냐?"

"아~ 그런가요……. 성인 여성이…… 후후, 네. 감사히 쓸게요."

성인 여성이 사용한다는 말을 듣자 마린은 순식간에 기분이 좋아졌다.

그리고 경보기를 가슴에 품듯이 소중하게 손으로 꼭 쥐었다.

물론 실제로 성인 여성이 많이 사용하는지, 또 애초에 그걸 가지고 다니는지는 요우는 몰랐다.

하지만 상식적으로 생각해보면 그럴 가능성은 충분히 있다고 생각했다. 그래서 즉석에서 그런 말을 해본 것이다.

그러자 예상대로 마린은 기분이 좋아졌다. 더 이상 무슨 말을 할 필요는 없었다.

그래서 요우는 마린의 지뢰를 또 밟기 전에 얼른 이곳을 떠났다.

'저 녀석은 성격이 단순한 건지 까다로운 건지, 잘 모르겠다니까…….'

──그런 생각을 하면서.

◆

마린한테는 보이지 않는 곳까지 이동한 요우는 가방 속에서 비디오카메라를 꺼냈다.

그리고 다음에 웹상에 투고할 동영상을 촬영하기 시작했다.

저녁 햇빛을 받아 오렌지색으로 물든 하늘과 바다는 너무나 아름다웠고, 반대로 석양빛이 닿지 않아 그림자가 드리운 부분은 덧없고 쓸쓸해 보였다.

그런데 그 상반되는 두 가지가 공존함으로써 뭐라 형용할 수 없는 아름다움과 성스러움을 자아내고 있었다.

요우는 수많은 경치 중에서도 특히 석양과 바다의 조합을 좋아했다.

그래서 이번에 처음 마린을 데려온 곳도, 석양을 볼 수 있는 시간대의 바다였던 것이다.

요우는 동영상을 촬영하고 있었다. 그때 자신에게 다가오는 발소리를 눈치챘다.

확인차 시선을 돌려보니 그곳에는 누군가가 서 있었다. 예쁜 금발 머리의 조그만 미소녀——가 아니라, 예쁜 검은 머리와 모델처럼 늘씬한 체형이 눈에 띄는 미소녀였다.

"…………."

요우는 잠시 눈빛으로 그 미소녀와 대화를 했다. 그리고 묵묵히 시선을 비디오카메라 화면으로 다시 돌렸다.

그대로 10분쯤 촬영을 하고 나서 요우는 촬영을 그만두고 입을 열었다.

"제대로 약속은 지켜줬구나——카스미."

그리고 자신에게 다가온 흑발 미소녀——네모토 카스미에게 말을 걸었다.

어째서 카스미가 여기에 있는가——그것은 며칠 전에 도착한 한 통의 메일 때문이었다.

요우가 마린과 통화를 하고 나서 받은 메일. 거기에는 간결하게 요약하자면 다음과 같이 적혀 있었다.

'다음 촬영에 나도 같이 가고 싶어'라고.

그 메일을 받은 요우는 여러 가지 가능성을 생각했다. 그리고 카스미와 협상을 했다.

그리하여 간신히 카스미를 대화의 장으로 끌어내는 데

성공한 것이다.

"요우. 일부러 그런 장면을 보여주다니, 넌 진짜로 나쁜 놈이야."

카스미는 상대가 이름을 부르자 자기도 똑같이 이름을 불렀다. 그리고 몹시 차가운 눈빛으로 요우를 쳐다봤다.

그 모습은 화가 난 기색이 역력했다. 요우는 한숨을 쉬면서 입을 열었다.

"아니, 일부러 보여주려고 한 것도 아니고, 내가 뭐 엄청난 짓을 한 것도 아니잖아? 그러니까 꼬박꼬박 살기를 발산하지 마."

요우는 종종 자신을 덮쳤던 한기의 원인이 뭔지 알고 있었다.

그래서 거기에 불평했는데, 카스미의 기분은 한층 더 나빠졌다.

"가, 간접 키스까지 했으면서, 무슨 변명을 그렇게……! 그것도 아이스크림으로……! 나한테는, 아직 안 해줬으면서……!"

"너 진짜 사고방식이 이상하구나?"

아무렇지도 않게 폭탄 발언을 하는 카스미에게 기막히다는 듯이 요우는 한마디를 툭 던졌다.

하지만 속으로는 안도했다.

지금 자신이 대화하고 싶었던 카스미는 제대로 눈앞에

있구나. 그렇게 생각한 것이다.

그러나 요우의 심정을 모르는 카스미는 더 심하게 화를 내기 시작했다!

"나를 이렇게 만든 사람은 너잖아!"

"그건 말도 안 되는 트집이야."

이상한 오해를 낳을 수밖에 없는 카스미의 발언에 요우는 즉시 비판을 가했다.

어째서 내 주변에 있는 여자들은 이토록 오해를 낳을 만한 발언을 하는 걸까──아무튼 지금 주변에 사람이 없어서 다행이라고 요우는 생각했다.

"……뭐, 미안한 짓을 했다고 생각해."

"──!"

돌연 요우가 다정한 목소리로 말하자, 카스미는 숨을 들이켜고 요우의 얼굴을 쳐다봤다.

그래서 요우는 카스미의 눈을 똑바로 마주 보면서 이야기를 계속했다.

"중3 겨울에 나는 너를 더 이상 참아낼 수 없어서 밀어냈었지. 계속 네 어리광을 받아주면서, 너를 나에게 의존하게 만든 것은 나였는데. 그래놓고선 또 내 마음대로 그것 때문에 스트레스를 받아서 너를 잔인하게 내치고 말았어. 그 점에 관해서는 지금도 미안하다고 생각해."

요우는 어린 시절부터 자신에게 계속 의존해왔던 카스

미의 존재를, 어느 날을 기점으로 견디지 못하게 되었다.

처음에는 귀여운 여동생 같은 느낌으로 요우는 그 어리광을 받아줬었다. 그러나 나이가 들수록 요우에 대한 카스미의 의존도는 비정상적으로 높아져서, 중3 때에는 이미 요우의 허용 범위에서 벗어나고 말았다.

그런 시기에 카스미가 요우에게 어떤 행동을 해버렸다. 그래서 요우는 마침내 카스미를 확 내치고 말았다.

그것은 본능적인 위기 회피 행동이었을지도 모른다.

하지만 그로 인해 의존할 곳을 잃어버린 카스미의 마음은 일시적으로 무너져버렸다. 그리고 지금도 여전히 그 시절과는 달리 카스미의 성격은 삐뚤어져 있었다.

그 계기가 된 행동이 무엇이었느냐 하면——카스미가 요우에게 고백을 한 것이었다.

"이제 와서…… 그런 이야기를…… 꺼내다니…… 도대체, 뭐야……? 네가…… 후회해봤자…… 나한테 한 짓은…… 사라지지 않는데……."

카스미는 차였을 때가 생각나서 가슴이 미어지는 듯한 감각에 휩싸인 채 그런 말을 쥐어짜냈다.

고백했다가 차인 후, 카스미는 일시적으로 우울증에 빠졌다.

그리고 곧 자신을 버린 남자에 대한 분노를 증오로 바꿔서 다시 일어섰다.

그때 카스미는 맹세했다.

반드시 요우에게 복수를 하겠다고.

뭐, 그것이 우여곡절 끝에 또다시 처음 감정으로 점점 돌아왔지만——그렇기에 카스미의 마음은 더욱 불안정해졌다.

그 결과가 현재 상황을 초래했다.

"응, 알아. 그래서 이렇게 대화를 해보고 싶었어."

우울증에 빠진 카스미를 보고 요우는 자신의 대응이 잘못된 것이었음을 즉시 깨달았다.

그래서 어떻게든 해주고 싶었지만, 이미 카스미는 요우를 피해 도망치게 되어버렸다.

요우가 카스미를 차버린 직후에는 아예 만나지도 못할 정도였다.

고등학교에서 같은 반이 되었을 때는 요우도 당황하여 식은땀을 흘렸는데, 돌이켜보니 어린이집에 다닐 때부터 카스미와 다른 반이 된 적은 없었으므로 이것도 운명이겠구나 하고 생각했다.

그리고 일단 같은 반이 되었으니 무조건 대화할 기회는 있을 거라고 생각했는데——카스미는 요우의 악평을 퍼뜨리기 시작했고, 또 요우가 자신에게 접근하려고 하면 노골적으로 싫어하면서 접근하지 못하게 했다.

그리하여 요우가 접근하려고 하면 같은 반 학생들이 비

난하는 눈초리로 쳐다보게 되었다. 심지어 대놓고 방해하는 학생도 나타났다.

그래서 교실에서는 대화할 수 없었다. 그리고 밖에서 마주쳤을 때 대화를 해보려고 해도, 카스미는 얼른 화제를 돌리면서 도망쳐버렸다.

요컨대 지금까지는 요우가 과거에 관해 이야기하고 싶어 해도 카스미가 계속 도망쳐버려서 도저히 어쩔 방법이 없었다.

하지만 드디어 요우는 카스미를 대화의 장에 끌고 오는데 성공했다.

당연히 그 대신 요우도 카스미가 제시한 조건을 받아들여야 했지만, 현재 상황을 해결하기 위해서라면 그 정도는 어려운 일도 아니었다.

일단 요우는 잠깐 뜸을 들이고 심호흡을 했다.

그리고 카스미의 눈을 다시 한번 바라보면서 천천히 입을 열었다.

"나는 더 이상 너를 내치지 않을 거고, 약속도 잘 지킬 거야. 그러니까 부탁이다. 이제 아키미와 키노시타를 괴롭히는 건 그만둬. 아무런 잘못도 없는 그 녀석들을 우리 사정에 휘말리게 하다니, 그건 누가 봐도 부당한 짓이잖아?"

여기서 요우는 카스미가 그들에게서 손을 떼면 모든 문제가 해결될 거라고 생각했다.

일시적으로 하루키에게 상처를 주긴 하겠지만, 이대로 계속 좋아하지도 않는 카스미가 그를 상대하는 것보다는 훨씬 나을 것이다.

적어도 그를 행복하게 해줄 수 있는 사람은 카스미가 아니라 마린일 것이다.

이미 소꿉친구이고 친한 사이였던 두 사람의 관계는 망가졌지만, 그것도 상처받은 하루키에게 마린이 다정하게 다가가면 바꿀 수 있을 거라고 요우는 생각했다.

그러니까 어떻게 해서든 여기서 카스미가 손을 떼게 만들어야 한다.

그렇게 생각해서 이런 부탁을 했는데——카스미는 요우의 예상이나 기대와는 다른 말을 했다.

"내가 제시한 조건을 네가 받아들인 이상, 나는 얼마든지 이번 일에서 손을 뗄 수 있어. 하지만——너는 착각을 하나 하고 있어. 여기서 내가 물러나봤자 아키미는 더 많이 상처받을 뿐이야. 그것도 이번에야말로——그래, 과거의 나만큼이나 상처받을 거라고 생각해."

"그게 무슨 소리야……?"

요우는 예상치 못했던 카스미의 말을 듣고 눈살을 찌푸리며 상대에게 물어봤다.

그러나 카스미는 고개를 좌우로 흔들더니 더 이상은 말하려고 하지 않았다.

"내가 말해봤자 안 믿을 거잖아. 알고 싶으면 걔한테 직접 들어봐."

"아니, 잠깐만. 그런 설명만으로는 아무것도 알 수 없다고. 이번 사건은 네가 주체가 되어 움직이고 있던 게 아니었어?"

요우의 그 질문에 카스미는 한숨을 쉬었다.

"뭐라고 대답하기 어려운 질문이네. 굳이 말하자면, 그래…… 네가 나와 같이 있으면서 지금까지 어떻게 생각했는지——그리고 어째서 과거의 네가 나 말고 다른 사람들을 내치게 되었는지를 떠올려보면, 저절로 답이 보이지 않을까?"

카스미의 그 말을 듣고 요우는 동요한 것처럼 눈을 크게 떴다.

그의 눈동자는 심하게 흔들리고 있었다. 카스미는 요우가 모든 것을 이해했음을 눈치챘다.

'변함없이 남의 일에만 짜증 날 정도로 눈치가 빠른 녀석……'

자신의 감정을 고백할 때까지는 그 마음을 눈치채주지 못했던 주제에, 남의 일은 금방 눈치채는 이 소꿉친구를 보면서 카스미는 속으로 그렇게 욕을 했다.

"——정말, 그렇다고……?"

머릿속에서 상황 정리를 끝낸 요우는 확인차 카스미에

게 물어봤다.

"본인한테 들었으니까 확실해. 실은 1년 전에 그가 먼저 나에게 그런 제안을 했어."

카스미의 그 말을 들은 요우는 자신이 크나큰 착각을 하고 있었음을 깨달았다.

그리고 두통을 느꼈다.

"아니, 다들 왜 이렇게 일을 복잡하게 만드는 거야⋯⋯?"

"네가 그런 말을 할 자격이 있어?"

"⋯⋯⋯⋯."

카스미의 지적에 요우는 입을 다물었다. 자신도 골치 아픈 일거리를 자처했다고 생각했기 때문이다.

그러나 곧 카스미의 얼굴을 보면서 말했다.

"일단 말해두는데. 그 녀석이 뭐라고 부추겼든지 간에, 결국 너도 아키미한테 상처를 준 것은 사실이야. 자신이 얼마나 나쁜 짓을 했는지는 알아야 해."

"그건, 나도 알아⋯⋯."

요우한테 주의를 받은 카스미는 삐친 것처럼 입술을 삐죽 내밀고 얼굴을 딴 데로 돌렸다.

옛날에 요우한테 혼날 때마다 삐친 카스미가 보여주던 표정이었다.

증오로 가득 찬 표정이 아니라 옛날 같은 표정을 보여주게 된 것은, 아마도 카스미의 요구를 요우가 들어줬기 때

문일 것이다.

카스미는 좀 전에 말했듯이 요우가 자기 요구를 들어준 시점에서 이미 만족한 것 같았다.

오래도록 해결하고 싶던 문제가 해결됐으니 기뻐야 하건만, 공교롭게도 새로운 문제가 튀어나오는 바람에 요우는 한숨을 쉬고 싶은 심정이었다.

아무리 봐도 상황이 한층 더 복잡해진 것 같았다.

지금 요우는 이 사태를 어떻게 해결하면 좋을까 하고 머릿속에서 여러 가지 패턴을 생각해내 시뮬레이션을 해보고 있었는데, 어떤 방법을 선택하더라도 마린에게 상처를 주는 미래밖에 떠오르지 않았다.

'정말이지, 이걸 어쩌지……?'

앞으로 다가올 미래를 알게 된 요우는 '어떻게 하면 마린에게 상처를 가장 적게 줄 수 있을까' 하고 계속 고민하는 것이었다.

◆

"――하자쿠라가 너무 늦네요……."

마린은 석양과 바다를 바라보면서, 기다리는 사람이 전혀 올 기미가 안 보이자 쓸쓸하게 중얼거렸다.

10분쯤 지나면 돌아올 줄 알았는데, 떠난 지 30분이 넘게 지났는데도 요우는 돌아오지 않았다.

마린은 인내심이 강한 편이었다. 그러나 지금은 왠지 외로움이 더 컸다.

마치 주인을 기다리는 강아지같이 마린은 주변을 두리번두리번 둘러보다가 쓸쓸하게 바다로 시선을 떨어뜨렸다.

'전혀 즐겁지 않아요…….'

그리고 토라진 것처럼 살짝 뺨을 부풀렸다.

"——오래 기다렸지?"

"——?!"

그렇게 바다에 시선을 떨어뜨리고 있는데, 쭉 기다렸던 사람의 목소리가 머리 위에서 들려왔다. 마린은 반사적으로 고개를 번쩍 들었다.

"어이쿠……."

고개를 들었는데, 마침 기다리던 사람도 마린의 얼굴을 들여다보려고 했나 보다. 하마터면 두 사람의 얼굴이 부딪칠 뻔했다.

아니, 좀 더 정확히 말하자면, 입술이 부딪칠 뻔했다.

"~~~~~!"

그 사실을 눈치챈 마린은 얼굴을 새빨갛게 붉히면서 양손으로 입을 가렸다.

그리고 허둥지둥 아이처럼 발을 동동 굴렀다.

"………….."

물론 요우도 동급생과 입술이 닿을 뻔했던 상황에서는 태연하게 있을 수 없었다. 밀려오는 부끄러움 때문에 슬쩍 시선을 저녁 해 쪽으로 돌렸다.

그 직후에 등 뒤에서 어마어마한 한기가 그를 덮쳤다.

'어휴, 저 녀석이 진짜……..'

이 한기를 발생시키는 원인이 뭔지 알고 있는 요우는 저절로 머리를 싸쥐고 싶어졌다.

솔직히 말하자면 카스미의 요구를 받아들인 것은 경솔한 짓이었을지도 모른다. 요우는 조금 그런 생각을 했다.

"하, 하자쿠라는 사람을 너무 놀라게 해요……!"

그리고 여기 있는 작은 공주님──아니, 작은 천사는 불만스럽게 뾰로통한 표정을 지으면서 요우를 쳐다보고 있었다.

이쪽은 또 이쪽대로 상대하기 힘들었다. 그렇게 생각하면서 요우는 입을 열었다.

"일부러 그런 건 아니야."

"왠지 저를 놀리면서 재미있어하는 것 같다고요……."

"아니, 근거도 없는 트집은 잡지 마."

오히려 마린이 자신에게 그런 짓을 하지 않았나? 하고 요우는 생각했지만, 지금 마린은 삐침 모드에 돌입한 것 같았으므로 쓸데없는 말은 그만두기로 했다.

그 대신──.

"응, 그래서 이 경치는 마음에 들어?"

마린이 적극적으로 관심을 가질 만한 다른 화제를 꺼냈다.

그런데 마린은 예상외의 대답을 했다.

"아, 네……."

"뭐야, 마음에 안 들었어……?"

생각과는 다른 반응이라서 요우는 마린에게 시선을 돌렸다.

그러자 마린은 요우의 시선을 피했다.

"아뇨, 경치는 아름다웠어요."

"아니, 아름다운지 어떤지가 문제가 아니라, 마음에 들지 않았느냐고 물어본 건데?"

마린이 뭔가를 숨기려고 하는 것 같아서, 요우는 일부러 정정해주면서 다시 한번 질문했다.

그러자 마린의 뺨이 약간 불룩해졌다.

그리고 마린은 천천히 입을 열었다.

"……혼자 남겨지니까, 경치를 즐기는 마음보다도 외로움이 더 컸어요……."

"아, 그렇구나……."

고개를 반대쪽으로 돌린 마린. 그 삐친 모습과 발언에 요우는 약간 동요하고 말았다.

다른 사람들에게는 언제나 웃는 얼굴만 보여주면서도

요우에게는 솔직한 감정을 보여주는 마린.

그런데 설마 이렇게 귀여운 반전 매력까지 보여줄 줄은 몰랐으므로, 본의 아니게도 요우의 가슴이 두근거렸다.

——그리고 또 동시에 지독한 한기도 그를 덮쳤다.

"——후후, 오늘은 아침부터 만나네요."

하얗고 예쁜 여름 스웨터와 연분홍색 미니스커트를 입은 마린은 요우를 발견하자마자 웃는 얼굴로 말을 걸었다.

머리에는 귀여움을 강조하는 듯한 흰 모자를 쓰고 있었다. 동안인 마린에게는 그게 잘 어울렸다.

그리고 등에는 백팩을 메고 있었다.

"안 더워?"

"괜찮아요. 어제는 좀 추울 정도였거든요. 이렇게 입으면 딱 좋을 거예요."

어제는 저녁때이기도 했고 바닷가라서 바람도 세게 불었다.

그래서 마린은 추웠나 보다.

"낮에는 더워지는 거 아냐?"

"그때는 그때죠. 제가 이런 것도 가져왔거든요."

그렇게 말하더니 마린은 백팩 속을 뒤져서 미니 선풍기를 꺼냈다.

그것을 자랑스럽게——의기양양한 표정으로 요우에게 보여줬다.

착실히 대책을 세워 왔다. 그런 뜻인가 보다.

"그래, 그럼 다행이고."

"…………."

요우의 말을 들은 마린은 물끄러미 요우를 쳐다봤다.

상대가 왜 이렇게 쳐다보는지 몰라서 요우는 고개를 갸우뚱했다.

그러자 마린은 양팔을 벌리고 그 자리에서 빙글 돌았다.

그렇게 한 바퀴 돈 다음에 살짝 고개를 갸웃거리면서 요우의 얼굴을 쳐다봤다.

"이 옷. 어때요……?"

아마도 마린은 옷에 대한 감상을 듣고 싶은가 보다.

"비싸 보이는 옷이네."

그래서 요우는 옷에 대한 감상을 말해봤다. 그런데 마린은 만족을 못 하고 뾰로통한 표정을 지었다.

"하자쿠라는 역시 심술쟁이예요……."

아마도 삐친 것 같았다.

"……뭐, 예쁘다고 생각해."

"──?! 그, 그래요……?"

마린의 모습을 보고 솔직한 감상을 말하자, 마린은 얼굴을 새빨갛게 붉히면서 팔로 자기 몸을 감쌌다.

풍만한 가슴을 꽉 눌러서 밀어 올리는 듯한 몸짓이었다. 요우는 허둥지둥 얼굴을 반대쪽으로 돌렸다.

마린은 다소 얼빠진 구석이 있는지, 종종 남자를 곤란하게 만드는 행동을 무심코 하는 편이었다. 그래서 요우에게 마린은 역시나 골치 아픈 존재였다.

하지만 기쁘게 웃는 마린의 모습을 힐끗 보면서 요우는 뭐라고 말하기 어려운 기분을 느꼈다.

"아무튼 이제 갈까?"

이대로 이야기를 계속하고 있으면 쓸데없이 시간만 낭비할 뿐이다. 요우와 마린은 택시 승강장으로 이동했다.

그리고 택시를 탔는데, 운전사의 얼굴이 낯이 익었다.

"안녕하세요……."

"앗, 어제는 실례했습니다……."

요우와 마린은 어제도 우시마도까지 자기들을 데려다줬던 운전사에게 고개 숙여 인사했다.

그러자 운전사는 붙임성 있게 웃으면서 고개를 숙이더니 목적지를 물어봤다.

요우는 어제와 같다고 말했다. 그대로 택시는 움직이기 시작했다.

"기대되네요."

요우가 풍경을 바라보고 있는데, 마린이 요우의 옷자락을 잡아당기면서 귀엽게 웃었다.

그러자 요우는 난감한 것처럼 시선을 창밖으로 돌렸다.

"앗……! 왜 저를 외면하는 거예요……?!"

요우가 다시 창밖을 보기 시작했으므로 마린은 뾰로통한 표정을 지으며 화를 냈다.

그리고 이쪽을 보라는 듯이 요우의 옷자락을 세게 잡아 당겼다.

"저기, 옷 늘어나는데."

"그게 싫으면 이쪽을 봐주세요."

"싫어."

"왜요?!"

고집스럽게 자기를 보지 않는 요우한테 마린은 불만을 드러냈다.

뺨을 불룩~하게 부풀린 채 가만히 요우의 얼굴을 쳐다 보고 있었다.

"택시 안이잖아. 조용히 해."

"……너무해."

존댓말이 아니라 반말로 튀어나온 한마디.

마린이 얼마나 삐쳤는지 알 수 있는 한마디였다.

그래서 요우도 마린을 돌아봤다.

"미안. 그래서, 하고 싶은 건 정했어?"

오늘은 마린을 위해 다시 한번 우시마도에 가는 중이었다.

그런데 정작 그 주인공을 화나게 한다면 아무 의미가 없을 것이다.

요우가 자신을 쳐다보자, 마린의 뺨은 점점 정상으로 돌아왔다.

"젤라토, 먹고 싶어요."

그것은 어제 마린이 기대했던 것이었다.

어제는 이미 가게가 문을 닫아서 먹을 수 없었지만, 오늘은 무조건 먹으려는 것 같았다.

"아키미는 단 걸 좋아해?"

"물론이죠."

여자애는 단것을 좋아한다는 말이 있다. 옛날부터 전해 내려오는 속설이다.

마린은 자신도 그렇다고 말하고 싶은 것이리라. 요우는 그렇게 이해했다.

"굉장하네. 나는 케이크 한 조각만 먹으면 질려서 더 못 먹을 것 같은데."

"저기요, 음식을 좋아하는 거랑 많이 먹을 수 있는 것은 별개의 문제가 아닌가요……?"

"그럼 너는 케이크 뷔페 같은 곳에 안 가?"

"……자주, 가는데요."

요우의 질문에 마린은 어색하게 시선을 피했다.

어린아이처럼 약간 삐친 표정을 짓고 있었다. 그래서 요우는 왠지 훈훈한 기분을 느꼈다.

그와 동시에 '그런데 용케 지금 같은 몸매를 유지하고 있구나' 하고 감탄했다.

마린의 몸은 나올 곳은 나오고 들어갈 곳은 들어가 있었다. 키가 작기는 해도, 누구나 부러워할 만한 몸매였다.

물론 카스미같이 늘씬한 여자애에 비하면 그렇게까지 마른 것은 아니지만, 그래도 분명히 마른 편이었다.

역시 영양분이 전부 다 가슴으로 가는 게 아닐까? 하고 요우는 생각했다.

"아무튼 좋아하는 것이 있다니 잘됐네. 부끄러워할 필요는 없어."

"따, 딱히, 부끄러워하지 않았거든요?"

"그래? 그럼 다행이고."

요우는 그렇게 말하더니 다정한 미소를 지으며 마린을 쳐다봤다.

그 표정을 본 마린은 저도 모르게 숨을 삼켰다. 마치 다정한 오빠와 같이 있는 듯한 착각에 빠져버렸다.

"왜 그래?"

"아, 아뇨, 아무것도 아니에요……!"

요우가 말을 걸자, 마린은 얼굴을 붉히면서 허둥지둥 고개를 반대쪽으로 돌렸다.

그런 마린의 태도에 의문을 느끼면서도 굳이 언급하지는 않고 요우는 다시 창밖으로 시선을 보냈다.

이윽고 택시는 목적지에 도착했고——.

"도착했어요……!"

마린은 무척 즐거워하면서 택시에서 내렸다.

"기운이 넘치네."

"네……! 앗──저기, 그런데 돈은 정말로 괜찮아요……?
어제도 돈을 내줬는데, 오늘도 또 내줬잖아요…….."

요우와 마린이 택시를 탄 곳에서 우시마도쵸까지는 꽤
먼 거리였다. 필연적으로 택시비도 비쌀 수밖에 없었다.

사회인한테도 결코 적은 돈이라고는 할 수 없는 금액을
요우에게 다 부담시키다니. 마린은 그것이 마음에 걸리는
모양이었다.

"걱정할 필요 없어. 별로 부담되는 것도 아니니까."

"하자쿠라가 어디서 그렇게 많은 돈을 가져오는 건지 몹
시 신경 쓰여요……."

요우의 돈 씀씀이를 보면, 그것은 평범한 학생이 받을
수 있는 용돈의 범위에서 완전히 벗어난 수준이었다.

마린은 그 점이 신경 쓰였다.

그러나 당연히 요우는 마린에게 가르쳐주지 않았다.

"신경 쓰지 않아도 돼. 정당한 방법으로 얻은 돈이니까."

"뭐, 이제 와서 그걸 의심할 마음은 없지만요……."

"아무튼 맨 처음에는 어디로 가고 싶어?"

요우는 휴대폰을 꺼내더니 마린에게 가고 싶은 곳을 물
어봤다.

그래서 마린은 요우의 휴대폰을 들여다봤다.

마린의 서늘한 팔이 요우의 팔에 닿았는데, 마린은 별로
신경 쓰지 않는 것 같았다.

"우선 올리브밭에 가볼래요? 젤라토 가게는 점심때부터 여는 것 같고, 구로시마에 가는 여객선은 오늘 출항 시간이 14시인 거죠?"

"응."

구로시마 비너스 로드는 간조 때 나타나는 모랫길이다. 고로 아무 때나 가도 되는 것은 아니었다.

배가 출항하는 시간도 그날그날 달랐다. 마린과 요우가 방문한 날은 14시가 예정 시각이었다.

"예약에 성공해서 다행이에요."

"맞아, 진짜로."

마린과 다시 한번 오기로 약속했던 어제, 두 사람은 바다로 가기 전에 여객선 예약을 하러 갔었다.

구로시마에 가는 여객선은 전날까지 예약을 꼭 해야 한다. 옛날에 조사해본 적이 있었던 요우는 그 사실을 알고 있었으므로 미리 예약을 하러 갔던 것이다.

휴일이니까 바로 전날에는 예약에 실패할 수도 있다고 생각했었다. 그러나 다행히 두 사람의 자리를 확보할 수 있었다.

"너무 늦게 물어보는 것 같은데, 샌들과 수건은 잘 챙겨 왔지?"

"네, 걱정 마세요……!"

요우의 질문에 마린은 귀엽게 웃으면서 고개를 끄덕였다.

그것을 확인한 요우도 똑같이 고개를 끄덕였다. 그리고 목적지가 있는 쪽을 돌아보면서 입을 열었다.

"그럼 먼저 올리브밭으로 가볼까."

두 사람은 그대로 걸어서 올리브밭으로 향했다.

"——입장료는 무료네요."

"그러게."

목적지에 도착한 두 사람은 입장료가 필요 없다는 사실에 좀 놀라면서 산책로를 따라 올라갔다.

"벌레는 괜찮아?"

"벌레 퇴치 스프레이를 뿌리고 왔으니까 괜찮아요."

"준비성이 좋네."

"후후. 어때요. 저를 다시 봤어요?"

요우에게 칭찬을 받자 마린은 기분 좋게 요우의 얼굴을 쳐다봤다.

의기양양한 표정. 어쩐지 자랑스러워하는 것 같았다.

"그렇게 방심했다가 벌레한테 마구 물리면 재미있을 텐데."

"아니, 왜 그렇게 심한 말을 해요……?! 그렇게 되는 건 오히려 하자쿠라에요……! 어차피 벌레 퇴치 스프레이도 안 뿌렸을 테니까요……!"

"아니, 뿌렸는데?"

"아, 네, 그렇죠. 당신은 은근히 준비성이 좋은 타입이었죠…….”

약간 아쉬워하면서 마린은 고개를 딴 데로 휙 돌렸다.

뭔가 좀 삐친 듯한 표정이었다.

“──와. 올리브 가게도 있네요.”

걸어서 전망대 건물에 도착한 마린은 그곳의 1층에 있는 가게를 발견하고 흥미진진한 듯이 그쪽을 봤다.

“구경하고 갈래?”

“그러고 싶은데……. 하지만 지금은 돈이 별로 없으니까 관둘래요.”

“갖고 싶은 게 있으면, 사줄 수 있는데?”

“아, 아니, 그렇게 쉽게 이것저것 사주려고 하지 마세요! 하자쿠라는 좀 더 돈을 소중히 여겨야 해요……!”

요우는 마린을 위해서 말한 건데, 마린은 그 말을 듣고 화를 냈다.

요우는 마린이 괜히 참다가 불만을 가슴속에 쌓아두는 것은 좋지 않다고 생각했다. 하지만 마린의 입장에서는 요우한테 뭔가를 받는 것이 부담스러운 것이리라.

“하지만 처음부터 약속했었잖아? 이런 여행에 필요한 돈은 내가 내겠다고.”

“식사는 그럴 수도 있지만, 기념품 같은 상품을 사는 것은 다른 이야기에요……! 하자쿠라는 이상한 데서 상식이 부족한 것 같아요……!”

마린은 집게손가락을 곧게 세우고 열심히 화를 냈다.

마치 아이를 혼내는 듯한 태도라서 요우는 쓴웃음을 지었다.

"미안, 아키미가 싫다면 안 할게."

"싫다기보다는 곤란하다는 거예요……. 그렇게 돈을 써줘도 저는 보답할 방법이 없고, 그렇다고 '상대가 자기 마음대로 잘해주는 거다' 하고 뻔뻔하게 굴지도 못해요……."

성실하고 착한 아이인 마린은 역시 일방통행은 무시하지 못하는 것 같았다.

상대에게 뭔가를 받았으면 그만큼 뭔가를 돌려주는 스타일을 고수하고 싶은 모양이다.

"요즘에는 보기 드문데. 이렇게까지 성실한 녀석은."

"서, 설마, 그동안 다른 여자한테도 이렇게 다 사주고 다녔던 거예요……?!"

"내가 그런 사람으로 보여? 애초에 나랑 얽히는 여자도 없잖아."

현재 진행형으로 그런 짓을 하려고 했던 남자의 발언에 마린은 의문을 느꼈지만, 요우의 말대로 그가 여자와 얽히는 장면은 거의 본 적이 없었다. 뭔가를 사줄 상대가 없다면 돈도 쓸 일이 없을 것이다. 마린은 그렇게 판단했다.

"소비는 신중하게! 알았죠?"

"아니, 나는 나름 신중하게 쓰고 있는데……? 필요한 경우에만 돈을 쓰고, 쓸데없는 낭비는 피한다고."

"…………."

"저, 저기. 왜 그런 눈으로 쳐다봐?"

요우의 말을 들은 마린은 눈을 가늘게 뜨고 싸늘하게 요우의 얼굴을 응시했다.

무척 하고 싶은 말이 있는 듯한 그 눈빛에 요우는 난처한 듯이 마린을 쳐다봤다.

"직접 말로 표현해줘요?"

"아냐, 됐어. 왠지 피곤해질 것 같으니까."

마린이 고개를 갸웃거리자, 요우는 지친 것처럼 머리를 좌우로 흔들었다.

더 이상 티격태격해봤자 시간과 정신력만 낭비할 뿐이라고 생각한 것이다.

"하여간 가게에 안 들를 거면 전망대로 가자."

요우는 마린을 데리고 위층으로 가려고 계단을 올라갔다.

"우와…… 바람이 상쾌하네요……."

전망대로 나온 마린은 바람에 머리카락을 나부끼면서 미소를 지었다.

'아무리 봐도 그림 같은 풍경이구나…….'

바람에 날려가지 않도록 모자를 손으로 누르면서 미소 짓는 마린. 그 모습을 본 요우는 저도 모르게 그런 생각을 했다.

"이 시기에는 특히 좋지."

"네. 기분 좋아요……."

말 그대로 바람이 기분 좋게 느껴지는 것이리라.

마린은 즐거운 것처럼 눈을 가늘게 뜨고 전망대에서 보이는 바다, 섬, 그리고 자연 속에 녹아든 마을의 풍경을 바라보고 있었다.

요우도 마찬가지로 마린 옆에 나란히 서서 경치를 구경했다.

"자연은 참 좋네요……."

"응. 마음이 깨끗해지는 느낌이야. 고등학교를 졸업하면 온통 자연으로 둘러싸인 곳에서 느긋하게 살고 싶어."

"그건 지금 열심히 일하면서 나중에는 노후를 즐기려고 하는 사람한테나 어울리는 생각인데요……. 하자쿠라는 왜 일하기 전부터 그런 생각을 하는 거죠……?"

마치 삶에 지친 듯한 그 발언에 마린은 어색하게 웃으면서 요우에게 물어봤다.

그런데 요우는 고개를 좌우로 흔들더니 입을 열었다.

"노후인지 아닌지는 상관없어. 난 그저 자연이 좋을 뿐이야."

"…………."

다정한 표정을 지으면서 솔직하게 이야기하는 요우. 마린은 저도 모르게 그런 요우를 뚫어지게 응시했다.

아마도 편안하게 쉬는 중이라 이런 표정이 나왔을 텐데, 그 표정을 본 마린은 역시 요우는 다정한 사람이구나 하고 생각했다.

"──자, 그럼 슬슬 가볼까."

경치에 만족한 요우는 마린에게 말을 걸었다.

마린도 끄덕끄덕 고개를 끄덕였다. 두 사람은 건물에서 나와 올리브밭의 다음 코스를 따라 걷기 시작했다.

"보통 남자들은 이런 자연에 관심이 없는 이미지인데, 하자쿠라와는 자연을 즐길 수 있어서 참 좋아요."

다음 목적지를 향해 걷는 도중에, 문득 옆에서 걷고 있던 마린이 요우의 얼굴을 쳐다보면서 그런 말을 했다.

"그건 진짜 편견인데……. 자연을 즐기는 남자도 있을 거야."

"물론 있을 테지만, 꽃보다는 기계를 좋아할 것 같은 이미지예요."

마린이 하고 싶은 말이 뭔지 알 것 같아서 요우는 저도 모르게 쓴웃음을 지었다.

"실은 나도 그럴지도 모르잖아?"

"그래도 하자쿠라는 자연을 즐기고 있잖아요. 역시 같이 있으면 즐거워요."

생글생글 웃는 얼굴로 그렇게 말하는 마린.

요우는 난처한 듯이 웃으면서 슬쩍 마린의 얼굴을 외면

했다.

'정말이지, 이 녀석의 생각 없는 발언은 위험하구나…….'

"앗, 하자쿠라……! 행복의 종이 저기 보여요……!"
요우가 고개를 반대쪽으로 돌리고 있는데 마린이 갑자기 높은 소리를 냈다.

그 소리를 듣고 반사적으로 요우는 마린이 보는 쪽을 쳐다봤다.

그곳에는 '행복의 종'이라고 불리는 종이 매달려 있었다.

요우는 사실 종보다는 그 너머에 있는 풍경에 관심이 갔는데, 마린은 신나게 후다닥 그쪽으로 뛰어가더니 종에 달린 줄을 붙잡았다.

"이 종을 세 번 치면 되는 거죠……?!"
"응, 그럴걸."
요우가 고개를 끄덕이자, 마린은 즐겁게 종을 치려고 했다.

그러나——.

"으…… 왠지 잘 쳐지지 않는데요……."
마린이 줄을 흔들어도 종은 전혀 울리지 않았다.

흔드는 힘이 제대로 들어가지 않아서, 종을 치지 못하는 것 같았다.

"아무렇게나 하면 안 돼."

요우는 그렇게 말하면서 마린이 쥐고 있는 줄의 윗부분을 오른손으로 잡았다.

그리고 마린이 흔드는 타이밍에 맞춰서 힘을 확 줬다.

그러자 종이 아름다운 소리를 냈다.

마린은 요우의 행동에 당황하면서도 계속 타이밍 맞춰서 종을 두 번 더 울렸다.

"자, 만족했어?"

종을 세 번 울렸으므로 요우는 마린에게 그렇게 물어봤다. 그런데 마린은 얼굴이 새빨개진 채 고개를 숙이고 있었다.

"왜 그래?"

마린의 태도가 이상해서 요우는 마린의 얼굴을 들여다봤다.

그러자 마린은 물기 어린 눈동자로 요우의 얼굴을 쳐다봤다.

"이 종은, 보통 연인이나 가족끼리 울리는 거잖아요……. 그런데, 그걸 우리가 같이 해버렸으니……."

아마도 마린은 요우와 사귀게 되는 주술적인 행동을 해버렸다고 말하고 싶은 것 같았다.

"아~ 응, 그래. 미안."

요우는 마린이 고전하는 것 같아서 도와줬을 뿐이지만,

무신경한 짓을 했구나 하고 반성했다.

"아, 아뇨, 애초에 혼자 종을 치려고 했던 제가 잘못한 거예요……."

이 종은 '종을 칠 때 품은 마음을 종소리와 함께 상대에게 전한다'라는 의미도 지니고 있다고 한다.

그래서 마린은 혼자서라도 종을 치려고 했던 것이리라.

누구에게 무엇을 전하고 싶었는가. 요우는 왠지 그것을 알 것 같아서 미안해졌다.

"어쩌지? 한 번 더 혼자서 쳐볼래?"

"아, 아뇨, 괜찮아요……."

꼬물꼬물하면서 고개를 숙인 마린은 요우의 얼굴을 보려고 하지 않았다.

그 얼굴은 귀까지 빨개져 있었다. 순수한 마린에게는 이번 일이 큰 영향을 준 것 같았다.

"그, 그러고 보니, 여기 있는 올리브의 잎사귀 중에는 하트 모양도 있다고 하던데! 저기, 같이 찾아볼래요……?!"

마린은 몹시 당황했는지 그런 말을 꺼냈다.

"어, 그건 좋은데. 그거야말로 커플을 위한 주술 아니야……?"

"앗……."

요우가 그렇게 지적하자, 마린은 여전히 새빨간 얼굴로 또다시 고개를 푹 숙였다.

어색해진 분위기 속에서 요우는 뺨을 손가락으로 긁적거렸다.

"자, 다음 장소로 갈까."

그러더니 마린을 등지고 걷기 시작했다.

마린은 허둥지둥 요우의 뒤를 쫓아갔다. 두 사람은 올리브밭의 남은 부분을 둘러보고 다녔다.

그 후 근처에 있는 식당에서 점심을 먹고 여객선 타는 곳으로 이동했다.

"해수면이 의외로 가까운 곳에 있네요."

여객선에 타자 마린은 설레는 표정으로 기쁘게 요우를 쳐다봤다.

"그래도 만지려고 하면 안 돼, 알았지? 100% 떨어질 테니까."

"그런 짓은 안 해요……! 아무리 봐도 닿지 못할 거리인데. 그 정도는 안다고요……!"

"그럼 다행이지만."

뾰로통한 표정을 지으며 토라진 마린. 요우는 그 얼굴에서 시선을 떼고 바다를 바라봤다.

마린은 부루퉁한 얼굴로 그런 요우를 가만히 쳐다보고 있었다.

"──샌들로 갈아 신을까?"

구로시마에 도착하자, 요우는 백팩에서 샌들과 비닐봉

지를 꺼냈다.

　마린도 마찬가지로 샌들과 비닐봉지를 꺼내서 갈아 신으려고 했는데——.

　"이, 이렇게 서서 벗으려고 하니까, 양말이 잘 안 벗겨져요……."

　한쪽 발을 든 자세로 폴짝폴짝 뛰기 시작했다.

　아마도 쓰러질 것 같은 상황에서 점프로 버티고 있는 듯했다. 그 모습을 본 요우는 쓴웃음을 지으며 입을 열었다.

　"배에서 미리 갈아 신을 걸 그랬네."

　"그, 그러게요. 딴 데 정신이 팔려서 깜빡했어요……."

　"하기야 바다가 워낙 예뻤으니까. 그쪽에 정신이 팔리는 것도 이해는 해."

　"…………."

　요우의 말을 듣자마자 마린은 진심으로 할 말이 있는 듯한 눈빛으로 요우를 쳐다봤다.

　"뭐, 뭐야. 왜?"

　"하자쿠라는 종종 아무렇지도 않게 남을 도발하네요."

　이유는 몰라도 마린은 토라진 것처럼 뺨을 불룩하게 부풀리고 있었다.

　"그럴 생각은 없었는데……."

　"흥……."

　"어휴…… 아무튼 선 채로 갈아 신기 힘들면, 내 어깨라도 빌려줄까?"

"네?!"

요우의 제안에 마린은 화들짝 놀라 큰 소리를 냈다.

그러자 다른 승객들이 요우와 마린을 쳐다봤다. 마린은 부끄러운 듯이 요우의 등 뒤에 숨었다.

"앉아서 신발을 갈아 신지는 못하니까, 어쩔 수 없잖아?"

현재 지면은 모래밭이었다. 앉으면 틀림없이 마린의 옷이 지저분해질 것이다.

그래서 선 채로 갈아 신으려면 뭔가 지지대를 이용해 몸을 지탱해야 했다.

요우는 그 지지대 역할을 자처한 것이다.

"저, 정말, 그래도 돼요……?"

"뭐, 어쩔 수 없으니까."

"고마워요……."

마린은 천천히 요우의 어깨로 손을 뻗었다. 그리고 그의 어깨에 기대어 신발을 갈아 신기 시작했다.

"미안해요. 덕분에 살았어요……."

샌들로 다 갈아 신고 나서 마린은 붉어진 얼굴로 부끄러워하는 것처럼 요우한테서 떨어졌다.

"어, 그래. 우리는 뒤처졌으니까 슬슬 갈까?"

요우는 마린을 힐끗 보더니 먼저 걸음을 뗐다.

마린은 후다닥 뛰어서 금방 요우의 옆에 나란히 섰다.

"——앗…… 불가사리가 있어요……."

비너스 로드를 걷는 도중에, 바닷물이 빠져나가 생긴 모랫길에서 마린은 불가사리를 발견했다.

"바다로 다시 보내주는 게 좋을까요……?"

"만질 수 있어?"

"……무서워요."

요우의 질문에 마린은 솔직하게 대답했다.

좀처럼 만질 기회가 없는 생물이므로, 마린이 무서워서 만지지 못하는 것도 이해가 갔다.

"그럼 됐어. 불가사리 중에도 독이 있는 종류가 있으니까, 너무 속 편하게 이것저것 만지지 않는 게 좋을 거야."

"이 애도 독을 가지고 있을까요……?"

"모르지. 나도 불가사리는 잘 모르니까. 하지만 이 모랫길도 시간이 지나면 다시 바다가 될 거야. 섣불리 건드리는 것보다는 그냥 자연의 섭리에 맡기는 게 나아."

잘 모른다면 섣불리 행동하지 않는 것이 좋다. 그것이 요우의 지론이었다.

만약에 이번 일로 불가사리가 최후를 맞이하더라도, 자연의 섭리에 맡겼으니 그것이 그 녀석의 운명이었던 거다. 그렇게 이성적으로 생각하는 것이었다.

"뭐랄까, 하자쿠라는 어른스러운 면이 있네요."

"애늙은이 같다는 뜻인가?"

"아뇨, 진심으로 감탄한 거예요."

순수하고 착한 마린에게는 요우의 사고방식은 언제나 예상외였다.

자신과는 다른 생각을 가지고 있는데 그것이 옳다고 생각하기 때문에 마린은 '요우는 굉장하구나' 하고 감탄했다.

"아키미가 칭찬하면 놀림 받는 기분이 든단 말이지."

"너무 꼬아서 생각하는 거 아니에요?!"

요우가 싫어하는 티를 내자, 마린은 납득을 못 하겠다는 듯이 요우의 얼굴을 쳐다봤다.

"안타깝지만 솔직한 감상이야."

"…………"

"아무튼 어서 가자."

할 말이 있는 듯한 눈빛으로 쳐다보는 마린을 적당히 무시하면서 요우는 다시 걷기 시작했다.

마린은 혼자 남지 않으려고 또다시 후다닥 하고 뛰어서 요우 옆에 나란히 섰다.

"——앗, 여기서부터는 길의 바닷물이 아직 덜 빠졌네요."

걷다 보니 쭉 이어져야 할 모랫길이 중간부터 바닷물에 잠겨 있었다.

하지만 고작 복사뼈까지만 닿을 정도였으므로 걷는 데 지장은 없었다.

"바람이 세게 부니까. 바닷물이 이쪽으로 밀려 돌아온

걸지도."

"샌들을 신기를 잘했네요."

"뭔가 기뻐 보인다?"

"그야 이런 체험은 흔치 않으니까요."

섬을 향해서 바닷물 속을 걸어갔다.

실제로 이것은 좀처럼 체험할 수 없는 일일 것이다.

마린은 어린아이같이 신이 나서 요우 곁을 걷고 있었다.

"넘어지지 않게 조심해."

"꺅──!"

"야······."

마치 그 말을 기다렸다는 듯 데자뷔처럼 마린이 발을 헛디디자, 요우는 마린이 넘어지기 전에 팔을 붙잡아 끌어안았다.

"미, 미안해요······."

"아키미는 진짜 덜렁이구나······."

"윽, 할 말이 없네요······."

벌써 몇 번이나 요우의 도움을 받은 마린은 요우의 말을 부정하지 않았다.

부끄러운 듯이 얼굴을 새빨갛게 물들인 채 몸을 요우에게 맡기고 있었다.

마린의 풍만한 가슴은 물컹하게 찌그러져 형태가 바뀌어 있었지만, 요우와 딱 달라붙은 이 상황에서 마린은 그런 것에 신경 쓸 여유가 없었다.

"이제 놔줘도 돼?"

"아, 네……!"

마린이 고개를 끄덕인 것을 확인한 후, 요우는 부드럽게 손을 놨다.

다시 혼자 서게 된 마린은 얼굴이 새빨개진 채 고개를 숙였다. 그 상태로 양손 집게손가락을 맞대고 꼼지락거렸다.

그리고 요우도 은은하게 뺨을 붉히면서 마린을 외면하고 있었다.

"자, 일단 가자."

어색함을 느낀 요우는 마린과는 거의 이야기도 안 하고 전진하려고 했다.

마린은 고개를 숙인 채 요우의 뒤를 따라갔다.

그런데 이상하게도 요우의 옷소매를 붙잡았다.

"응?"

마린의 행동을 예상치 못했던 요우는 당황한 것처럼 마린을 쳐다봤다.

"그…… 또 넘어질지도 모르니까……."

마린은 여전히 얼굴이 새빨개진 채 뜨거운 눈동자로 요우를 쳐다봤다.

요우는 마린의 얼굴을 보고 놀라서 숨을 들이켰지만, 일부러 무뚝뚝하게 입을 열었다.

"뭐, 그럼 어쩔 수 없지."

"네, 고맙습니다……."

두 사람은 어색한 분위기 속에서 그대로 다음 섬을 향해 걸어갔다.

"그러고 보니 어제는 좀 추웠다고 했잖아. 지금은 괜찮아?"

"앗…… 네, 지금은 해가 떠 있으니까요. 그리고 바다 덕분에 딱 좋아요."

"그럼 좀 전까지는 더웠다는 뜻이잖아……."

"그 점은 지적하지 마세요……."

요우의 정확한 지적에 마린은 삐친 것처럼 입술을 삐죽거렸다.

바로 오늘 아침에 괜찮다고 했었으니까, 낮이 되어서 더워졌다고 말할 수는 없었던 것이리라.

그래도 마린은 땀을 흘리진 않았다. 여자는 신기한 생물이구나 하고 요우는 생각했다.

"너무 무리하거나 오기를 부릴 필요는 없어. 알지?"

"여자한테는 때론 결코 양보할 수 없는 것이 있답니다."

"아키미는 이따금 이해가 안 가는 짓을 하더라."

"저만 그런 게 아니거든요……?! 여자는 원래 그런 거예요……!"

요우가 어처구니없다는 표정을 짓자 마린은 불같이 화

를 냈다.

마린의 입장에서는 계속 멋진 패션을 유지하고 싶으니까 좀 더워도 참겠다는 뉘앙스로 말했던 것인데, 둘 중 하나를 고른다면 겉모습보다는 기능성에 중점을 두는 요우에게는 그런 생각이 안 통하는 것 같았다.

"굳이 그런 걸 신경 쓰지 않아도, 아키미는 원래 예쁘니까 어떤 패션이든 잘 어울려."

"——?!"

아마도 요우는 마린이 하고 싶은 말을 이해하지 못한 것이 아니라, 마린이 불필요한 짓을 하려고 하니까 이해할 수 없다고 말했던 것인가 보다.

그러나 마린은 요우가 아까 했던 말의 의미에 신경을 쓸 여유가 없었다. 그저 외모에 대한 칭찬을 받자 순식간에 얼굴이 새빨개지고 말았다.

"어, 왜 얼굴이 빨개졌어……?"

마린이 얼굴을 붉힌 이유를 알 수 없었던 요우는 마린에게 직접 그렇게 물어봤다.

그러자 마린은 여전히 빨간 얼굴로 불만스럽게 요우의 얼굴을 쳐다봤다.

"하, 하자쿠라는 타고난 바람둥이 기질이 있는 것 같아요……."

"뭐……? 도대체 나의 어디를 봐서?"

요우가 곤혹스럽다는 듯이 고개를 갸웃거리자, 마린은 눈을 가늘게 뜨고 흰 눈으로 봤다.

'이 사람은 상당히 질이 나쁘네요…….'

그런 식으로 생각하면서 마린은 입을 열었다.

"됐어요. 설명해봤자 시간 낭비일 테니까요."

"너는 나를 대할 때에만 태도가 달라지더라."

"어떻게요? 건방지게요?"

"그런 느낌. 뭐, 나는 그게 더 대화하기 편하니까 좋지만."

"하자쿠라는 이상한 사람이에요."

상대가 건방진 게 좋다고 말하는 요우 때문에 마린은 난처한 듯이 웃고 말았다.

"새삼스럽기는."

"후후. 그럴지도 모르겠네요."

요우의 퉁명스러운 태도 앞에서 마린은 즐겁게 웃었다.

요우는 마린도 상당히 이상한 녀석이라고 생각했지만, 어쨌든 마린의 기분이 좋아졌으니까 쓸데없는 말은 삼가기로 했다.

"자, 슬슬 다음 섬에도 거의 다 왔네."

"하트 모양의 돌을 찾을 수 있을까요?"

"글쎄, 모르지."

실은 다른 관광객의 움직임을 잘 관찰하면 금방 찾아낼 수 있을 것이다.

그러나 마린은 자기 힘으로 찾아내고 싶어 할 것이다. 그래서 요우는 쓸데없는 말은 하지 않았다.

그 후 섬에 도착하자 마린은 하트 모양의 돌을 찾기 시작했다.

요우는 하트 모양의 돌을 찾는 것이 아니라, 마린이 돌 같은 것에 걸려 넘어지지 않도록 마린의 상태를 지켜보고 있었다.

그러고 있는데——.

"앗, 찾았어요……! 하자쿠라, 찾았다고요……!"

마린이 하트 모양의 돌을 찾은 것 같았다.

기쁘게 두 손을 흔들면서 요우를 부르고 있었다.

마치 어린애같이 신이 난 마린의 모습에 요우는 훈훈함을 느끼면서 그쪽으로 다가갔다.

"축하해."

"네……! 제가 더 빨리 찾았으니까, 제가 이긴 거예요!"

"응? 시합이었어?"

"이렇게 뭔가를 찾을 때는 당연히 시합하는 거 아닌가요?"

의아해하는 요우에게 마린이 웃으면서 그렇게 대꾸했다.

완전히 마린 혼자만의 독자적인 규칙이었지만, 요우는 하는 수 없지 하고 미소를 지었다.

"그럼 아키미의 승리네."

"…………."

요우의 미소를 본 마린은 눈을 크게 뜨고 요우의 얼굴을 쳐다봤다.

깜빡깜빡 눈을 깜빡거리면서 몹시 의외인 듯한 표정을 지었다.

그러다가 심지어 자기 눈을 손으로 비비기 시작했다.

"그 반응은 뭐야?"

노골적인 마린의 태도에 요우가 살짝 못마땅한 얼굴을 했다.

그러자 마린은 당황한 것처럼 고개를 좌우로 흔들더니 입을 열었다.

"아, 아니, 그게 아니라……! 당신의 반응이 좀, 의외라서……!"

요우라면 당연히 어이없어하거나 투덜거릴 거라고 생각했다.

게다가 좀 전에 그가 보여준 미소는 다정함이 흘러넘치는 미소였다.

그래서 마린은 깜짝 놀라 그를 뚫어지게 쳐다봤던 것이다.

"어휴…… 쓸데없는 말은 그만하고, 슬슬 가자."

한숨을 내쉬고 나서 요우는 다시 걸음을 뗐다.

마린도 계속 그랬듯이 요우의 뒤를 따라갔다. 그 후 두 사람은 비너스 로드를 만끽했다.

──참고로 마린이 이번에도 또 넘어질 뻔해서 요우가

마린을 안아줘야 했다는 것은 여담이다.

◆

"——젤라토가 맛있네요."

지금 마린은 가장 큰 목적이었다고 해도 과언이 아닌 녹차 우유 젤라토를 할짝할짝 먹으면서 행복하게 웃고 있었다.

요우는 우유 젤라토를 먹고 있었는데, 솔직히 말하자면 마린의 행복한 얼굴에 저절로 시선을 빼앗기는 바람에 어느새 젤라토가 녹아가고 있었다.

"하자쿠라, 하자쿠라. 녹차 맛도 먹어볼래요?"

젤라토를 맛있게 먹고 있던 마린이 갑자기 뭔가 생각난 것처럼 요우의 입을 향해 젤라토를 내밀었다.

어제 있었던 일의 복수를 하려는 걸지도 모른다.

그러나 요우는 어제와 마찬가지로 고개를 가로저었다.

"그건 아키미 거잖아. 나한테 신경 쓰지 않아도 돼."

"윽……."

"아니, 대체 왜 그렇게 부루퉁한 표정을 짓는 거야……?"

"하자쿠라는 정말이지, 심술이 억수로 많아가지고……."

마린은 뺨을 불룩하게 부풀리고 삐친 것처럼 고개를 반대쪽으로 돌렸다.

심술이 억수로 많다. 그것은 간사이 사투리로 심술이 아주 많다는 뜻이었다.

마린은 오카야마에서 태어나 오카야마에서 자랐지만, 바로 옆이 간사이 지방이기 때문에 그런 사투리를 들을 기회가 있었던 것이리라.

아니면 만화나 애니메이션에서 보고 배운 걸지도 모르고.

"……그럼, 조금만 먹을게."

풀이 죽어버린 마린을 본 요우는 천천히 얼굴을 마린의 젤라토 쪽으로 가져갔다.

그리고 녹차 부분을 조금만 핥아 먹었다.

그랬더니——.

"흐아아아아악?!"

마린이 얼굴을 새빨갛게 붉히면서 허둥거리기 시작했다.

눈동자가 이리저리 데굴데굴 굴러갔다. 충격적인 사건이 벌어지자 패닉 상태에 빠진 것 같았다.

"뭐, 뭐야, 너 괜찮아……?"

"아, 안 괜찮아요……! 먹을 거면, 먹는다고 말을 해주세요……!"

"이, 일단, 난 말을 했는데……?"

"그건 거의 기습이나 마찬가지였잖아요……! 마음의 준비를 할 시간을 주셔야죠……!"

마린은 어지간히 동요했는지 씩씩거리면서 요우에게 화

를 냈다.

"미안. 다시는 안 그럴게."

"앗……."

그러나 요우가 사과하자마자 마린은 순식간에 얌전해졌다.

그리고 우물쭈물하면서 난처한 듯이 눈을 이리저리 굴렸다.

"아, 아니, 그런 뜻이 아니라, 저기…… 할 거면, 미리 말을 해 달라고 부탁한 것이지, 어, 그러니까……."

무슨 말을 하면 좋을지 모르게 되어버렸다. 마린은 입을 다물고 고개를 숙였다.

요우는 그런 마린의 모습을 보고 당황하면서도 가볍게 그 머리를 톡 두드렸다.

"됐어, 그만해. 아무튼 빨리 안 먹으면 맛있는 젤라토가 다 녹아버릴걸?"

"앗…… 그, 그러네요."

마린은 민망해하면서 슬슬 녹아가는 젤라토를 핥아 먹기 시작했다.

그러나 할짝할짝 혀로 핥아 먹으면서도 힐끔힐끔 요우의 얼굴을 쳐다보고 있었다.

요우는 마린의 시선을 눈치챘지만, 여기서 그걸 지적하면 또다시 상대가 폭주할 수도 있으니까 괜히 건드리진 않았다.

요우는 그저 바다를 바라보면서 마린과 마찬가지로 맛있는 젤라토를 즐겁게 먹었다.

"——자, 그럼 이제는 어쩔래?"

요우는 마린이 젤라토를 다 먹은 것을 확인한 뒤, 앞으로의 일정에 관해 마린에게 물어봤다.

그 질문에 마린은 집게손가락을 입술에 대고 "으음~" 하면서 생각에 잠겼다.

그리고 생각이 정리되자 웃는 얼굴로 입을 열었다.

"내친김에 이번에는 백도랑 청포도 젤라토를 먹어보고 싶어요. 역시 그 지방의 특산 과일을 이용한 음식에는 도전해보고 싶단 말이죠."

요우는 "이제는 어디로 갈래?"란 뜻으로 물어봤는데, 아무래도 마린은 "이제는 또 뭐를 먹을래?"란 질문을 받았다고 착각한 듯했다.

아마도 좀 더 먹고 싶다는 생각이 들 정도로 젤라토가 맛있었나 보다.

"……더 먹고 싶어? 그럼 사러 갈까."

"네? 앗——."

그제야 마린은 자신의 착각을 눈치챈 것 같았다.

순식간에 얼굴이 빨개지더니 고개를 숙여버렸다.

"아, 아뇨, 됐어요……."

"응? 왜, 먹으면 안 되는 것도 아닌데. 신경 쓸 필요 없어."

"하지만 하자쿠라는 안 먹을 거잖아요……?"

마린은 안색을 살피듯이 요우를 쳐다봤다.

"나는 원래 디저트를 그렇게 많이 먹는 편은 아니니까. 하지만 아키미는 잘 먹잖아. 그러니까 먹고 싶으면 먹어도 돼."

"호, 혼자서는, 마음 편히 먹을 수가 없어요……. 그동안 하자쿠라를 기다리게 해야 하는데……."

"아니, 모처럼 눈앞에 아름다운 바다가 펼쳐져 있잖아? 나는 좀 더 이 바다를 구경하고 싶어. 그러니까 괜찮지 않아?"

"하자쿠라……."

요우의 말을 들은 마린은 촉촉해진 눈망울로 요우의 얼굴을 응시했다.

"게다가 다음에는 또 언제 올 수 있을지 모르니까, 먹을 수 있을 때 먹어두는 게 좋다고 생각해."

요우의 그 말을 듣고 마린은 결심한 것 같았다.

여전히 얼굴을 붉힌 채 고개를 끄덕이더니 요우의 소매를 잡았다.

이처럼 말이 아니라 행동으로 보여준 이유는, 단순히 말로 하기가 부끄러워서일 것이다.

요우는 마린을 데리고 젤라토 가게에 갔다. 그러자 직원은 놀란 것처럼 요우와 마린을 쳐다봤다.

그러나 금방 마린의 마음을 눈치챘는지 웃는 얼굴로 주문을 받아줬다.

"——직원분이 기뻐하시는 것 같았지?"

마린과 요우가 재방문하자, 젤라토 가게의 직원은 마린이 그 젤라토의 맛에 반했다는 것을 눈치채고 기뻐했었다.

"손님을 정중히 대해주는 가게는 다음에도 또 가고 싶어지지 않아요?"

"맞아. 어때, 그것도 맛있어?"

기분 좋게 할짝할짝 젤라토를 핥아 먹고 있는 마린에게, 요우는 바다를 보면서 물어봤다.

"맛있어요. 먹어볼래요?"

그리고 마린은 웃는 얼굴로 대답하더니, 아주 자연스러운 행동인 **척하면서** 요우의 입으로 그 젤라토를 가져갔다.

"아냐, 됐어."

그러나 이번에도 요우는 거절해버렸다.

복수에 실패한 마린은 그 점에 불만을 느끼지 않을 수 없었다.

좀 전에 요우에게 젤라토를 먹이는 데 성공하긴 했지만, 그때도 요우보다는 마린이 오히려 압도적으로 동요했으므로 마린은 납득을 하지 못하고 있었다.

"이상한 생각은 그만하고 순수하게 젤라토의 맛이나 즐

기지 그래?"

"네?! 누, 눈치챘어요……?!"

"아니. 그냥 네가 쓸데없는 생각은 하지 말고 젤라토의 맛을 즐기면 좋을 텐데…… 하고 생각했을 뿐이야."

당황한 마린에게 요우는 무뚝뚝한 태도로 대꾸했다.

그러자 마린은 한층 더 심하게 토라지고 말았다.

"흥……."

"여자는 참 까다롭구나."

뾰로통해진 마린을 보고 요우는 귀찮다는 듯이 한숨을 쉬더니 바다를 바라봤다.

마린도 더 이상 이러는 것은 좋지 않다고 생각했나 보다. 얌전히 다시 할짝할짝 젤라토를 핥아 먹기 시작했다.

두 사람은 그대로 바다를 바라봤다. 그리고 마린이 젤라토를 다 먹었을 때 요우가 입을 열었다.

"자, 이제는 어쩔래?"

"글쎄요──."

"아, 무슨 맛 젤라토를 먹을지 골라도 돼."

"──?! 진짜! 그렇게 심술궂은 말 좀 그만하세요……!"

아까 마린이 착각했던 사건을 여기서 끄집어내자, 마린은 얼굴을 붉히며 화를 냈다.

요우의 가슴을 탁탁 때리는 것이 마치 어린애가 장난을 치는 것 같았다.

"아무튼, 어딘가 가고 싶은 데는 있어?"

요우는 마린의 두 손을 적당히 피하더니 고개를 갸웃거리며 물어봤다.

마린은 불만스럽게 뺨을 통통 부풀리면서도 이번에는 어디로 갈까 생각해봤다.

그러나 특별히 가고 싶은 곳은 없었는지, 고개를 좌우로 흔들었다.

"그래? 그럼 이제 돌아갈까."

가고 싶은 곳은 없다.

그래서 요우는 집에 돌아가려고 했는데, 그때 마린이 쓸쓸한 듯한 표정을 지었다.

"돌아가는 거예요……?"

"왜? 역시 어딘가 가고 싶은 곳이 있어?"

"그게 아니라…….'"

마린은 고개를 숙이더니 집게손가락 두 개를 맞대고 꼬물거리기 시작했다.

말하기 힘든 것처럼 힐끔힐끔 요우를 쳐다보다가도, 뭔가 말을 하려고 입을 벌렸다가 또다시 다물어버렸다.

요우는 그런 마린의 모습을 의아하게 바라봤다.

"저, 저기요……. 이왕 여기까지 왔으니까, 어제처럼 석양을 보고 가지 않을래요……?"

아마도 마린은 또 석양을 구경한 다음에 집에 돌아가고

싶은 것 같았다.

오늘 하루는 처음부터 마린을 위해 시간을 비워놨으므로, 마린이 원한다면 요우는 그 의사를 존중할 작정이었다.

게다가 요우 자신도 석양과 바다의 조합을 다시 한번 보고 싶었다.

"그럼 어디 카페에 들어가서 해가 질 때까지 기다릴까."

"앗…… 네!"

요우가 긍정적인 자세를 보여주자 마린은 기쁘게 고개를 끄덕거렸다.

그리고 후다닥 요우 옆에 다가와 나란히 섰다.

그 후 두 사람은 가까운 카페에 들어가서 해가 질 때까지 기다렸다.

◆

"…… ♪"

지금 해안에서 석양을 바라보는 마린은 무척 기분이 좋은지 콧노래를 부르고 있었다.

"그렇게 맛있었어?"

"네?"

"아까 카페에서 먹었던 벌꿀 푸딩 말이야."

카페에서 푸딩을 먹었던 것을 지적하자, 마린은 수줍게

얼굴을 붉히더니 부끄러워했다.

"그, 그건, 맛있었어요."

"다행이네."

카페에 들어가자마자 푸딩을 발견하고 눈을 반짝반짝 빛내던 마린의 모습이 떠올라서 요우는 살짝 웃을뻔했다.

그것을 눈치챈 마린은 또다시 뺨을 불룩하게 부풀렸다.

"네, 죄송해요. 먹보라서."

"아니 뭐, 어때. 그 푸딩도 여기서만 먹을 수 있는 음식이잖아."

"그럼 웃지 마세요."

마린은 삐친 표정으로 눈을 가늘게 뜨고 요우를 흘겨봤다.

그렇게 눈총을 받은 요우는 난처한 듯이 웃었다.

"아, 미안. 그냥 좀──네가 행복해 보여서."

"네?"

예상치 못한 요우의 한마디에 마린은 뜻밖이라는 듯이 요우의 얼굴을 쳐다봤다.

요우는 이걸 어떻게 전달하면 좋을까 하고 고민하다가 입을 열었다.

"음식을 맛있게 먹었잖아? 보기만 해도 흐뭇해서 좋았어."

그러더니 요우는 마린을 향해 다정한 미소를 지었다.

"앗⋯⋯."

요우의 얼굴을 쳐다보던 마린은 그 미소를 본 순간 반사적으로 얼굴을 피했다.

바다와 석양을 바라보면서 마린은 꼼지락꼼지락 몸을 흔들기 시작했다.

"하, 하자쿠라는 비겁한 사람이에요……."

"그건 또 무슨 소리야……."

"기습이나 반전 매력이라니, 비겁해요……."

도대체 마린은 무슨 말을 하고 싶은 걸까.

요우는 이해할 수 없어서 저도 모르게 고개를 갸우뚱했다.

"됐어요. 애초에 당신은 이해하지 못할 줄 알았어요."

어리둥절해진 요우 앞에서 마린은 다시 한번 토라진 표정을 지었다. 그리고 바다와 석양 쪽으로 시선을 되돌렸다.

이런 때에는 건드리지 않는 것이 상책일 것 같았다. 그래서 요우도 말없이 다시 석양과 바다로 시선을 돌렸다.

이따금 요우는 마린에게도 시선을 돌리면서 '이런 때 아키미는 역시나 그림같이 아름답구나……'란 생각을 하면서 이 시간을 즐겼다.

"──여기서 보는 풍경도 멋있지만, 이왕이면 바다 위에서도 한번 보고 싶네요……."

한참 후에 황홀한 표정으로 마린이 그런 말을 했다.

"배 위에서 보고 싶어?"

"한 번쯤은요. 그럴 수는 없겠지만……."

마린은 그렇게 말하더니 힘없이 웃었다.

배를 가지고 있는 것도 아니니까 그런 것은 불가능하다. 그렇게 체념한 것이리라.

그런데 요우가 휴대폰을 꺼내 들더니 만지작거리기 시작했다.

"지금은 안 되지만, 다른 날에는 가능한데?"

그리고 그는 마린이 예상치 못했던 대답을 했다.

"어, 그래요?"

"응. 이거 봐, 날짜가 정해져 있긴 하지만, 아무튼 저녁 노을을 감상하기 위한 유람선이 있는 것 같아."

요우가 휴대폰을 보여줬다. 마린은 그 화면을 옆에서 훔쳐보듯이 들여다봤다.

"앗, 진짜네요……. 여름방학 직전부터 한 5일쯤 하는 것 같은데요?"

규칙성은 찾아볼 수 없었지만, 7월 중순부터 8월 초중순 사이에 5일 정도 유람선을 띄우는 날짜를 확인할 수 있었다.

아마도 미리 신청하면 태워주는 것 같았다.

"아무래도 관광지니까, 여행객이 즐겁게 놀 수 있도록 이것저것 계획하고 있나 봐."

"으음, 아쉬워요……. 한번 타보고 싶었는데."

바다에서 보는 풍경은 과연 얼마나 다를까.

해수면에 비친 저녁 해의 오렌지색은 참으로 아름답지

않을까.

그런 상상을 하면서 마린은 아쉬운 듯한 표정을 지었다.

"다시 오고 싶으면 말해. 그럼 다시 데려와 줄 테니까."

마린이 몹시 아쉬워하고 있었으므로 요우는 그렇게 자기 생각을 전했다.

그러자 마린은 난처한 듯이 웃으면서 요우의 얼굴을 쳐다봤다.

"하자쿠라, 뭔가 제게 몹시 무르지 않아요?"

마린이 뭔가를 원하면 요우는 즉시 그 소원을 들어주려고 한다. 그것을 그동안 쭉 느끼고 있었던 마린은 저도 모르게 그 점을 지적하고 말았다.

당연히 요우도 자신이 마린의 말을 전부 다 들어주고 있다는 것은 스스로 알고 있었다. 하지만 그 이유가 복잡했기 때문에 어떻게 대답해야 할까 망설였다.

결국 그는 시치미를 떼기로 했다.

"글쎄, 기분 탓이 아닐까?"

"이게 기분 탓이면, 저는 엄청나게 둔감한 여자일 거예요."

마린은 요우가 시치미를 뗀 것인지 아니면 정말로 무자각인 것인지 몰라서 난처한 듯이 쓴웃음을 지었다.

"뭐 어때? 사람이 좀 둔감해도 괜찮잖아."

"아뇨, 둔감한 사람은 질이 나쁘다고 생각하는데요? 어디 사는 누구 씨처럼."

요우가 '둔감하다'라는 쪽으로 밀고 나가려고 하자, 마린은 이번에는 비난하는 것처럼 눈을 가늘게 뜨고 요우를 쳐다봤다.

그러자 요우는 손가락으로 뺨을 긁적거리더니 난처해하는 태도로 마린을 바라봤다.

"저기, 그 말투는 마치 나한테 말하는 것 같은데. 내가 뭔가 눈치채지 못하고 넘어가기라도 했어?"

"눈치가 있는 건지, 없는 건지……."

"하고 싶은 말이 있으면 직접 말해줘……."

마린이 기막혀하는 표정을 짓자, 요우는 화난 것처럼 들리지 않도록 목소리의 톤에 신경을 쓰면서 마린에게 그렇게 물어봤다.

그런데 마린은 고개를 좌우로 흔들었다.

"때로는 말로 표현할 수 없는 것도 있다고 생각해요."

아마도 직접 말할 수는 없는 문제인가 보다.

"뭔지는 잘 모르겠지만, 정말로 너는 나를 대할 때에만 태도가 달라지는구나. 적당히 봐주거나 배려해주는 기색이 없어."

"하자쿠라는 그러는 편을 더 좋아할 거라고 생각했거든요."

"그건 그렇지. 그게 더 대화하기 편하긴 해."

언제나 생글생글 웃는 얼굴로 착한 아이처럼 행동하는

마린. 요우는 그런 마린이 거북했다.

너무나 착한 아이 같아서 독설을 퍼붓기도 뭐 했고, 조금이라도 강한 말투로 말하면 상대가 슬퍼할 것 같았다.

특히 불만이 있는데도 겉으로는 안 그래 보인다는 것이, 요우로서는 상대하기 어려운 요소였다.

그러나 지금의 마린은 가차 없이 요우의 잘못을 지적한다. 그리고 솔직하게 불만도 표현한다. 그래서 요우는 지금의 마린이 더 좋다고 생각했다.

"앗—— 하자쿠라는 역시 마조히스트인가요……?"

그런데 굳이 툴툴거리는 태도가 더 좋다고 요우가 말하는 바람에, 마린은 여기서 엄청난 오해를 하고 말았다.

왜 '역시'라고 말했느냐 하면, 저번에 식당에서 이야기했을 때 매운 음식을 좋아하는 사람은——어쩌고 했던 것의 연장선상인 것 같았다.

"그 이상한 오해는 이제 좀 버려. 안 그러면 네 관자놀이에 주먹 돌리기를 할 거야."

"허억——?!"

요우가 이마에 핏대를 세우면서 목소리의 톤을 몇 단계나 낮추자, 마린은 겁먹은 표정을 지었다.

"난 절대로 그런 거 아니야. 다음에는 용서 안 해. 알았지?"

요우가 그렇게 몰아붙이자 마린은 끄덕끄덕 고개를 위

아래로 움직였다.

아마도 이것은 요우의 역린을 건드리는 화제인 것 같았다.

"이참에 한번 해볼래?"

"뭐, 뭐를요……?"

"주먹 돌리기."

"아, 아뇨, 사양할래요……!"

마린은 잽싸게 요우한테서 멀리 떨어지더니 필사적으로 머리를 좌우로 흔들었다.

아픈 것은 싫은가 보다.

"나 참…… 바보 같은 소리 그만하고 석양이나 구경해."

요우는 피곤하다는 듯이 한숨을 쉬더니 시선을 석양과 바다 쪽으로 다시 돌렸다.

이제는 분노가 가라앉았나 보다. 마린은 슬슬 눈치를 보면서 요우 곁으로 돌아왔다.

그리고 가만히 요우 옆에 앉았다.

그 후 두 사람은 만족할 때까지 바다를 구경하고 나서 택시를 불렀다.

"밥 먹고 들어갈래?"

"네, 가능하다면 그렇게 하고 싶어요. 오늘은 처음부터 밖에서 먹을 생각이었거든요."

——그런 대화를 나누고, 두 사람은 붕장어 요리를 먹은

다음에 마린이 사는 동네로 향했다.

◆

"——오늘은 즐거웠어요."

택시를 타고 돌아가는 도중. 차창을 통해 야경을 바라보고 있는 요우에게 마린은 수줍어하면서 말을 걸었다.

"그거 잘됐네."

"네. 이렇게 실컷 논 건 정말 오랜만이었어요. 신선한 경험을 잔뜩해서 좋았어요."

마린은 오늘 일을 돌아보면서 양손의 손가락을 꼼지락거리기 시작했다.

그리고 힐끔힐끔 곁눈질로 요우의 얼굴을 훔쳐봤다.

"충실한 하루였지."

요우는 여전히 야경을 바라보면서 만족스러운 목소리로 말했다.

그러자 마린은 기뻐하며 수줍게 입을 열었다.

"솔직히 말하자면, 처음에는 좀 불안했어요."

"그랬어?"

"네—— 아, 처음이란 건 오늘 이야기가 아니에요. 하자쿠라와 같이 다니기 시작했을 무렵을 말하는 거예요."

요우의 반응을 보고 그가 오해했을지도 모른다고 생각

한 마린은 만약을 위해 자세히 설명하면서 이야기를 계속해나갔다.

"하자쿠라와는 1학년 때 이후로 처음 만난 거였잖아요. 그래서 잘 지낼 수 있을지 걱정했었어요."

"…………."

"하지만 하자쿠라는 다정했어요. 제 불안도 금방 사라졌고요."

"내가 다정하다는 건 엄청난 착각인데……."

마린이 즐겁게 이야기하자, 요우는 어처구니없다는 듯이 한숨을 쉬었다.

그러나——.

"아뇨, 다정해요. 태도는 차갑고 입도 험하지만, 그래도 당신은 저를 굉장히 많이 생각해주고 있잖아요."

아무래도 마린은 여기서 물러설 마음은 없는 것 같았다.

요우를 바라보는 그 눈동자에는 강한 의지가 깃들어 있는 것처럼 보였다.

지난 며칠 사이에 요우는 마린의 신뢰를 얻는 데 성공한 듯했다.

하지만 요우가 그런 것을 원했는가? 하는 것은 별개의 문제였다.

"나를 너무 믿지는 마."

앞일을 생각한다면 자신이 마린에게 지나치게 신뢰를

받는 것은 좋지 않았다.

그래서 요우는 저도 모르게 그런 말을 해버렸다.

"치…… 저는 칭찬을 한 거예요. 그러니 순수하게 받아 들여 주세요."

요우가 자기 말을 삐뚤어진 태도로 받아들였다고 생각 한 마린은 뾰로통한 표정을 지으면서 불만을 털어놨다.

"……그래. 고마워."

더 이상 버텨봤자 상대의 기분이 나빠질 뿐이다. 그렇게 생각한 요우는 시선을 피해 창밖을 보면서 마린에게 고맙 다고 인사를 했다.

그러자 마린은 눈을 깜빡거리면서 요우를 쳐다봤다.

"…………."

"왜……?"

시선을 피했는데도 여전히 자기를 쳐다보는 마린. 그래 서 요우는 불쾌한 표정을 지었다.

"아니, 당신이 순순하게 구니까. 무서워요……."

"넌 내가 뭘 어떻게 하길 바라는 거야……?!"

마린의 말에 요우는 무의식중에 발끈하여 빠르게 받아 쳤다.

그 대화를 들은 택시 운전사가 웃음을 터뜨렸는데, 요우 가 그쪽을 쳐다보자 그는 미안해하면서 요우의 시선을 외 면했다.

"나, 나쁜 뜻은 아니었어요. 그냥 당신의 태도가 너무 순순해서……."

"그래, 알았어. 이제는 고맙다는 인사는 안 할게."

"아앗?! 그렇게 실망하지 마세요……!"

요우가 낮은 목소리를 내면서 밖을 쳐다보자, 마린이 당황하여 허둥거렸다.

"누가 실망했다는 거야……? 겨우 이런 일로 실망하겠냐."

"그럼 화내지 마세요."

"화 안 났어."

"정말이에요……?"

"응."

요우는 고개를 끄덕였지만, 마린은 의심하는 눈초리로 요우를 쳐다봤다.

"아무튼 내일부터는 학교에 가야 하니까. 늦잠 자지 마, 알았지?"

"앗! 어린애 취급하지 마세요……! 저는 늦잠을 자지 않아요……!"

요우가 복수하자, 이번에는 마린이 화를 냈다.

변함없이 어린애 취급을 당하는 것은 싫은가 보다.

그 후 두 사람은 약간 험악한 분위기를 조성했는데, 그러다가 어느새 마린은 조용히 잠들어버렸다.

오늘은 많이 걸어 다녔으니까. 또 마린도 신나게 놀아서 피곤해진 것이리라.

　쌔근쌔근 자는 마린의 얼굴은 마치 어린아이가 잠을 자
는 것 같았다.

　"…………."

　요우는 마린의 자는 얼굴을 바라보다가, 마린의 입에 들
어가 버린 머리카락을 손으로 살살 빼줬다.

　"——두 분은 사이가 좋으시네요."

　마린의 잠자는 얼굴에 정신이 팔려있었는데, 돌연 택시
운전사가 요우에게 말을 걸었다.

　"그렇게 보이나요?"

　"네. 마치 남매처럼 보입니다."

　"남매라……. 하하, 네. 그럴지도 모르겠네요."

　마린을 여동생이라고 생각해보니까 신기할 정도로 위화
감이 없었다.

　건방진 여동생이라고 생각하면 마린도 귀여운 수준이
지. 저절로 그런 생각이 들었다.

　"하자쿠라는…… 심술쟁이예요……."

　다시 마린의 잠자는 얼굴을 보고 있는데, 마린은 잠꼬대
를 하면서 요우에게 불평을 했다.

　그런 마린을 본 요우는 무의식중에 미소를 지으면서 다
정하게 그 머리를 쓰다듬어줬다.

◆

"──야, 아키미. 일어나."

"후웅……?"

마린의 집 근처에서 택시가 멈추자, 요우는 부드럽게 마린의 몸을 흔들어 깨웠다.

마린은 잠에 취한 것 같았다. 초점이 맞지 않는 눈동자로 요우를 쳐다보고 있었다.

"도착했으니까 이제 내리자."

"네에."

마린은 졸린 것처럼 눈을 비비면서 마치 꼬마 여자아이같이 대답했다.

완전히 잠에 취한 상태였다. 그래서 요우는 난처하게 웃으면서 마린한테 어서 택시에서 내리라고 재촉했다.

마린이 내리자, 요우도 택시 운전사에게 인사하고 나서 내렸다.

"혼자 집에 갈 수 있어?"

"네에…… 갈 수 있어요오~."

"이거 안 되겠네."

요우는 완전히 잠에 취해버린 마린을 혼자 집에 가게 하는 것은 불안하다고 판단했다. 그래서 어쩔 수 없이 마린한테 집까지 안내해 달라고 부탁하기로 했다.

예쁜 소녀를 밤길에 혼자 돌아다니게 놔두는 것도 불안
한데, 심지어 마린이 졸려서 제정신이 아니었으니 어쩔 수
없었다.

　잠에 취한 마린은 무척 고분고분했다. 비틀거리는 걸음
걸이로 요우를 안내하면서 걸었다.

　마린의 걸음걸이는 자칫하면 차도로 나갈 것처럼 위험
했다. 그래서 요우는 어쩔 수 없이 팔을 뻗어 마린을 부축
해주기로 했다.

　"에헤헤~. 역시 하자쿠라는 다정해요~."

　잠에 취한 마린은 마치 술에 취한 주정뱅이처럼 기분이
좋았다.

　헤프게 웃으면서 행복하다는 듯이 요우의 얼굴을 바라
보고 있었다.

　'어휴, 이 녀석. 나중에 정신이 말짱해졌을 때 이 일이
기억나지 않으면 좋을 텐데……'

　잠에 취해서 했던 짓을 기억해내고 괴로워서 버둥거리
는 마린의 모습이 쉽게 상상이 됐으므로, 요우는 쓴웃음을
지으며 그런 생각을 했다.

　이윽고 집에 도착했다. 마린의 집에는 불이 하나도 안
켜져 있었다.

　"부모님은 아직 집에 안 오셨나?"

　"부모님은요, 언제나 밤늦게까지 일하세요~."

지금은 밤 22시였다. 그런데 아무래도 날마다 이 시간이 되어도 부모님은 집에 돌아오시지 않는 모양이다.

"…………."

요우는 반쯤 졸면서 자기 팔에 달라붙어 있는 마린을 보고, 뭔가 생각하는 듯한 표정을 지었다.

그리고 다정하게 마린의 머리를 쓰다듬어줬다.

"앗…… 에헤헤……."

마린은 반쯤 졸고 있기 때문일까.

요우가 자기 머리를 쓰다듬어도 화내지 않고 아주 즐겁게 웃고 있었다.

그리고 마린은 여전히 꾸벅꾸벅 졸면서 집 안으로 들어갔다.

너무 심하게 오랫동안 졸고 있었으므로, 집에 들어간 마린이 걱정됐다. 그래서 요우는 조금만 더 그 집 근처에서 대기하기로 했다.

그러자 약 10분 후에 맹렬하게 사과하는 마린의 메시지가 날아왔다. 요우는 드디어 안심하고 집으로 돌아갔다.

──그리고 집에 돌아와 봤더니, 몹시 불쾌한 표정을 짓고 있는 2대 미소녀 중 한 명이 집에서 튀어나와 한바탕 소동을 벌이게 되었으므로 요우는 오늘 하루 중에서도 이때 가장 심하게 지쳐버렸다는 이야기를 여기 덧붙여둔다.

솔직히 말하자면 카스미에 관해서는 요우는 어쩔 수 없

다는 식으로 포기하고 있었다.

적어도 약속한 그날이 오면, 카스미의 기분이 나아지리란 것을 요우는 알고 있었으니까.

카스미는 까다로워 보이지만 실은 단순한 여자다.

그래서 요우는 지금은 눈앞에 있는 문제를 해결하는 데 신경을 집중했다.

요우와 마린의 이틀에 걸친 데이트가 끝나고 시작된 월요일 방과 후——현재 학교의 2대 미소녀가 서로 마주 보고 있었다. 동아리 활동을 하러 갈 예정이었던 학생들이나 집에 가려고 했던 학생 모두 두 사람을 주목하고 있었다.

'내가 왜 이런 역할을 맡게 된 거지……?'

그렇게 속으로 투덜거리면서 카스미는 자기 눈앞에 있는, 질투 날 정도로 귀여운 금발 미소녀를 바라봤다.

'그리고 언제 봐도 저 크기는 말이 안 되잖아! 실은 속에 잔뜩 집어넣어서 부풀린 거 아냐?!'

눈앞에 있는 금발 미소녀——마린의 어느 부분이 저절로 신경 쓰이게 된 카스미는 자신과는 정반대인 그 크기를 보고 질투하고 말았다.

앳된 얼굴이나 작은 키를 고려하면 그것은 아무리 생각해봐도 말이 안 되는 크기였다. 그래서 카스미는 납득을 할 수 없었다.

"어, 저기요……?"

카스미가 갑자기 앞길을 가로막아 서더니 자신의 소중한 일부분을 뚫어지게 응시하자, 마린은 당혹스러움을 감출 수 없었다.

카스미에 대해서는 혐오감은 가지고 있지만, 그 감정을

얼굴에 드러낼 정도로 마린도 어리석은 사람은 아니었다.

그래서 웃는 얼굴로 상대를 물리치고 싶었다. 하지만 카스미가 자신을 응시하고 있었으므로, 계속 웃는 얼굴을 만들어낼 수도 없었다.

"아, 미안. 그래서 진실은 뭐야? 거기에 뭘 얼마나 집어넣은 거야?"

"저, 그게 무슨 말씀이신가요……?"

맥락 없이 튀어나온 카스미의 말에 마린은 더더욱 혼란스러워졌다.

반대로 카스미는 퍼뜩 정신을 차린 것처럼 고개를 휙 돌려버렸다.

"방금 한 말은 잊어줘."

"네……? 으음, 아무튼 당신은 왜 저의 진로를 방해하고 있는 건가요……?"

"방해라니, 그렇게 말하면 듣기가 좀 그런데? 그냥 우연히 걷다가 우리 둘이 서로 부딪칠 뻔한 거잖아?"

"……그럼 이제 지나갈게요."

카스미가 제대로 대답해줄 마음이 없다는 사실을 깨달은 마린은 그렇게 말하더니 고개를 살짝 숙이면서 카스미의 오른쪽 옆을 지나쳐 가려고 했다.

그런데──.

"…………."

카스미는 오른쪽으로 발을 내디뎌 말없이 마린의 앞을 가로막았다.

"…………."

그래서 마린은 이번에는 카스미의 왼쪽 옆을 지나쳐 가려고 했다.

하지만 이번에도 카스미가 방해를 했다.

도대체 카스미가 무슨 짓을 하는 건지 이해할 수 없어서, 그 광경을 지켜보던 학생들은 당혹감을 느끼면서 자기들끼리 얼굴을 마주 봤다.

그들은 마린의 기분이 안 좋아졌다는 것을 직감적으로 눈치챘다.

그리고 그 마린은 미소를 지으며 카스미의 얼굴을 바라봤다.

"이건 뭐 하자는 거죠?"

마린의 목소리는 평소의 귀여운 목소리보다 약간 톤이 낮았다.

카스미는 그런 마린의 태도에도 아랑곳하지 않고 태연하게 입을 열었다.

"아니, 난 아무 생각 없는데."

"그럼 저를 지나가게 놔두시겠어요? 굳이 거기서 비켜주실 필요는 없습니다. 진로를 방해하지만 마세요."

"누가 들으면 오해하겠네. 내가 피해서 가려는데 우연히 너도 나와 똑같이 움직인 거잖아?"

"네모토, 당신은 전혀 발을 앞으로 내디디지 않았잖아요?"

"어머나, 네 눈은 장식인가 보구나? 나는 분명히 전진하려고 했는데?"

""………….""

길을 가려는 마린을 마치 괴롭히듯이 방해하는 카스미.

두 사람은 입을 다물어버렸다. 서로 눈빛으로만 대화를 하기 시작했다.

"──야, 저기, 누가 가서 말려봐."

"멍청아, 그럼 네가 가서 말려봐."

"싫어. 저 두 사람한테 찍히고 싶지 않단 말이야."

"하지만 이대로 놔두면 틀림없이 저번처럼 싸움이 날 텐데……?"

"아니, 이 정도면 벌써 싸우고 있는 거 아냐……?"

일촉즉발──이번에도 카스미가 마린에게 시비를 걸면서 이곳의 분위기가 험악해졌다.

그래서 학생들은 저마다 말리라는 이야기를 했지만, 그 누구도 직접 그 소녀들 사이에 끼어들려고 하지는 않았다.

당연했다. 그 두 사람은 2대 미소녀라고 불릴 정도로 이 학교의 서열 피라미드의 꼭대기에 있는 인기인이었기 때문이다.

이 두 사람에게 미움을 받는다면 앞으로 학교생활에 지

장이 생길 것이다.

학생들은 그 사실을 알고 있으므로 수동적인 태도가 되었다. 두 소녀를 말리는 역할을 서로에게 떠넘기려고 했다.

그리고 이런 상태가 된 그들이 어떻게 했느냐 하면——당연히 두 소녀를 말릴 수 있는 존재를 찾기 시작했다.

그런데 지금 그들의 머릿속에 떠오른 인물은 저번과는 다른 인물이었다.

"——야, 누가 가서 하자쿠라를 불러와!"

"그래, 하자쿠라야! 그 녀석을 부르면 되겠다!"

"잠깐만, 그 녀석은 지금 어디 있지?! 같은 반인 녀석은 없어?!"

싸움을 말리는 역할을 서로 떠넘기고 있던 학생 중 한 명이 요우의 이름을 꺼내자, 마린과 카스미를 멀리서 지켜보고 있던 학생들은 입을 모아 요우의 이름을 언급하기 시작했다.

그 말에 마린과 카스미가 반응했다. 카스미가 먼저 입을 열었다.

"지금은 방과 후잖아? 너는 집에는 안 가고 어디로 가려는 거야?"

"글쎄요, 제가 뭘 하든 그것은 제 마음이잖아요?"

"그건 그래. 하지만 그는 이미 집에 갔을 거라고 생각하는데?"

'어떻게 이 사람이 그걸 눈치챈 걸까요……?'

마린은 얼굴에 티 내지 않고 속으로만 어두운 감정을 살짝 드러냈다.

이번에 마린은 요우와 이야기를 좀 하고 싶어서 그를 찾아가려고 했다.

그런데 그때 카스미가 마린을 못 가게 붙잡아놓은 것이다.

"걱정 마세요. 듣자 하니 그는 언제나 맨 마지막에 교실에서 나온다고 하던데요."

"그래? 그럼 한번 가봐. 이미 그는 없을 테니까."

그렇게 말하더니 카스미는 선뜻 길을 비켜줬다.

거기서 마린은 엄청난 위화감을 느꼈다. 그런데 이제는 발을 내디뎌도 카스미가 앞길을 가로막지는 않았다.

그래서 마린은 종종걸음으로 그곳을 떠났다. 마침 남들에게 주목받는 상황도 불편했기 때문이다.

'나 참…… 요우, 너 이번에는 나한테 큰 빚을 진 거야.'

카스미는 마린의 뒷모습을 보면서 한숨을 푹 내쉬었다.

본디 카스미는 외모와 재능 덕분에 인기가 있기는 해도 성격에는 문제가 있는 학생이란 식으로 모두에게 인식되고 있었다.

특수한 취향을 가진 일부 학생들한테는 매우 인기가 있어도, 그 외의 학생들은 카스미를 마린만큼 숭배하지는 않았다.

그래서 학생 중에는 카스미를 나쁘게 말하는 학생도 있었다. 그리고 저번에 카스미가 마린에게 시비를 걸었기 때문에 그런 학생의 숫자는 더욱 늘어났다.

그리고 이번 일이 일어났다.

솔직히 이 정도면, 카스미에 대한 학생들의 평가는 몹시 나빠질 게 뻔했다.

그러나 지금 카스미에게는 더 이상 주변 사람들의 평가 따위는 중요하지 않았다.

손에 넣고 싶었던 것은 이미 손에 넣었으므로, 제삼자에 불과한 엑스트라들은 아무래도 상관없었다.

'후후, 약속한 그날…… 뭘 해 달라고 할까?'

카스미는 그런 생각을 하면서 이 자리를 떠났다.

——물론 갑자기 기분이 좋아진 카스미를 본 학생들은, 마치 정체불명의 존재라도 보는 듯한 눈빛으로 쳐다보고 있었지만.

◆

"——설마 네가 나를 불러내는 날이 올 줄은 몰랐어. 하자쿠라."

마린과 카스미가 복도에서 수라장을 펼치고 있을 무렵,

카스미를 통해 요우에게 호출을 당한 하루키는 뜻밖이라는 표정으로 요우를 쳐다봤다.

그런 하루키에게 요우는 우선 사과하기로 했다.

"미안. 갑자기 불러내서."

"아니, 됐어. 그래서 네가 하고 싶은 이야기는 뭔데? 마린에 관한 거야?"

의외로 눈치가 빠르구나——그렇게 생각하면서 요우는 입을 열었다.

"그래, 맞아. 네모토한테 들었어?"

"아니. 요새 너랑 마린이 항상 같이 있는 것 같았으니까. 그런데 네가 나를 불러냈으니, 용건은 그것밖에 없지."

"하긴, 그런가. 길게 설명할 필요가 없어서 좋네. 고마워."

"뭘, 천만에."

늘 그렇듯이 만만찮은 화법을 구사하는 하루키. 요우는 미간을 찌푸리며 입을 열었다.

"자, 그럼 본론으로 들어갈까——너, 아키미를 멀리 떼어놓고 싶어서, 네모토와 짜고 둘이서 애인인 척했다면서?"

본론으로 들어간 요우는 아까와는 전혀 다른 분위기로 하루키를 날카롭게 쏘아보면서 질문을 던졌다.

그 비난의 시선을 받은 하루키는 기막히다는 듯이 입을 열었다.

"아~, 뭐야. 아무한테도 말하지 않기로 약속했으면서. 카스미는 의외로 입이 싸구나~."

지금까지는 성실해 보였던 남자가 갑자기 양아치 같은 분위기로 돌변했다. 요우는 좀 더 심하게 미간을 찌푸렸다.

카스미의 이야기는 농담 반 진담 반으로 들었는데, 지금 이 태도를 본 요우는 카스미의 말이 진실이었다는 것을 깨달았다.

누구에게나 친절하고 성실한 사람이라고 알려진 키노시타 하루키――그 남자가 실은 쓰레기 같은 놈이었다는 것을.

"사실인 거군. 듣자 하니 작년에 네모토에게 널 좋아하는 척하라고 지시했던 사람도 너라고 하던데."

"응? 그건 오해야. 그 녀석이 먼저 나한테 관심이 있는 척을 하면서 뭔가 어중간한 짓을 하고 있기에, 좀 더 적극적인 분위기를 연출해보라고 말했을 뿐이거든."

악의도 없이 '이것이 바로 진실이다'라는 식으로 정정해주는 하루키.

그런 하루키에게 요우는 내심 분노를 느꼈지만, 그래도 애서 냉정한 태도로 다시금 입을 열었다.

"그 녀석――네모토는 그래 보여도 실은 단순하고 멍청해서 눈치채지 못했을지도 모르지만, 너의 그 조언에는 아키미를 멀리하는 것 말고도 또 다른 목적이 있었지?"

"오. 용케 눈치챘네? 어떻게 알았어?"

요우의 말을 들은 하루키는 히죽 웃으면서 고개를 갸웃거렸다.

그 표정은 이런 상황을 즐기는 것처럼 보였다. 요우는 눈 앞에 하루키가 아니라 다른 인물이 앞에 서 있는 듯한 착각을 느낄 정도였다.

"내가 만약에 너의 입장에서 네모토의 목적을 알았더라면, 그런 조언은 안 했을 테니까. 너는 네모토도 귀찮아하고 있었던 거지? 그래서 그럴싸한 말을 늘어놓으면서도 실은 그 녀석의 목적이 달성되지 못할 방법을 제안한 거야. 안 그래?"

"와, 카스미한테 이야기는 들었지만, 너 진짜로 장난 아니구나? 맞아, 네 말이 정답이야. 오히려 내 입장에서는 그러는 게 당연하지 않아?"

하루키는 망설임 없이 요우의 말을 긍정했다.

죄책감 따위는 전혀 없었고, 오히려 카스미를 '꼴좋다~' 하고 놀리는 듯한 분위기였다.

"대체 넌 이 상황까지 와서도 왜 그렇게 죄책감도 없이 즐겁게 떠들어대고 있는 거야? 내가 왜 여기에 너를 불러냈는지는 너도 이미 알고 있잖아?"

현재 요우는 하루키의 태도를 보고 그의 목적을 간파하지는 못하고 있었다.

아니, 실은 그의 태도 자체가 불가사의해서 그 목적을 알 수 없었다.

여기서 그가 이렇게 장난치는 듯이 행동한들 그에게 이로울 것은 하나도 없어 보였다.

"글쎄, 어째서일까. 너와 이야기를 해보고 싶어서 그런 게 아닐까?"

"나와 이야기를 해보고 싶었다고?"

"응, 맞아. 너는 내 마음을 이해해줄 수 있을지도 모른다고 생각했거든."

하루키의 말을 듣자 요우의 미간의 주름이 좀 더 깊어졌다.

"미안하게 됐네. 유감이지만 나는 널 전혀 이해하지 못하겠어."

"하하, 그렇게 차갑게 말하지 마. 너도 카스미 때문에 그동안 쭉 고생했잖아? 그래서 카스미를 내쳤던 거고. 내가 한 짓이랑 별 차이도 없잖아?"

"…………."

요우가 카스미를 내친 것과, 하루키가 마린을 내친 것.

확실히 언뜻 보면 똑같은 행위일 것이다.

그러나 그 행위의 근간도, 또 대응도 요우와 하루키는 전혀 달랐다.

두 사람 다 소꿉친구를 냉정하게 내쳤으니 나쁜 짓을 한

건 똑같다. 하지만 요우는 자기가 한 짓은 일단 제쳐두더라도 하루키를 비판하지 않을 수 없었다.

"네가 한 짓이 나랑 같다고? 그럼 네가 아키미를 멀리하려고 했던 이유는 뭐야?"

"응? 그거야 뻔하잖아. 마린의 존재가 성가셔서 그랬던 거지."

새삼스럽게 뭘 물어보냐. 그렇게 말하는 것처럼 하루키는 고개를 갸웃거렸다.

"그건 그동안 그 녀석이 너한테 폐를 끼쳤다는 뜻이냐?"

"물론, 그렇고말고. 소꿉친구란 이유로 같이 있고 싶어 하는 것까지는 그래도 이해한다 쳐. 하지만 그 애와 같이 있으면, 질투심으로 미쳐버린 멍청이들 때문에 몹시 성가신 일을 겪는다고. 초등학교 때부터 쭉 그랬어."

마린의 인기는 엄청났다.

마린과 같이 있으면 수많은 남학생이 질투의 눈초리로 쳐다본다. 그 점은 지난 며칠 사이에 요우도 충분히 이해했다.

그래서 하루키가 하고 싶은 말이 뭔지도 알 수 있었다.

실제로 질투심 때문에 험한 꼴을 당하기도 했을 것이다.

하지만 그것은 마린의 잘못이 아니다.

"역시 나는 네 마음을 이해할 수 없어."

"응?"

"내가 만약에 너와 같은 입장이었어도, 절대로 아키미를 내치지는 않았을 테니까."

"뭐라고……?"

요우가 하루키의 눈을 똑바로 보면서 말하자, 하루키의 표정이 웃는 얼굴에서 불만스러운 표정으로 변했다.

"갑자기 무슨 소리를 하는 거야? 너도 실제로 카스미를 내쳐버렸잖아?"

"넌 내가 네모토를 멀리했던 이유가 뭔지 모르지?"

"…………."

요우의 질문이 정곡을 찔렀나 보다. 하루키는 입을 다물고 요우의 얼굴을 쳐다봤다.

그래서 요우는 지금까지 아무에게도 이야기하지 않았던 사건, 즉 자신과 카스미 사이에서 있었던 일을 이야기해주기로 했다.

"만약에 내가 너와 같은 입장이었다면, 나는 아키미가 아니라 다른 놈들을 멀리했을 거야. 아키미는 아무 잘못도 안 했으니까. 괜히 질투해서 못된 짓을 하는 놈들이 나쁜 거지."

"그럼 너는 왜 카스미를 멀리한 거지……?"

"이미 다 끝나서 해결된 일을 다시 끄집어내기는 좀 그렇지만……. 그래, 이참에 가르쳐줄게. 그 녀석은——."

요우는 어째서 자신이 카스미를 내치게 되었는지 이야기

하기 시작했다.

중학생이 된 다음부터는 아침부터 밤까지 내내 자기 방에 눌러앉아서 떨어질 생각을 안 했다는 것.

요우가 다른 여자와 이야기만 해도 불같이 화를 냈다는 것.

심지어 요우가 진학할 학교까지 자기 마음대로 정해서, 합격시키기 위해 방에 가둬놓고 죽어라 공부만 시켰다는 것.

지금 설명한 것은 일부에 불과했고, 그 외에도 카스미는 요우에게 온갖 일을 했었다. 요우는 그것을 하루키에게 이야기했다.

그러자 하루키는 도중에 완전히 질려버린 것 같았다.

"이야~ 너 용케 지금까지 그런 여자애랑 같이 있었구나."

"그 녀석이 그렇게 뒤틀린 건 내 탓이기도 해. 그 점에 관해서는 그 녀석을 철저히 비난할 수가 없지. 그래서 나는 더 뒤틀어지기 전에 그 녀석을 떼어낸 거야. 너와는 이유가 달라."

"그런 거였군…… 근데 그게 어쨌다는 거지? 내가 뭘 어떻게 할지는 내 마음이잖아? 너한테 이러쿵저러쿵 잔소리를 들을 이유는 없다고 생각하는데? 아니면 뭐야? 너는 나한테 억지로 자기 마음을 눌러죽이면서 마린과 사귀라고 말하고 싶은 건가?"

하루키는 요우와는 서로 공감할 수 없다는 사실을 깨닫자, 돌연 손바닥 뒤집듯이 자기는 잘못한 게 없다고 주장하기 시작했다.

물론 그의 말대로, 어떻게 할지 정하는 사람은 자기 자신이다.

그리고 당연히 요우도 마린과 사귀라고 그에게 말할 마음은 없었다.

그런 짓을 해봤자, 하루키가 그럴 마음이 없다면 오히려 마린에게 더 큰 상처를 주게 될 테니까.

하지만──.

"내가 너를 용서할 수 없는 이유는, 아키미와 사귀지 않았기 때문이 아니야. 네가 최악의 행동을 했기 때문이야."

"그게 무슨 소리야……?"

"너는 아키미가 너를 포기하게 만들려고, 일부러 네모토를 이용했잖아?"

"아, 그래. 네 소꿉친구가 나한테 이용당해서 화가 났구나? 하지만 그보다 먼저 나를 이용하려고 했던 사람은 그 여자애인데? 그래서 나도 똑같이 이용했을 뿐이야. 그게 뭐가 나빠?"

"물론 그 녀석이 했던 짓도 최악의 행동이었어. 그러니까 그 녀석한테도 그 사실을 확실하게 알려줄 거야. 하지만──."

요우는 거기서 말을 끊었다. 그 후 하루키를 향해 다가갔다.

그러더니——콱 하고 하루키의 멱살을 붙잡았다.

"아키미는 너한테 사랑받고 싶어서 그동안 계속 노력해왔을 거다. 그런데 어째서 너는 그 노력을 제대로 인정해주지 않고, 이런 더러운 방식으로 그 녀석의 마음을 짓밟은 거냐? 너희들의 웃기지도 않은 연극에 휘말린 그 녀석이 얼마나 많이 울었는지 알기나 해?!"

요우가 용서할 수 없었던 건 바로 그 부분이었다.

마린은 이 남자를 믿고, 쭉 좋아했었다.

그리고 자신이 선택받지 못했어도 하루키와 카스미가 행복해지기를 바라며, 괴로움은 자기 혼자 삭이려고 애쓰면서 계속 울었다.

요우는 그 모습을 보고 마린의 마음을 이해했다. 그래서 그런 마음을 배신하는 짓을 해버린 하루키를 도저히 용서할 수 없었다.

"너답지 않은걸. 너는 냉정하고 주변 사람들한테는 관심도 없는 녀석이잖아. 그런데 뭘 그렇게 화를 내?"

멱살을 잡혔는데도 하루키는 겁먹은 기색이 전혀 없었다.

그것도 당연했다. 하루키도 1년이나 요우와 같은 반 학생으로서 살아온 경험이 있었다.

여기서 주먹을 휘두를 정도로 경솔한 남자는 아니란 것

을 하루키는 알고 있었다.

그런데 그 여유로운 모습이 요우를 더욱 화나게 했다.

본디 요우는 '마린을 똑바로 마주 보고 제대로 받아들여 달라'라고 부탁하고 싶어서 하루키를 여기로 불러냈다.

물론 웃기지도 않은 연극으로 마린에게 상처를 준 것, 또 카스미를 이용해 그 녀석까지 함정에 빠뜨리려고 했던 건 화가 났지만, 그래도 하루키가 마린과 정면으로 부딪쳐서 어떤 식으로든 매듭을 지어주는 것이 이번 일을 가장 원만하게 해결할 방법이라고 생각했다.

하루키가 마린을 멀리하는 것을 선택한 이상, 마린의 사랑은 이루어지기 어려울 것이다.

하지만 또다시 차여서 상처를 받더라도, 그로 인해 이번에야말로 마린은 앞으로 나아갈 수 있게 될 것이다.

요우는 이미 카스미를 대하는 마린의 태도를 보아 알고 있었다.

마린이 카스미의 속마음을 눈치챘다는 것을.

그 결과 마린의 마음속에 앙금이 남아버린 게 아닐까. 요우는 그 점을 걱정하고 있었다.

설령 그렇지 않다고 해도, 언젠가 마린이 이 우스꽝스러운 연극의 존재를 알게 된다면 그때는 큰 상처를 받게 될 것이다.

그렇게 되기 전에 요우는 하루키를 마린과 제대로 마주

하게 해주고 싶었다.

그랬는데——하루키는 마린한테 미안해하기는커녕, 마린이 자기한테는 귀찮은 존재라는 식으로 대답했다.

게다가 그는 진지한 이야기를 농담처럼 가볍게 취급했다. 그래서 요우는 분노가 폭발했다.

"너는 10년이 넘게 같이 있었으면서도, 정말로 그 녀석을 그저 귀찮은 존재라고만 생각했던 거냐?!"

"처음에야 귀엽다고 생각했지. 하지만 날이 갈수록 그 녀석의 존재가 눈에 거슬리더라고. 평온하게 살고 싶은 나에게는 귀찮기 짝이 없는 존재였어."

날이 갈수록 마린의 존재가 눈에 거슬리게 되었다——그 말을 듣고, 요우는 순간적으로 과거의 자신과 하루키가 겹쳐 보이는 것을 느꼈다.

자신도 날이 갈수록 카스미의 존재를 싫어하게 되었다.

형태는 다를지언정 꾸준히 쌓여간 감정이 결국 어떤 결말을 초래하는가——그것은 '원흉과의 결별'이다.

그리고 요우는 이해했다.

자신은 카스미와 정면에서 마주 보기 위해 그 녀석을 냉정하게 밀어냈는데, 어째서 하루키는 이렇게 간접적이고 귀찮은 방식으로 마린을 밀어낸 것인지.

그것은 하루키도 마린이 잘못한 게 아니란 사실을 무의식적으로 알고 있었기 때문이다. 그 감정을 차마 마린에게

쏟아붓지 못하고 도망쳐버린 것이다.

"그렇다고 해도——."

"그리고 카스미도 마찬가지야. 카스미 때문에 나는 한층
더 괴롭힘을 당하게 되었어. 그래서 내가 그 멍청한 여자
애를 부추겼던 거야. 대충 찾아낸 연애 잡지를 그 애한테
줘서."

카스미는 요우의 관심을 받고 싶어 했다.

그래서 자기 목표에 방해가 될 것 같은 마린을 멀리 떨
어뜨려놓으려고 하루키에게 접근했는데, 그때 '요우의 관
심을 받고 싶다면 다른 남자에게 관심을 가지고 접근하는
척하는 게 좋다'라는 조언을 들었다.

하지만 평범한 남자에게는 그 방법이 통했을지도 몰라도,
타인에게 별로 관심이 없는 요우에게는 그저 역효과였다.

그 사실을 몰랐던 카스미는 순진하게도 하루키의 말을
믿었다. 그리하여 1년이 넘게 먼 길을 돌아가고 말았다.

요우는 순간적으로 하루키의 말을 듣고 마음이 흔들릴
뻔했지만, 카스미에 대한 하루키의 이야기를 듣자 또다시
분노의 불꽃이 타올랐다.

"이 자식, 아키미와 네모토의 마음을 그렇게 가지고 놀
고도 아무런 죄책감도 없어?!"

"있을 리가 없잖아. 진짜 유쾌했다고. 나를 괴롭혔던 녀
석들이 괴로워하는 모습을 보는 것은 말이지. 특히 너와 마

린이 사귀기 시작했다는 소문을 들었을 때 카스미의 표정은 걸작이었어. 무심코 사진을 찍고 싶을 정도였다니까."

"키노시타……!"

"하하, 그렇게 화내지 마. 나도 나름대로 고생하고 있거든? 너희들의 동향을 궁금해하는 카스미한테 억지로 끌려다니기도 하고, 질투로 미쳐버린 그 녀석의 살기 어린 눈빛을 받기도 했다고. ——나 참, 진짜로 민폐야, 민폐."

철저히 우스갯소리인 것처럼 이야기하는 하루키.

아무리 봐도 제정신이 아닌 것 같았다.

'그런가……. 망가진 사람은, 카스미만이 아니었구나.'

그제야 겨우 요우는 이해했다. 하루키의 상태가 이상한 이유를.

사실 하루키는 이미 답을 말해줬었는데, 그때는 화가 머리끝까지 나 있던 요우는 거기에 신경을 쓰지 못했던 것이다.

그래서 다시금 요우는 이번 사건을 원만하게 해결하기 위해 냉정해지려고 심호흡을 했다.

그 후 사실을 확인하려고 그에게 질문을 던지려고 했는데——.

"도대체 과거에 무슨 일을——."

"——그만하세요!"

뜻밖의 인물이 등장하는 바람에 그 질문은 중단돼버렸다.

"아키미, 네가 왜 여기 있어……?"

요우는 느닷없이 나타난 마린을 보자 동요를 감추지 못했다.

이 이야기를 듣게 된다면 마린이 심하게 상처받으리란 것은 알고 있었다.

그래서 요우는 하루키와 자신이 옥상에 가는 동안 시간을 끌어 달라고 카스미에게 부탁했다.

그러나 요우는 마린이 어떤 사람인지 아직 잘 몰랐다.

교실에 자신이 없으면 포기하고 집에 돌아갈 거라고 생각했는데, 마린은 그 후 요우를 찾아 나섰다.

왜냐하면 아까 카스미가 부자연스럽게 자신을 붙잡아놨었기 때문에.

또 그 전에 교실에서 카스미와 하루키가 무슨 대화를 했었고, 그다음에 하루키 혼자만 먼저 교실을 나갔기 때문이다.

그것을 토대로 '요우가 하루키와 접촉하려고 하는 게 아닐까?'라고 생각한 마린은 요우를 찾으러 갔다.

맨 처음 옥상으로 향한 것은 단순한 우연이었다.

요우라면 경치가 잘 보이는 옥상에서 이야기하려고 하지 않을까. 단지 그런 이유 때문이었다.

그런데 그 예감이 멋지게 적중해서 결국 이 자리에 마린이 와버렸다.

"뭐 하는 거예요?! 하루한테서 손을 떼세요!"

마린은 그렇게 큰 소리로 외치면서 요우의 손을 떼어내려고 했다.

그런 마린의 얼굴을 보고 요우는 놀라서 숨을 들이켰다.

"너 설마, 우리 이야기를 들었……."

필사적으로 요우의 손을 떼어내려고 하는 마린은 두 눈에서 눈물을 줄줄 흘리고 있었다.

그것이 무엇을 의미하는지 이해하지 못할 정도로 요우도 어리석지는 않았다.

"…………하루. 미안해요……."

요우가 손을 떼자, 마린은 요우에게 등을 돌리고 서서 하루키를 향해 고개를 숙였다.

그리고 고개를 들더니 눈물을 흘리면서 생긋 웃었다.

"하루. 제가 당신에게 계속 상처를 주고 있었군요. 정말 미안해요. 하지만 이제 안심하세요. 저는 더 이상 당신에게 접근하지 않을 테니까요."

떨리면서 입 밖으로 나온 다정한 목소리.

요우는 새삼스레 마린이 얼마나 강한 사람인지를 재인식했다.

좋아했던 사람한테 배신당했고, 게다가 그 사람이 상처받은 자신을 비웃기까지 했는데도 마린은 분노를 드러내지 않았다.

그러기는커녕 상대에게 미안하다고 사과하고, 상대를
위해 자제하려 하고 있었다.

그런 일을 해낼 수 있는 사람은, 요우가 아는 한 마린밖
에 없었다.

"마린……."

하루키도 마린이 갑자기 등장하자 당황했다.

아니, 그 정도가 아니라——좀 전의 대화를 마린이 들었
기 때문에 안절부절못하고 미안해하는 것처럼 보였다.

요우는 그 변화를 놓치지 않고 봤다.

적어도 이것은 꾸며낸 행동이 아니라고 확신했다.

마린은 동요하는 하루키를 향해 다시 한번 미소를 짓더
니, 그 후 시선을 떼고 이번에는 요우의 얼굴을 쳐다봤다.

그리고 이번에도 똑같이 귀엽게 생긋 웃으면서 입을 열
었다.

"하자쿠라, 당신도요. 고마워요."

"내게 화나지 않아……?"

마린의 태도를 보고 요우는 당연히 자신에게 화가 난 줄
알았다. 그런데 마린은 질책하기는커녕 고맙다는 인사를
했다.

요우에게는 몹시 의외의 반응이었다.

하지만 마린에게는 당연한 일인 것 같았다.

"저를 위해서 화를 내준 분에게, 어떻게 제가 화를 낼 수

있겠어요?"

아까처럼 무척 다정한 목소리였다.

하지만 그것은 억지로 쥐어짜낸 소리가 아니라, 진심으로 요우에게 감사하기 때문에 낼 수 있는 소리였다. 요우는 그 점을 이해할 수 있었다.

그리고 눈앞에서 미소 짓고 있는 소녀를 본 요우는 자신이 참 유치한 짓을 했다는 생각이 들었다.

그래서 그는 다시 생각했다.

"변함없이 너는 강한 사람이구나."

마린은 굉장한 사람이다. 그렇게 생각한 요우는 다정한 미소를 지으며 마린을 봤다.

그러자 마린은 잠깐 숨을 들이켰는데, 요우는 그런 마린의 머리를 톡톡 부드럽게 쓰다듬더니 입을 열었다.

"미안해. 너한테 상처를 주기 싫어서, 좀 더 간단하게 사태를 수습하려고 했는데…… 내가 좀, 감정적으로 행동했어."

"앗, 아뇨……. 정말로, 감사하고 있어요……."

"고마워. 너한테는 이미 다 끝난 일일지도 모르는데, 내가 괜히 다시 들춰내서 미안해. 그래도 내가 조금만 더 나서는 걸 눈감아줘."

요우는 그 말만 하더니, 위로해주듯이 다정하게 마린의 머리를 쓰다듬었다.

그리고 하루키를 바라봤다.

"이봐, 키노시타. 과거에 무슨 일이 있었던 거야? 아직 말하지 않은 게 있지 않아?"

이미 요우는 하루키에게 도대체 무슨 일이 있었는지, 대충 상상은 하고 있었다.

그것을 마린이 있는 자리에서 이야기하게 해도 되는 걸까──하는 의문이 들기는 했지만, 이렇게 된 이상 마린이 혼자 이곳을 떠나는 일은 없으리라.

그래서 이것은 마린을 한 번 더 괴롭히는 일이 될지도 모르지만, 그것조차 각오하고 요우는 한 발 더 깊이 파고들었다.

만약에 요우가 상상했던 일이 정말로 일어나고 있다면, 여기서 하루키는 가차 없이 버려야 할 대상이 아니라, 마린처럼 구해줘야 하는 대상으로 변한다.

그리고 그것이야말로 이번 사건을 가장 원만하게 해결하는 수단일 것이다. 요우는 그렇게 판단했다.

"나는──."

요우의 질문에 대해 하루키는 입을 열려고 하다가── 금방 다물어버렸다.

하루키에게 요우란 사람은 오랫동안 같이 있었던 벗도 아니고, 친한 친구도 아니었다.

그런 상대에게 이야기할 수 있을 정도로 하루키의 어두

285

운 비밀은 그리 가벼운 것이 아니었다.

그렇기에 요우는 좀 더 과감하게 파고들었다.

"아까는 그렇게 깔보는 듯이 굴더니, 실제로 아키미가 눈앞에 나타나니까 죄책감을 느끼고 있잖아. 그게 너의 진심인 거 아니야?"

요우로서는 한 가지 이해할 수 없는 점이 있었다.

그것은 마린이 왜 이런 남자를 좋아하게 되었는가 하는 점이었다.

고등학생이 된 지금이라면, 그저 오랜 사랑에 맹목적으로 매달리는 상태가 된 것일지도 모른다.

하지만 듣자 하니 마린은 어린 시절부터 하루키를 좋아했다.

설령 그것이 어린이의 풋사랑이었다 해도, 점점 나이가 들면 그 마음은 변해갔을 것이다.

그런데 실제로는 변하지 않았다. 그렇다면 그만한 요소가 하루키에게는 있다는 뜻이다.

그리고 초등학교 시절부터 남을 속일 정도로 하루키가 똑똑한 것 같지는 않았다.

그러니까 역시 과거의 하루키는 다정한 사람이었을 것이다.

아니, 실은 1학년 때 이미 요우는 지나치리만치 착한 하루키의 일면을 봤었다. 그 모든 것이 연극이었다고는 도저히 생각할 수 없었다.

따라서 그런 남자가 이렇게 심한 짓을 하게 된 데에는 그만한 이유가 있을 것이다.

그 이유 중 하나는 요우도 짚이는 것이 있었다.

"나는……."

그런데 이번에도 또 하루키는 입을 열었다가 금방 다물어버렸다.

그 모습을 보면, 그만큼 입 밖에 내기 어려울 정도로 심각한 일이란 것을 알 수 있었다.

하지만 이대로 있으면 이야기가 진행되지 않는다.

그래서 요우는 핵심을 찔러보기로 했다.

"집단 괴롭힘을 당했다. 그렇지?"

"———!"

요우의 말을 들은 하루키는 노골적으로 동요한 표정으로 요우의 얼굴을 응시했다.

그걸 본 마린은 깜짝 놀란 것처럼 요우의 얼굴을 쳐다봤다.

"그게, 무슨 말이에요……?"

마린의 목소리가 아까보다 더 떨리고 있었다. 거의 하루키만큼 동요한 것처럼 보였다.

하지만 이건 요우의 추측이 맞아들어간 것에 불과하다.

모든 것을 알기 위해서는, 본인의 입을 통해 이야기를

듣는 수밖에 없었다.

그래서 요우는 마린의 질문에는 반응하지 않고 다시 하루키에게 말을 걸었다.

"우리 학교 학생 중에는 그렇게 멍청한 짓을 하는 녀석은 없다고 생각하지만, 설마 넌 지금도 누군가한테 그런 짓을 당하고 있는 거야? 아니면 중학교 시절에 겪은 거야?"

"…………."

요우의 질문에 하루키는 다시 입을 다물어버렸다.

그런 하루키를 보고 요우가 다시금 입을 열려고 했는데, 그 전에 마린이 하루키의 양어깨를 붙잡더니 그 얼굴을 들여다봤다.

"하루, 제발 가르쳐 주세요……!"

"…………."

그러나 하루키는 고통스러운 표정만 지을 뿐이었다. 도무지 입을 열려고 하지 않았다.

그것만 봐도 어지간히 힘든 일이 있었다는 것은 알 수 있었다.

적어도 인격이 망가질 만한 사건이 과거에 있었던 것은 확실했다.

그런데 마린은 그 사실을 몰랐다. 그렇다면 상당히 교묘한 수단을 쓰는 교활한 녀석한테 그런 짓을 당한 걸지도 모른다.

그런 생각을 하면서 요우는 마린의 어깨에 손을 올리고 그만 물러나라고 지시했다.

그리고 하루키의 눈을 가까이에서 들여다보면서 천천히 입을 열었다.

"너 혹시, 아직도…… 그 녀석들한테 무슨 짓을 당하고 있는 거야?"

"——!"

요우의 질문을 받은 하루키의 어깨가 부르르 떨렸다.

그리하여 요우는 확신했다.

설마 현재 진행형으로 집단 괴롭힘을 당하고 있을 줄은 몰랐는데, 그렇다면 하루키가 좀처럼 입을 열지 않는 것도 이해가 갔다.

여기서 사실을 고백했다는 게 들통났을 때 어떤 보복을 당할지 두려워하는 것이다.

그런 하루키에게 요우는 자신이 제시할 수 있는 최대한의 방법을 제시해봤다.

"방금까지 너를 비난했던 녀석을 믿기 어렵겠지만, 이 자리에서 너와 아키미에게 약속할게. 네가 솔직하게 말해준다면 내가 그 녀석을—— 아니, 그 녀석들을 어떻게든 해볼게."

요우는 알고 있었다.

이런 식으로 누군가를 괴롭힐 때는, 사람은 혼자가 아니라 집단으로 행동한다.

"네가, 왜……? 넌 내게 화가 났잖아……?"

"응, 맞아. 하지만 지금 나의 가장 큰 소원은 이번 사건을 원만하게 수습하는 거야. 그걸 위해서라면 최선을 다할 거야."

"하지만, 너 혼자서 애써도……."

"아, 자세히 설명할 수는 없지만 그건 걱정하지 마. 나는 그런 더러운 놈들을 해치우는 수단을 가지고 있거든. 그냥 그런 거야."

요우가 힘주어 그렇게 말하자, 하루키는 천천히 입을 열었다.

──요우는 하루키한테서 상대의 이름, 그동안 당했던 일, 그 일이 시작된 시기 등을 모조리 들었다. 그 후 두 사람 곁을 떠나서 어딘가로 전화를 걸었다.

『──냐하항, 네가 나한테 의지하려고 하다니, 별일이 다 있다냥~? 그런데 미안하지만 내가 좀 인기가 많아서 바쁘다냥~. 그래서 말인데, 어쩔까냥~?』

"아, 그래? 그럼 됐어. 딴 데 알아보지 뭐."

전화기 너머에서 유쾌하게 웃는 목소리가 들리자 요우는 즉시 전화를 끊으려고 했다.

맨 처음 고른 수단이 이 통화였을 뿐이지, 사실 요우에게 방법은 여럿 있었다.

그 선택지 중 하나가 사라져봤자 별로 문제가 되지도 않는데——.

『아아아니, 잠깐, 잠깐만! 오랜만에 네가 전화했으면서 그런 식으로 대응하다니, 너무 차가운 거 아냐?!』

"네가 바쁘다며?"

당황하여 평범한 말투로 되돌아간 상대에게 요우는 다시 그렇게 말하고 전화를 끊으려고 했다.

그러자 상대는 더욱 당황한 것처럼 입을 열었다.

『너랑 내가 보통 사이냐? 당연히 시간 내줄 수 있지! 너 진짜 성격 나쁘다, 응?!』

"아니, 난 너랑 그렇게까지 친한 사이가 되었던 기억이 없는데……."

『넌 정말 몇 년이 지나도 변하질 않는구나?!』

"뭐, 그게 중요한 건 아니고."

『중요하거든?!』

대충 넘어가려고 하는 요우에게 필사적으로 대드는 통화 상대.

그러나 요우는 특별시하고 있는 사람을 제외한 나머지들은 기본적으로 상대해주지 않는 타입이었다.

"급히 대처하고 싶은 사안이 있어."

『내, 내 말을 무시하다니……. 나 참, 아마 너밖에 없을 거야. 나를 이렇게 성의 없게 대하는 사람은…….』

말은 그렇게 하면서도 은근히 기뻐하는 듯한 목소리가 들려왔으므로 요우는 미간을 찌푸렸다.

'전화할 상대를 잘못 골랐나?'

그런 생각을 하면서 요우는 입을 열었다.

"어, 그래서 도와줄 거야? 대가는 정보 제공과 돈이야."

『어휴, 어쩔 수 없구냥~. 이번만 특별히 해주는 거야, 알았지?』

요우가 자기 마음대로 이야기를 진행하자, 통화 상대는 또다시 약간 귀여운 척하는 고양이 말투를 섞어 쓰기 시작했다.

처음 만났을 때부터 이런 말투였다. 본인은 나름대로 독특한 캐릭터를 만들고 싶은 듯했기에, 요우는 굳이 뭐라고 하지는 않았다.

"응, 고마워. 덤으로 지금부터 보내줄 녀석들의 신원도 자세히 조사해줘."

『왜냥? 그냥 박살을 내주면 되는 거 아니냥?』

"일단 사실인지 확인해야 하고, 또 어느 정도 수준으로 대처할지 판단할 근거가 필요해. 그리고 그 녀석들이 이거 말고도 또 무슨 짓을 저질렀다면, 그쪽 일을 구실로 삼아서 우리가 행동에 나선 것처럼 하고 싶어."

『냐하앙~. 너한테 도움을 청한 사람이 만에 하나라도 보복을 당하지 않게 하려는 거구냥~. 그런데 네가 카스미

말고 다른 사람을 위해서 행동하다니, 신기하다냥~?』

"이런저런 사정이 있거든."

『마린이 귀엽긴 하지냥~.』

"——!"

통화 상대의 입에서 마린의 이름이 튀어나오자, 요우는 무의식중에 숨을 들이켰다.

요우가 이 통화 상대와 대화를 하는 것은 오랜만이었다. 적어도 마린의 존재를 이야기한 적은 없었다.

그러기는커녕 마린의 존재를 암시한 적도 없었을 것이다.

그런데도 상대가 알고 있다는 것은——.

"너, 날 조사한 거냐……? 스토커 녀석, 변하질 않는군."

요우는 휴대폰을 귀에 댄 채 불쾌한 듯이 눈살을 찌푸렸다.

그때 녹슨 옥상의 문이 끼이익 하고 열리기 시작했다.

"그렇게 오해의 소지가 있는 말은 하지 말라냥~. 스토커가 아니라 탐정. 사건, 의뢰의 냄새가 나면 쏜살같이 날아오는 것뿐이다냥~."

거기서 나타난 것은 고양이 귀가 달린 모자를 쓴 사람이었다. 요우와는 나이가 거의 비슷해 보였다.

여자같이 귀여운 외모였지만 옷은 남자 옷이었다.

마린과 하루키는 눈앞에 나타난 인물의 얼굴을 보고 몹시 놀랐다. 그러나 요우는 두 사람의 반응을 무시하고 그 인물에게 말을 걸었다.

"야, 외부인이 여기 들어오면 불법 침입이거든? 게다가 도쿄에 있어야 할 네가 왜 여기에 있는 거야? 나기사."

그들 앞에 나타난 사람은 카미카제 나기사.

요우와 같은 나이임에도 불구하고 고등학교에 들어가지 않고 탐정으로 활동하고 있는 좀 특이한 사람이었다.

그리고 요우와 공통된 부분도 가지고 있었다.

"아하하, 자잘한 문제에는 신경 쓰지 않는 게 좋다냥~. 그냥 와보고 싶어서 이 근처까지 와 있었던 것뿐이다냥~."

나기사는 귀엽게 웃으면서 타박타박 요우 쪽으로 걸어왔다.

요우는 나기사가 하는 말을 곧이곧대로 믿지는 않았다.

나기사가 오카야마에 와 있는 이유, 요우를 조사한 이유. 그것을 생각해보고 하나의 답을 찾아냈다.

"**그 녀석**이 너한테 일을 의뢰했구나?"

나기사가 일부러 오카야마까지 왔다면, 그것은 어떤 일을 의뢰받은 경우이다.

그리고 요우를 조사하고 싶어 하는 인물은 딱 한 명밖에 짚이는 사람이 없었다.

"아하하, 난 그냥 와보고 싶어서 왔다니까냥~?"

그러나 나기사는 시치미를 뗐다.

"솔직하게 대답해줄 마음은 없다는 건가."

나기사는 탐정이 생업이었다.

그리고 수비의무*가 있으므로, 고객의 정보 같은 것은 절대로 누설하지 않았다.

"그나저나 네 의뢰에 관한 이야기를 해도 될까냥?"

"아, 그래."

나기사가 대답할 마음이 없다면, 아무리 물어봐도 정보를 얻지는 못할 것이다.

그래서 요우는 그쪽 생각은 떨쳐내고 이야기를 진행하기로 했다.

"네가 굳이 여기에 나타난 이유는 뭐야?"

"사건 의뢰를 받을 때, 직접 허락을 받고 싶은 것이 있어서 그렇다냥~. 일단 전국에 방송되는 거니까냥~."

그렇게 말한 나기사는 마린과 하루키에게 시선을 돌렸다.

그러자 나기사에게 쭉 시선을 고정하고 있던 마린이 천천히 입을 열었다.

"나, 나기사……! 현재 유명한 동영상 크리에이터 중에서도 열 손가락 안에 들어가는, 사이다 해결사 동영상 크리에이터 나기사인가요?!"

마린의 말을 들은 요우는 나기사에 대해서 '언제 그렇게 인기인이 된 거야?' 하는 의문을 느꼈다.

---

*주로 공무원, 변호사, 의사 등이 일하다가 알게 된 비밀을 지켜야 하는 의무.

'아무리 얼굴이 귀엽게 생겼어도 그렇지, 남자가 고양이 말투를 쓰면 사람들이 다 싫어할 것 같은데……. 나 참, 세상은 알 수가 없다니까…….'

"소개해줘서 고마워냥. 맞아, 내가 나기사다냥."

나기사가 그렇게 인사함과 동시에 시그니처 포즈인 고양이 포즈를 취하자, 마린은 흥분하여 박수를 치기 시작했다.

'이 녀석은 의외로 유행이랑 대세에 민감하단 말이지…….'

요우는 마린의 반응을 보고 쓴웃음을 지으면서 나기사의 머리에 손을 얹었다.

"우선 남의 비밀을 몰래 조사하고 다닌 것에 대해서는, 나중에 따로 설교해줄게."

"냐앗?! 아니, 내가 이것저것 알고 있으니까 지금부터 속전속결로 일을 해결할 수 있을 텐데, 그걸로 뭐라고 하는 것은 너무하지 않냥?!"

"그거랑 이것은 별개의 문제잖아."

"냐앗~!"

요우가 나기사의 주장을 가차 없이 묵살하자, 나기사는 비명에 가까운 소리를 질렀다.

그리고 두 사람의 대화를 지켜보고 있던 마린은——.

"저, 저기요, 두 분은 어떤 사이인가요……?"

요우와 나기사의 관계가 몹시 궁금해졌다.

"아, 그건, 글쎄……. 옛날에 좀 얽힐 일이 있어서, 그때 적당히 안면을 텄지."

"그래요……?"

요우가 약간 얼버무리듯이 대답하자, 마린은 의아해하는 것처럼 요우와 나기사를 번갈아 쳐다봤다.

그런 마린을 내버려 두고 요우는 진지한 표정으로 나기사를 봤다.

"아무튼 지금은 그게 중요한 게 아니고, 우선 해야 할 일이 있어. 나기사, 실제로는 얼마나 걸릴 것 같아?"

"흠냥~. 이미 상대의 정보는 완벽하게 조사했고 증거도 잔뜩 가지고 있는데냥~?"

"아니, 왜 키노시타에 관한 것까지 조사한 거야……?"

상대의 정보를 완벽하게 조사했다. 그렇게 발언한 시점에서 나기사는 '하루키에게 문제가 되는 상대가 존재한다는 것'을 처음부터 알고 있었던 셈이다.

그게 아니라면, 요우가 조사해 달라고 부탁한 대상을 나기사가 미리 조사했을 리 없기 때문이다.

"자잘한 문제에는 신경 쓰지 마, 알았냥?!"

그러나 그 점에 관해서도 나기사는 대답할 마음이 없는 듯했다.

누구에게 의뢰를 받아 나기사가 그런 것까지 조사했는지는 요우도 짐작 가는 바가 있었다. 그래서 지금은 이야기를 진행했다.

"그럼 이제는 키노시타가 허락만 해주면 오늘 내로 해결할 수 있다는 뜻이지?"

"그런 뜻이다냥~."

나기사의 대답을 듣고 요우는 '그럼 아까 우리가 했던 통화는 도대체 뭐였는데?'라고 한마디 쏘아붙이고 싶어졌지만, 어쨌든 일이 빨리 끝날 것 같았으므로 그 점은 눈감아주기로 했다.

그 대신 나기사를 끌어들여서 하루키에게 지금부터 할 일을 설명해주고, 요우는 나기사와 함께 그 계획을 실행에 옮겼다.

"——하하, 그 얼간이의 표정 봤어?!"

"이제 그만 용서해주세요오~라고 했잖아! 발가벗고 넙죽 엎드려 절하면서, 그런 짓을 쪽팔려서 어떻게 하냐."

조용한 밤의 공원에 울려 퍼지는 천박한 웃음소리.

네 명의 불량배가 한 손에는 맥주를 들고 큰 소리로 웃고 있었다.

"흐음……? 뭐야, 꽤 즐거워 보이네."

그런 불량배에게 말을 건 사람은 고양이 가면을 쓴 한 남자였다.

그 남자——가면 쓴 남자는 불량배를 내려다보듯이 서 있었다.

그렇게 가면 쓴 남자가 느닷없이 나타나자, 당연히 거기 모여 있던 불량배는 의심하는 듯한 눈초리로 쳐다봤다.

"야, 넌 뭐야?"

"이름을 밝힐 정도의 거물은 아니야."

"아니, 그런데…… 그 가면은 뭔데?! 크하하하하…… 이거 미친놈 아니야?!"

"축제에서 놀다 온 거냐?! 축제 갔다 왔냐고, 응?!"

"그런데 남자가 고양이 가면을 왜 써? 큭큭……!"

불량배도 상대의 체격과 음성을 통해서 그 고양이 가면

을 쓴 사람이 남자란 것은 눈치챈 것 같았다.

그들은 일제히 배꼽을 잡고 웃으면서 벌떡 일어났다.

"그래, 웃는 것도 당연하지……. 아무튼 즐겁게 노는데 방해해서 미안하지만, 너희한테 할 말이 좀 있어."

"뭐? 야, 우리는 너 같은 놈한테는 볼일 없어."

가면 쓴 남자의 말에 불량배 중 한 명이 반응했다. 그는 혀를 쭉 내밀면서 도발적으로 고양이 가면을 쳐다봤다.

나머지 세 명도 마찬가지로 가면 쓴 남자를 도발했다.

가면 쓴 남자는 그런 네 사람을 보고 기막혀하면서 한숨을 푹 내쉬었다.

그것이 상대의 신경을 거슬렀나 보다.

이마의 혈관이 툭 불거지더니, 불량배가 가면 쓴 남자의 멱살을 잡았다.

취해서 그런 걸까. 끓는점이 상당히 낮아 보였다.

"야, 너 뭐 하는 놈인지는 몰라도. 건방 떨지 마라, 응?"

"건방을 떤다고……? 그건 너희들 아니야?"

"뭐?"

"공갈, 절도, 강간 등, 꽤 폭넓은 활동을 펼치고 계시잖아. 안 그래? 쿠즈이 사토시."

"뭐, 뭐야. 너 어떻게 그런 것을 다 알아……?!"

불량배의 리더 같은 존재인 쿠즈이는 그 가면 쓴 남자의 말을 듣고 경악하지 않을 수 없었다.

지금까지 그 누구에게도 들키지 않았고, 상대의 약점이 될 만한 사진을 가지고 입막음까지 했는데. 대체 어쩌다 들킨 걸까.

그런 의문을 느끼면서 가면 쓴 남자의 얼굴을 쳐다봤다.

"일단 물어보긴 할게. 자수할 마음은 있어?"

가면 쓴 남자는 귀찮다는 듯이 머리를 긁적이면서 고개를 기울였다.

그런데 불량배의 표정은 마치 비웃는 것처럼 웃는 얼굴로 바뀌었다.

"지랄하시네. 누가 미쳤다고 자수해? 그냥 너를 패면 다 끝나는데!"

쿠즈이가 그렇게 말한 직후, 남자 한 명이 가면 쓴 남자의 배후에서 각목을 휘둘렀다.

"응, 그럴 줄 알았어."

가면 쓴 남자는 그 각목을 가볍게 피하더니 발을 걸어 상대를 쓰러뜨렸다.

"뭐야, 너 등짝에 눈이라도 달렸어?!"

"아니, 이렇게 큰 소리를 내면서 오는데 어떻게 몰라?"

"쳇, 얘들아! 당장 포위해!"

금방 해치우기는 어렵겠다. 그렇게 판단한 것이리라.

쿠즈이는 다른 멤버에게 지시를 내려서 가면 쓴 남자를 사방에서 포위했다.

"자, 그럼. 우선은 그 가면부터 벗어보실까?"

쿠즈이는 손가락 관절을 뚝뚝 꺾으면서 가면 쓴 남자에게 위압적으로 지시했다.

그러나 가면 쓴 남자는 오른손을 들어 올리더니, 손가락을 까딱까딱 움직여 쿠즈이에게 이리 오라는 듯이 손짓했다.

"네가 직접 벗겨봐."

"이 새끼가?!"

가면 쓴 남자가 협박에 굴하기는커녕 오히려 도발하자, 쿠즈이 일당은 불같이 화를 냈다.

그리고 가면 쓴 남자를 공격하려고 했는데——.

"푸헉!"

"크억!"

"끄윽!"

불량배는 줄줄이 쓰러졌다.

"이 자식, 어디서 까불어……!"

쓰러진 동료들 앞에서 쿠즈이는 더 크게 화를 냈다.

그러나——.

"아니, 너희가 알아서 자멸한 거잖아?"

가면 쓴 남자는 어이없다는 듯이 한숨을 쉬었다.

왜냐하면 이 불량배는——실은 각자 자기 동료한테 맞아서 쓰러졌기 때문이다.

가면 쓴 남자는 그저 불량배의 공격을 피하기만 했다.

물론 이 남자가 일부러 그렇게 될 만한 위치에 서 있다가, 아슬아슬한 순간에 공격을 피하기는 했지만.

그리하여 나머지 세 사람이 쓰러져서 더 이상 때릴 상대가 없어진 쿠즈이 혼자만 지금 멀쩡히 서 있는 것이었다.

"뭐야, 무슨 무술인가?!"

"흠. 글쎄?"

동요하는 쿠즈이 앞에서 가면 쓴 남자는 고개를 갸웃거리면서 도발을 했다.

그러자 한층 더 선명하게 쿠즈이의 이마의 혈관이 튀어나왔지만——그는 무슨 생각을 했는지 갑자기 화내는 것을 그만두고 크게 심호흡을 했다.

그 결과 쿠즈이의 온몸의 열이 바깥으로 빠져나갔다.

"그게 믿는 구석이었나 보군. 근데 너만 무술을 배운 게 아니거든."

쿠즈이는 자세를 잡고 가만히 가면 쓴 남자를 바라봤다.

'역시 그 정보가 맞았어. 이놈은 무술 경험자였구나. 제법 강해 보이는데.'

쿠즈이의 자세를 보더니 가면 쓴 남자도 **자기 방식**대로 자세를 취했다.

"뭐야……? 처음 보는 무술 동작인데……."

'그야 그렇겠지.'

쿠즈이의 혼잣말에 가면 쓴 남자는 무심코 쓴웃음을 지었다.

그러는 사이에 쓰러졌던 남자들도 몸을 일으켰다.

"자, 어쩔래? 아까처럼 되지는 않을 텐데?"

"응, 됐으니까 덤벼봐."

의기양양한 표정을 짓는 쿠즈이를 상대로 가면 쓴 남자는 또다시 도발했다.

그 바람에 애써 몰아냈던 뜨거운 열이 다시금 쿠즈이의 몸속에 깃들었다.

사람은 화가 나면 날수록 움직임이 단조로워진다.

그래서 일부러 가면 쓴 남자는 상대를 화나게 해서 그 움직임을 파악하기 쉽게 만들고 있었다.

하지만——무술 경험자는 한 명이어도, 나머지 멤버들도 싸움에는 익숙한 불량배였다.

가면 쓴 남자는 불량배의 공격을 피하기는 했지만 점차 그의 몸통에 상대의 공격이 스치기 시작했다.

그리고 가까스로 피하는 것이 고작인지, 몇 번이나 공격하려는 기색은 보이면서도 가면 쓴 남자는 공격을 하나도 성공시키지 못했다.

그가 이렇게 점점 수세에 몰리다가 패배하는 것은 누가 봐도 확실한 미래였다.

"——크윽……."

십여 분이 지났을 때——쿠즈이의 일격이 멋지게 가면 쓴 남자의 복부에 명중했다.

그로 인해 가면 쓴 남자는 바닥에 쓰러지고 말았다.

"하하, 이겼다! 내가 해치웠어! 야, 이놈들아! 이 시건방진 녀석한테 실컷 벌을 줘라!"

이렇게까지 애먹은 상대를 해치우는 데 성공한 쿠즈이는 신이 나서 멤버들에게 지시를 내렸다.

그러자 멤버들은 바닥에 쓰러진 가면 쓴 남자의 몸을 난폭하게 걷어차기 시작했다.

가면 쓴 남자는 얼굴만은 보호하고 있었지만——그 외의 부분은 마구 공격당하고 있었다.

"헉…… 헉…… 휴, 그럼 이제 낯짝을 한번 볼까……?"

가면 쓴 남자를 지칠 때까지 걷어찬 뒤, 쿠즈이는 히죽 웃으며 가면으로 손을 뻗었다.

그런데 그 직후——.

"이봐, 너희들 뭐 하는 거야?!"

경찰 몇 명이 나타났다.

그로 인해 쿠즈이 일당의 표정이 싹 달라졌다.

"아, 아니, 왜 여기에 경찰이——끄헉!"

쿠즈이가 경찰한테 정신이 팔린 직후에, 가면 쓴 남자의 라이트 스트레이트가 그의 복부에 꽂혔다.

뜻밖의 카운터 공격을 당한 쿠즈이는 기절해서 바닥에

쓰러졌다.

"쿠, 쿠즈이?! 야, 정신 차려!"

"이, 이 자식, 뭐야? 이렇게 잔뜩 두들겨 패놨는데, 어떻게 움직이는 거야……?"

리더인 쿠즈이가 한 방에 나가떨어진 데다가 경찰까지 등장하는 바람에 불량배는 눈에 띄게 동요했다.

그 와중에 가면 쓴 남자는 귀찮다는 듯이 고개를 꺾으면서 일어나더니 불량배를 똑바로 쳐다봤다.

"너희들. 아주 신나게 발로 차더라……? 급소는 피했지만, 그래도 아프거든……?!"

실은 걷어차이는 동안에도 가면 쓴 남자는 뒤통수처럼 공격당하면 위험한 부분은 절대로 안 맞으려고 잘 피하고 있었다.

하지만 급소는 아니어도 남한테 걷어차이면 당연히 아팠다.

그래서 가면 쓴 남자도 이제는 완전히 화가 나 있었다.

"──아, 스톱, 스톱! 거기서 더 하면 위험하다냥."

그때 누군가가 가면 쓴 남자와 불량배 사이에 끼어들었다. 그것은 비디오카메라를 들고 있는 나기사였다.

"이, 이 자식은 설마, 해결사 동영상 크리에이터인 나기사……?!"

"와, 나를 아는 거냥? 그래, 내가 바로 나기사다냥."

불량배 중 한 명이 자신을 알아보자 나기사는 미소 지으면서 시그니처 포즈인 고양이 포즈를 취했다.

이 상황에 전혀 안 어울리는 포즈였다. 가면 쓴 남자는 기가 막혀서 한숨을 쉬었다.

"여기서도 그걸 해······?"

"팬 서비스는 중요하다냥. 아, 물론 이 사람들은 팬이 아니고, 아무리 그래도 이 부분은 동영상에 집어넣진 않을 거지만냥."

"그 말투도 지금은 관둬도 되지 않아?"

"캐릭터를 만드는 것도 중요하다냥!"

"나, 나기사가 여기 있다는 것은······ 서, 설마·······."

가면 쓴 남자와 나기사는 장난치듯이 대화를 하고 있었는데, 그때 나기사를 알고 있는 불량배 한 명이 겁에 질린 표정으로 입술을 부들부들 떨었다.

그러자 나기사는 마치 악당 캐릭터인 것처럼 히죽 웃었다.

"그래, 너희들의 악행은 동영상 사이트를 통해 전부 다 방송되고 있었다냥. 딱 하나 아쉬운 점이 있다면, 저기서 굴러다니고 있는 쿠즈이란 녀석 말고는 다들 아직 열여덟 살이 안 돼서 이름을 공개할 수 없었다는 점이다냥. 하지만 모자이크 처리를 한 폭행 사건 현장과 증거는 다 보여 줬고, 특징 같은 것은 말해뒀으니까, 아마도 너희를 아는 사람들은 그게 누구인지 이미 알게 됐을 것이다냥."

네 사람 중에서 쿠즈이와 또 한 명의 남자는 고등학교 3학년이었고, 나머지 두 사람은 고등학교 2학년이었다.

그리고 3학년생 중 쿠즈이는 생일이 지났지만, 나머지 한 명은 아직 지나지 않았으므로, 나기사는 성인이 된 쿠즈이의 이름만 공개한 것이었다.

하지만 평소에 쿠즈이와 같이 놀던 사람이 악행에 가담했다는 것은 확실했다. 게다가 특징까지 이야기했으니, 아는 사람이 보면 금방 누구인지 알아낼 것이다.

고로 그들에게는 더 이상 도망칠 곳이 없었다.

"서, 설마, 그쪽의 경찰도……."

"아하, 미안하다냥. 내가 경찰이랑 알고 지내는 사이다냥. 그래서 너희를 폭행 현행범으로 체포할 거다냥~!"

"""아악, 젠자아아아앙!"""

세 명의 남자들은 비명을 지르면서 경찰들에게 끌려 가 버렸다.

쿠즈이도 기절하긴 했지만, 체포 대상이므로 그대로 끌려갔다.

나기사는 그런 그들의 뒷모습을 지켜보고 나서 천천히 가면 쓴 남자를 쳐다봤다.

"냐하항, 너 많이 얻어맞은 것 같더라냥?"

온몸이 엉망이 된 가면 쓴 남자 앞에서 나기사는 즐거운

것처럼 웃었다.

"쳇…… 너 혼자 즐기기만 하고……. 이렇게까지 할 필요가 있었어……?"

가면 쓴 남자는 납득을 못 하는 티를 내면서 느릿느릿 그 가면을 벗었다.

"응, 그래, 얼굴은 멀쩡하니까. 다행이다냥. 요우."

가면을 벗은 그 얼굴을 본 나기사는 만족스럽게 고개를 끄덕거렸다.

반대로 요우는 짜증을 숨기지 못하는 표정으로 입을 열었다.

"실은 그 녀석들을 전부 다 한 대씩 때려주고 싶었는데……."

"그런 짓을 해버리면 정당방위가 아니라 과잉방위로 너까지 잡혀갔을 거다냥."

"겨우 한 대 때릴 뿐인데……?!"

"너의 한 대는 너무 파괴력이 강하다냥."

기습이었다고는 해도 무술 경험자인 쿠즈이를 일격에 때려눕혔다. 보통 사람이라면 뼈가 부러져도 이상하지 않다.

그래서 요우가 쿠즈이만 딱 한 대 때리고 끝날 타이밍에 나기사는 경찰을 출동시켰다.

조금만 더 늦었으면, 열 받아서 인내심이 바닥난 요우가 한바탕 날뛰었을 것이다.

"이제는 내일 병원에 가서 진단을 받으면, 폭행죄가 아니라 상해죄로 만들어버릴 수 있을 거다냥."

"난 그런 쪽은 잘 모르니까 뒷일은 너한테 맡길게. 뭐, 어쨌든 얼굴만 멀쩡하면 그 녀석들은 적당히 속여 넘길 수 있으니까 괜찮겠지."

만약에 얼굴을 다쳤더라면, 마린과 하루키는 무슨 일이 있었는지 쉽게 눈치챘을 것이다.

그리고 죄책감을 느꼈을 것이다.

그래서 요우는 얼굴만은 멀쩡한 상태로 유지할 필요가 있었다.

"그렇게 열심히 걷어차였는데도 이 정도로 팔팔하다니, 정말로 네가 나와 같은 인간인지 의심스럽다냥……."

"아니, 네가 그런 말을 할 자격이 있어……?"

"뭐, 나는 애초에 공격을 당하지 않으니까냥."

몸집이 작아서 일견 약해 보이지만, 나기사는 사실 무술의 고수이다.

그래서 보통 사람은 나기사를 단 한 대도 때리지 못한다.

"과연 카스미를 위해 육체를 단련한 보람이 있었다냥. 독학으로 싸우는데 이 정도로 강한 남자는, 너 말고는 본 적이 없다냥. 아무튼 너는 유일하게 나를——."

"시시한 농담은 그만해. 너의 무식한 계획에 말려드는 바람에 난 지금 피곤하단 말이야."

"그 녀석들을 지금 당장 체포하고 싶다고 말했던 사람은 너잖냥?! 좀 더 고마워하거나 나를 칭찬해줘도 되는 거 아니냥……?!"

"아, 그래. 고맙긴 해. 네 덕분에 속전속결로 해결했으니까. 고마워, 나기사."

"크윽, 정말이지 이 남자는…… 여전히 당근과 채찍을 잘 사용하는구냥……."

요우가 웃는 얼굴로 고맙다고 인사하자, 나기사는 고개를 반대쪽으로 휙 돌리더니 얼굴을 붉히면서 뭐라 뭐라 혼잣말을 중얼거렸다.

◆

다음 날 방과 후──요우는 마린의 부름을 받아 옥상으로 갔다.

"정말로 겨우 하루 만에 모든 것이 해결됐네요……."

어젯밤에 하루키가 마린의 휴대폰으로 연락을 했다. 『이제는 괜찮아』라고.

그 소식을 듣고 마린은 하루키를 괴롭히던 사람들이 나쁜 짓을 하는 동영상이 영상 사이트에 올라왔다는 것을 알았다.

하루키와 마린은 '이 동영상을 본 경찰이 증거를 잡아서 그 녀석들을 체포해주겠지'라고 생각했지만, 오늘 아침 뉴스를 통해서 그 남자들이 체포됐다는 사실이 알려졌다.

마린은 엄청난 속전속결이 놀라울 따름이었다.

"나기사 채널에서 그놈들이 그동안 저질렀던 악행이 공개됐잖아. 그런데 오늘 아침 뉴스에서 보니까 엄청 빨리 붙잡혔던데, 운이 좋았던 것 같아. 보통은 그렇게까지 빨리 잡히진 않을 텐데. 안 그래?"

"네 명이 한꺼번에 일반인 남성을 폭행하고 있었는데, 그때 우연히 순찰을 돌던 경찰이 그들을 붙잡았다고 했죠? 그건 너무 타이밍이 좋은 게 아닐까요……?"

"나기사 채널은 경찰들도 많이 보고 있다고 하잖아. 단순히 감시하려고 했는지 아니면 무슨 증거를 잡으려고 했는지는 몰라도, 아무튼 경찰이 그들을 주목하고 있었는데 그것도 모르고 사고를 쳐버린 그놈들이 멍청했던 거겠지."

요우는 인터넷에 올라온 동영상 말고는 아무것도 모르는 척을 했다.

자신이 직접 몸을 던져서 쿠즈이 일당이 빨리 체포되도록 했다는 사실이 알려진다면, 마린이 쓸데없는 걱정을 할 거라고 생각했기 때문이다.

──그러나 요우는 아직도 마린을 과소평가하고 있었다.

'하자쿠라…… 몸을 움직이는 것이 아주 조금 불편해 보이네요……. 이번에 그들이 체포된 것은 아마도 우연이 아

313

니라 하자쿠라 덕분일 테지요…….'

최근에 같이 지내면서 마린은 평소의 요우를 자세히 관찰하고 있었다.

요우의 움직임에는 위화감이 있었다. 물론 아주 사소한 차이었다. 거기서 위화감을 느낀 마린의 관찰력이 굉장한 것이다.

한편 요우는 자신이 그 사소한 위화감을 내보인 걸 눈치채지 못했다. 그래서 그는 아무 일도 없었던 것처럼 이야기를 계속했다.

"뭐, 어쨌든 정말 쓰레기 같은 놈들이더라. 키노시타뿐만 아니라 다른 사람들도 괴롭히면서 그 녀석들의 돈을 갈취하기도 하고, 상습적으로 도둑질도 했대. 잡혀서 참 다행이야."

마린이 여자애라서 굳이 말하진 않았지만, 쿠즈이 일당은 강간도 했다.

파면 팔수록 죄질이 나빴기에 요우는 그들을 봐주지 않았다.

아울러, 하루키에 대한 집단 괴롭힘은 중학교 1학년 때부터 시작됐다고 한다. 그것이 날이 갈수록 심해지면서 그들은 점점 더 막 나가게 된 것이리라.

집단 괴롭힘, 도둑질, 강간이란 것은 상대의 인생을 파괴하는 행위이다.

그런 짓을 했다면 당연히 그에 상응하는 벌을 받아야 한다. 요우는 그렇게 생각했다.

"쿠즈이 선배도 그렇지만…… 다른 사람들도, 그렇게 지독한 짓을 할 것 같은 사람들처럼 보이진 않았는데요……."

"너 저번에 네모토한테 사람 보는 눈은 있다고 했다면서? 전혀 아니야. 넌 사람 보는 눈이 없어."

마린의 말을 들은 요우는 엄격한 어조와 차가운 음성으로 그렇게 말했다.

그러자 마린은 서글프게 눈을 내리깔면서 풀이 죽어버렸다.

"그, 그렇게 심술궂게 말할 필요는 없다고 생각하는데요……."

"아냐. 넌 너무 착해. 그러니까 좀 더 남을 의심하는 법을 배워야 해."

말투가 험하기는 해도 요우는 마린을 진심으로 걱정해서 그런 충고를 했다.

삐뚤어진 하루키, 그리고 개인적인 사정으로 마린 옆에 있으려고 했던 요우.

또 하루키를 괴롭혔던 쿠즈이 일당과, 마린을 방해꾼처럼 취급했던 카스미.

물론 지금은 마린도 카스미에 대해 복잡한 감정을 품고 있지만, 그 전까지는 카스미를 동경의 대상처럼 여기고 있었다.

이토록 문제가 많은 멤버들이 바로 옆에 있는데도 여전히 상대를 경계할 줄 모르면, 아마 앞으로 나쁜 놈한테 속아 넘어갈 것이다. 요우는 그 점이 걱정이었다.

그래서 마린이 자신의 사고방식을 바꾸기를 바랐다.

"남을 의심하는 건 몹시 괴로운 일이잖아요……?"

"그렇지. 하지만 아키미, 실제로 이 세상에는 너처럼 착한 녀석은 거의 없어. 정도의 차이는 있을망정 인간은 누군가에게 안 좋은 감정을 품고 있거나 상대를 이용하려고 하지. 인간이란 그런 거야."

"하자쿠라도 그런가요……?"

마린은 촉촉해진 눈망울로 요우를 쳐다보면서 그렇게 물어봤다.

뜻밖의 반응에 요우는 순간적으로 놀라서 숨을 들이켰지만, 곧 마린의 눈을 똑바로 보고 고개를 끄덕였다.

"그래, 맞아. 너와 같이 있으려고 했던 것도 그것이 나한테 이익이 되기 때문이야. 너를 위해서 그랬던 것이 아니야."

요우의 그 말을 듣자마자 마린의 눈동자가 심하게 흔들렸다.

배신당했다. 그렇게 생각한 걸지도 모른다.

적어도 마린이 동요했다는 것은 알 수 있었다.

"저, 그 이익이란 게 뭔가요……?"

"글쎄."

마린의 질문에 대해 요우는 고개를 갸웃거리면서 시치미를 뗐다.

굳이 말할 필요는 없다. 그렇게 판단한 것이다.

"제가 당신과 같이 있는 것이, 당신**에게도** 도움이 된다. 그런 뜻이죠?"

"응, 맞아. 하지만 이 관계도 이제는 끝이야."

"…………."

요우의 말을 들은 마린은 입을 다물어버렸다.

마린은 무척 똑똑한 여자애였다. 그러니까 이미 알고 있었던 걸지도 모른다.

"잘됐네. 키노시타랑 다시 사이가 좋아져서. 이번에는 더 이상 누가 방해하지도 않을 테니까 힘내서 잘해봐."

요우는 그 말만 남기고 빙글 돌아섰다.

요우와 마린의 관계는 '실연을 당한 마린이 하루키를 잊을 수 있게 도와주는 관계'였다.

하지만 이번 사건을 통해 하루키와 마린은 예전처럼 사이좋은 소꿉친구 관계로 돌아갈 수 있게 되었다.

물론 하루키의 정신이 아직 불안정하니 예전처럼 되려면 시간이 걸릴 테지만, 어차피 그것도 시간문제일 것이다.

거기에 요우가 있으면, 관계를 회복하는 방해가 될 것

이다. 요우는 그 점을 잘 알고 있었다.

그래서 이번 사건이 일단락된 시점에서 마린과 인연을 끊을 작정이었다.

물론 요우도 아쉬움이 없지는 않았다.

하지만 카스미와 약속한 것도 있고, 카스미의 마음을 알고 있는 요우로서는 마린과 같이 지내기 어려웠다.

이 기회는 차라리 잘된 일이다…… 하고 요우는 생각하려고 했다.

그런데——.

"그건, 안 되요…….."

놀랍게도 마린이 이제 막 떠나려고 하는 요우의 옷소매를 붙잡았다.

"아키미……?"

요우가 뒤를 돌아보자, 마린은 고개를 숙이고 요우의 소매를 힘주어 꽉 붙잡았다.

"약속은, 제대로 지키셔야죠…….."

"아니, 그 약속은——."

이젠 필요 없잖아?

요우는 그렇게 말하려고 했지만, 고개를 든 마린을 보고 저도 모르게 말을 끊었다.

요우를 쳐다보는 마린의 얼굴은 새빨개져 있었다. 눈에는 눈물이 글썽글썽했다.

앳된 생김새인데도 묘하게 섹시한 느낌이 드는 표정이었다.

"제가 하루를 잊을 수 있게, 해준다고 했잖아요……?"

"지금은 그럴 이유가 없잖아……?"

"여자를 우습게 보지 마세요……. 이제는 원래대로 돌아갈 수 없어요……."

그것이 무슨 의미인지.

지금의 요우로선 되물어볼 수 없었다.

"키노시타가 충격을 받지 않을까……?"

"어제 그 일이 있고 나서, 저희 둘이서 차분하게 대화를 했어요……. 그리고 이게 제 결론이에요……."

"그렇구나……."

두 사람이 납득했다면 요우는 더 이상 할 말이 없었다.

더구나 이번 일을 처음 시작한 사람은 자신이었다.

마린이 원하지 않는다면, 자기 마음대로 끝낼 수는 없을 것이다.

"정말 그래도 괜찮겠어?"

"네."

짧지만 열기가 느껴지는 목소리를 내면서 마린은 고개를 끄덕였다.

그 모습을 본 요우는 숨을 내쉬었다. 그리고 마린의 눈을 다시 들여다봤다.

"그럼 주말에 또 시간을 비워봐 줄래?"

"아, 네……!"

요우가 에둘러 말했는데도 마린은 그 뜻을 정확히 알아들었다. 그리고 크게 기뻐하면서 고개를 끄덕거렸다.

──자신이 상상했던 결말도 아니고, 원했던 결말도 아니었다.

그러나 요우는 기뻐하는 마린을 보고──저도 모르게 조금 안도감을 느꼈다.

하지만──.

'이거 아무래도, 위험해질 것 같은데……?'

기쁘게 웃고 있는 마린을 외면하면서 얼굴을 딴 데로 돌린 요우의 뇌리에는, 사납게 웃고 있는 카스미의 얼굴이 떠올랐다. 틀림없이 앞으로 수라장이 벌어지리라. 그런 예감이 강하게 들었다.

후기

우선 『패배 히로인과 내가 사귄다고 주변 사람들이 착각하는 바람에, 소꿉친구와 수라장이 펼쳐졌다』를 읽어주셔서 감사합니다!

이번에는 이렇게 '소설가가 되자'라는 웹사이트에서 연재하고 있는 작품을 서적으로 낼 기회를 얻었습니다만, 실은 자비 출판을 하려고 했던 작품입니다.

랭킹에서 일간, 주간, 월간 1위를 차지해서 '좋아, 이 기회에 자비 출판을 해보자!' 하고 일을 진행시키고 있었는데요. 감사하게도 오버랩 문고 측에서 저에게 말을 걸어주셨습니다.

그 제안을 받았을 때에는 거의 망설이지도 않고 받아들였습니다. 왜냐하면 오버랩 문고는 제가 무척 좋아하는 『흔해빠진 직업으로 세계최강』이란 작품을 내준 레이블이기도 하고, 또 러브 코미디에 힘을 주고 있는 레이블이란 것도 알고 있었기 때문입니다.

그런데 제가 자비 출판을 하려고 이것저것 일을 진행시키고 있었거든요. 그 점에 관해서는 출판사 측과 상담을 해봤는데, 그것도 오버랩 문고 측이 쾌히 승낙해주셔서 이렇게 무사히 출판하게 되었습니다.

하지만 그것은 어디까지나 책을 내기 위한 시작 단계에

불과했고요. 당연히 실제로 출판하는 과정에서는 많은 분들의 도움을 받았습니다.

담당 편집자님, piyopoyo 선생님, 그리고 이 작품을 서적으로 내는 데 도움을 주신 모든 관계자 여러분. 이번 프로젝트에 협력해주셔서 진심으로 감사를 드립니다.

특히 담당 편집자님. 밤늦은 시간에 몇 번이나 회의를 해주셔서 감사했습니다.

이 정도로 심혈을 기울여 전화 통화나 화상 회의를 통해 편집자님과 의견을 나눈 것은 처음이었는데요. 그 덕분에 자신 있는 작품을 세상에 내놓을 수 있게 되었다고 생각합니다.

그리고 멋진 일러스트를 그려주신 piyopoyo 선생님께도 그저 감사한 마음뿐입니다.

선생님께서 이번 일을 흔쾌히 맡아주신 데서부터 모든 것이 시작된 셈이니까요. 좋은 인연이 닿아서 다행이었다고 생각합니다.

그리고 인터넷 연재를 할 때부터 응원해주셨던 팬 여러분, 이번 작품이 책으로 나올 수 있게 된 것은 틀림없이 여러분의 응원 덕분입니다.

언제나 응원해주셔서 감사합니다.

네, 그리고 이번 작품은 '패배 히로인'과 '소꿉친구'에 의해 수라장이 벌어지는 작품인데요. 1권에서는 '패배 히로인'에 초점을 맞췄습니다.

그런데 인터넷 연재를 할 때는 '소꿉친구'의 인기가 엄청 났거든요. 아마도 이 1권을 읽으신 분은 아직 이해하지 못하실 텐데요. 만약에 2권도 낼 수 있다면 '소꿉친구'의 매력도 여러분께 보여드리고 싶습니다……!

끝으로 다시 한번 인사드리겠습니다. 이 작품을 읽어주셔서 정말 감사합니다!

MAKE HEROINE TO ORE GA TSUKIATTEIRU TO MAWARIKARA KANCHIGAI SARE,
OSANANAJIMI TO SHURABA NI NATTA 1
©2022 NEKOKURO
First published in Japan in 2022 by OVERLAP, Inc.
Korean translation rights reserved by Somy Media, Inc.
Under the license from OVERLAP, Inc., Tokyo JAPAN

**패배 히로인과 내가 사귄다고 사람들이 착각하는 바람에,
소꿉친구와 수라장이 되었다 1**

2023년 5월 15일 1판 1쇄 발행

저　　　　자	네코쿠로
일 러 스 트	piypoyo
옮 긴 이	한수진
발 행 인	유재옥
본 부 장	조병권
편 집 1 팀	김준균 김혜연
편 집 2 팀	박치우 정영길 정지원 조찬희
편 집 3 팀	오준영 이해빈
편 집 4 팀	박소영 전태영
라이츠담당	김정미 맹미영 이윤서
디 지 털	김지연 박상섭
미　　　술	김보라 박민솔
발 행 처	㈜소미미디어
인쇄제작처	㈜코리아피엔피
등　　　록	제2015-000008호
주　　　소	서울시 마포구 토정로222, 403호 (신수동, 한국출판콘텐츠센터)
판　　　매	㈜소미미디어
마 케 팅	박종욱
영　　　업	박수진 최원석 한민지
물　　　류	허석용
전　　　화	(02)567-3388, Fax (02)322-7665

ISBN 979-11-384-7852-6 04830
ISBN 979-11-384-7851-9 (세트)